ハヤカワ・ミステリ文庫
〈HM㊱-6〉

特別料理

スタンリイ・エリン
田中融二訳

JN181702

早川書房
7562

日本語版翻訳権独占
早　川　書　房

©2015 Hayakawa Publishing, Inc.

MYSTERY STORIES
by
Stanley Ellin
Copyright © 1956 by
Stanley Ellin
Translated by
Yuji Tanaka
Published 2015 in Japan by
HAYAKAWA PUBLISHING, INC.
This book is published in Japan by
arrangement with
SUE ELLIN
c/o CURTIS BROWN GROUP LTD.
through TUTTLE-MORI AGENCY, INC., TOKYO.

——ジェニーへ

序

ＥＱＭＭ（エラリイ・クイーンズ・ミステリ・マガジン）の第二回年次コンテストを締め切ってちょうどひと月後の一九四六年十一月二十二日、同誌の編集長（当時はミルドレッド・フォーク）からその日の編集上の問題を討議するための電話がかかってきました。いや、まったく、その当時も今も、問題のたねは、尽きるということがありません。彼女はその日の郵便物の中から重要なものを電話口で読み上げ、私たちはそれらに対する返事の要旨を口授しました。それから彼女は目下校正中の小ゲラの訂正箇所を控え、翌月号の広告の文案（それはいつでも〝今夜すぐ印刷所に〟渡さなければならないことにきまっているようでした）を書きとりました。彼女はまた渉猟すべき本の表題を控え、それから――そう、例のフランス語の小説の翻訳の段どりをつけてもらわなくちゃ……。ついでにページ割りの問題を一つ片付け、それから私たちは次号の表紙の色刷りゲラについて意見を交換しました。――そうそう、五年間もさがしつづけてようやくロンドンで見つかったあの初版本を電報で注文することも忘れないように。そうして私たちは一日のごった返す問題の海を乗り切って、さて最後に、いつもおきまりの例の港に立ち戻りました。

「その後、新しい原稿がはいったかい？」

「ええ、かなりどっさり――ひとかかえほど」

「目ぼしいものは？」

「二篇ばかり。今夜そちらへお送りしますわ」

「特別目あたらしいものかね？」

「ええ、一つは」

「とびきり特別かい？」

「お読みになればわかります」

「既成作家の作品かね？」

「いいえ、エージェントも通さずに、作者からの直送です。ひょっとしたら〝処女作〟かも知れませんわ」

ここでお断わりしておきますが、私どもが〝有名〟作家の書き下ろしの珠玉篇以上に歓迎するものがあるとすれば、それは新人の筆になる初めての傑作です。発見のスリルは再発見の歓喜にまさります。

今をさかのぼる一九四六年十一月、私たちがスタンリイ・エリンの「特別料理」（はじめの題は「ロビンソン料理店の調理場」）に接するにいたったのは、ざっと以上のようないきさつからでした。何という快哉の日だったことか！　当時スタンリイは三十歳で（蛇足ながら当方は四十一歳）非の打ちどころのない好伴侶（才女で、容赦ない客観的な批評家のジーン）と結婚し、愛嬢スーザンはまだようやく六歳でした。

「特別料理」の歴史の展開は、最初は緩慢でした。われわれはこの作品を、作者の諒解を得てEQMM第三回年次コンテストの応募作品に編入し、一年後の一九四七年のクリスマスに、それは第三回コンテストの最優秀処女作として特別賞を獲得しました。作品が活字になったのは、それより更に四カ月後――一九四八年五月号のEQMM誌上ででした。（その時には、もうスタンリイ・エリンは長篇の処女作『断崖』を書き上げ、これまた一九四八年四月にサイモン・アンド・シャスターから出版されました）

門出の幸先《さいさき》は、まずは上々でした。そしてこの処女作のデビューの日から、きっと友人か知人の誰かから、また驚くべきことには往々にして私たちをEQMMの編集者と見てとった一面識もない相手から、私たちの「肉づきのいい肩に、ほとんど慈しむように、後ろからそっと手をかけられる」ことなしに一週間が過ぎたためしはありませんでした。そしてこちらがふり向くと、きまってエリン氏のショッキングな「特別料理」の後味《あとあじ》について嘆賞の挨拶を聞かされるのがおちでした。

「あなたがたですね」と、その人たちは言います。「――あのアミルスタン羊の話を雑誌にお載せになったのは。逸品でしたね、あれはすばらしい味わいでした。思い出すと今でも鳥肌だちます」

　その度ごとに、私どもは妖しい身ぶるいを催しました。私たちに話しかけた各人が経験した〝おぞましい悪感《フリッソン・ドールール》〟はあまりにも純粋でまじり気がなく、いくら経っても効き目が消えないので……。

　後日、同じ作品は一九四八年度エラリィ・クイーン賞受賞作品集の一篇に加えられ、それからというもの、もう十年以上にもなるというのに、私どもは月に一度以上、きっと路上で、あるいは何かの会合の席上で、時には食事の最中に（こいつは一番いけません――食べている最中に「ほとんど慈しむように手をかけ」られるのは！）誰かにつかまって、せつかれずには済みません。「どうしていつかの料理店の話のような――ほら、あの『特別料理』みたいな――作品をもっとどしどしお載せにならないんです？　あれには唸らされましたっけ！」

　読者というものは、決して忘れないものです。私どもも忘れません。事実は単純――要するに「特別料理」は〝忘れられない作品〟であることを立証したのです。今ではもうそれはほとんど伝説的な作品になりかけています。いわばそれはもうその分野での新しい古典となりおおせたので、私どもとしても、この辺でひとつとっときの打ち明け話をして、魂の安らぎをもとめてもいい時分ではないかと思われます。というのは、その作品に同年度最優秀〝処女作〟として特別賞を授けたのは余人ならぬこのクイーンでしたが、読者の中にも批評家の中にも、それを冒瀆行為と考えた人々が少なからずあったのです。つまり「特別料理」はもっと高位の賞――その年の最優秀作に与えられる首席賞――にふさわしい作品だと考えた人々が大勢あったのです。

アントニイ・バウチャーはその作品を〝巧緻な傑作〟と呼び、〝作者が初めて世に問うた作品としては、これまでに私が読んだ中で最もすぐれたもの〟であると評しました。犯罪と冷たい戦慄に異常に敏感な嘆美家クリストファー・モーリーはブック・オブ・ザ・マンス・ニューズ紙上に、「特別料理」は「他の一九四八年度エラリイ・クイーン賞受賞作品をすっかり寄せ合わせたと同じくらいの価値がある。……怪奇性とサスペンスにかけては門歯から奥歯まで二重にそろった総義歯《そういれば》にも比すべく……その味わいは汁液たっぷりの真正の血腸詰《エスト・ブルト・ヴルスト》である」と述べています。

その後スタンリイ・エリンはＥＱＭＭ誌が催す年次コンテストに毎年参加し、驚くべき記録を樹立しました。第四回コンテストには三位に入賞し、第五、六回のコンテストには連続第二席の地位を獲得しました。（一九五二年にはサイモン・アンド・シャスター社から長篇第一作を凌駕しかねない傑作『ニコラス街の鍵』が出版されました）。第七、八回のコンテストにも、またもやそれぞれ第二席を確保しました。第九回にいたってその回の分――「パーティーの夜」――を含めて連続五回第二位入賞という堂々たる記録をつくり、一九五五年四月には（「パーティーの夜」をはじめとする短篇の諸作品すべてに共通の優秀性に対して）アメリカ探偵作家クラブからミステリ作家最高の名誉とされるエドガー賞を授与されました。晴れがましい授賞パーティーの夜、はや十四歳に成人したスーザン嬢の満面に輝いていた得意の表情！　それから第十回コンテストには、一九五四年の末に結果が発表されてみると、ついにスタンリイ・エリンの「決断の時」が第一席に入賞していました。――その年間に活躍したあらゆる作家を対象としてＥＱＭＭ誌が捧げ得る最高の賞です。

十年になんなんとするこの間に、エリン氏の才能は成長円熟し、みごとな果実を結ぶにいたりました。一九四六年にさかのぼるそもそもの当初から、氏の作品は堅固で充実した特質――堅牢で緊密な文体と含蓄と想像力に富んだ構想――をそなえていました。しかし単に人生という名の料理店の〝特別料理〟の中にばかりでなく、おそらくはもっとショッキングなこととして、われわれの身辺の〝乱れなき世界〟にもひとしく潜む恐怖の動因に対する衰えを知らぬ強烈な執心と、ほとんど信じ難いほどの知覚と力、超凡の敏感性と――それらすべてとともに、そしてそれらすべてを通じて、作家としてのスタンリイ・エリンは成長し、その作品は新しい調子を打ち出してみせました。というのは、後期になるにしたがって彼の作品には疑いもなくより大きな意味が盛られ、より大きな問題が含まれ、例外なく現代生活の悲劇へと導く作中の登場人物や事件により意味深長なニュアンスが読みとれるからです。

いわゆる〝職業作家〟たるべきためのエリン氏の方法――その精進と鍛練の激しさ――について、私どもは本人の口から直接聞いた資料を握っています。たとえば、私どもの知るところでは、彼は「プルーストの書斎のようにコルクで防音した密室にタイプライター一台」を理想的な仕事部屋と考えています。また（一九五六年ハーパー社発行のハーバート・ブリーン編「推理作家ハンドブック」への寄稿によって）彼の最大難関が〝最初の一句〟であることもわかっています。彼は「これでよしと思う一行」にぶつかるまで、書き出しの一句に苦吟をかさねます。それにしても、ある時は書き出しの一句を四十二遍も推敲して、それからようやく一応納得して第二句に移ったという事実は、オドロキでもあり印象的でもあります。彼の作品のテーマはトリック的でもなく、手がこんでもいません。エリン氏の作品に〝けれん〟はありません。通例、彼は本人みずから"社会学的通念"と称しているものから出発します。すなわち経済的安定のためならどんなものでも投げ出しかねない小官吏的感性の悲劇。一見巌《いわお》のように安定した中流家庭への殺人事件の影響。ミンク・コートを着てキャデラックを乗りまわす階層に向けられたアメリカの若い世代の羨望、等々です。

執筆を開始する時機は不定です。彼は毎日幾マイルも歩きまわり、ニューヨーク市で刊行されるあらゆる新聞に目を通し、その間にも絶えず何かの作品のアイデアの〝胚種〟を〝培養〟しています。やがてその胚種が完全に熟成すると、彼は仕事部屋に自己幽閉して、その作品を書き上げるまで一日八時間から十四時間、休みなしに書きつづけます。一ページ書き上がるごとに清書します。清書は一度で済むこともあれば（けだし奇蹟ですな）五、六遍以上におよぶこともあり、時には（「気が狂いそうになる」とエリン氏は認めておいでですが）十二、三度かそれ以上も書き直すこともあります。しかし、それがエリン氏の方法なのです。彼は前の一ページがその創造者として可能な限り練り上げられ磨き上げられていなければ、つぎのページに移れないのです。いきおいエリン氏の執筆速度は比較的遅く、おまけに例のいわくつきの最初の第一行にとりかかる前、幾週間にもわたって構想の核心について沈思黙考をかさねるのが普通だとあっては、なおさら遅くならざるを得ません。

ところでエリン氏という人物そのもの、その経歴、風采などは？　お教えしましょう――一九一六年十月六日、ニューヨーク市生まれ。一九三六年ブルックリン大学を卒業の文学士で、ボイラー屋の見習い工を職業としたこともあります。職業作家として立つ前は鉄工でした。趣味はフットボールと拳闘の観覧、オペラや面白い会話に耳を傾けること、それと野球。彼のブルックリン・ドジャースびいきときたら！　逆にニューヨーク・ジャイアンツぎらいときたら！　身長はだいたい並みですが、その点をのぞけばどっしりした大男です。好んで自分の風采を「きびしい冬の準備をととのえたアラスカの褐色熊」にたとえます。クローズ・アップは（これも本人の言葉によると）「エプスタインの作になる彫像のもつ奇妙に未完成な感じを与える容貌」です。人ごみの中にいても、滅多に紛れて個性を失う人物ではありませんし、私どもの知る限り誰からも好かれ、尊敬され……。

そしてここにスタンリイ・エリンの最初の短篇集が出来上がりました。それは古典的な処女作「特別料理」にはじまり一九五五年度EQMM賞の首座を飾った「決断の時」に終わる十篇を年代順に収録しています。私どもはスタンリイ・エリンを発見した（という言い方は彼の業績の中に占める私たちの小さな役割を、誇大に、ずるく歪めた表現ですが）ことを誇りとします。また私たちはエリン氏がこれまでに書いたミステリー短篇作品がいずれもまず最初にEQMM誌上に発表されたものであることを誇りとします。そして私どもはエリン氏の最初の短篇集に序文をもとめられたことを誇りとします。

もう一つ、申し添えたいことがあります。私どもの見るところでは、エリン氏の短篇作品集はそのジャンルにおいて重きをなすものであり、私どもはその重要性を私どものできる限り消え難く刻印したいと思います。故に今ここに私どもはスタンリイ・エリン著『短篇集——特別料理』を、百十四年前に出版されたエドガー・A・ポオの「作品集」を皮きりに、かつて公刊された探偵・犯罪・ミステリ短篇作品集中最も重要なものの継続的集大成たる〝クイーンの定員〟の一巻に指定いたします。

スタンリイ・エリンの短篇集『特別料理』は、その分野において近代の偉大な同類と〝肉づきのいい肩〟と肩を接して書棚に列すべきものです。それは〝クイーンの定員〟第百十三号であり——長くその版の絶ゆることなからんことを、切に祈るものであります。

エラリイ・クイーン

目次

特別料理

特別料理

The Specialty of the House

「ほら、ここだ」とラフラーがいった。コスティンの目にはいったのは、人気《ひとけ》のない街路の冷たくねっとりした闇を両側からふさぎとめるように張り出した、そのあたりに立ち並ぶ変わり栄えもしない四角い褐色砂岩の建物の前面だった。足もとの地下室の鉄格子をはめた窓から、厚地のカーテンの背後の灯明かりがちらちら漏れて見えた。

「うへっ」と彼はいった。「まるで陰気な穴蔵じゃありませんか？」

「ことわっておくがね」とラフラーは固苦しくいった。「スビローズって店は体裁を構わないんだ。悪趣味と神経症ばやりの当節、いまだに流行に右へならえしないんだよ。もしかしたら、れっきとした素性の場所でガス灯照明といったら、この町でもうここ一軒くらいのものかも知れない。はいってみりゃわかることだが、昔ながらにごまかしのないがっちりした調度と、シェフィールドの食器と、おまけにひょっとするとうんと隅のほうには昔ながらのクモの巣まで張っているかも知れんよ——五十年も前に馴染客《なじみ》が見たのと同じ！」

「なんだか危なっかしい褒め方ですね」とコスティンはいった。「——それに、あまり衛生的とはいえそうにない」

「一歩、中にはいれば——」ラフラーは言葉をついだ。「今日ただ今の不衛生きわまる世界と縁を切って、贅沢ではないけれども品位ある昔ながらの雰囲気に、しばらくの間ひたることができるだろう。それこそ取りも直さず今の世の中に一番欠けたものなんだが」

コスティンはぎごちなく笑った。「それじゃまるでレストランというよりお寺詣りにでもやってきたようじゃありませんか」と彼はいった。

頭の上からさしかける青白い街灯の反映を透かして、ラフラーは連れの顔をのぞきこんだ。「いや、もしかしたら——」と彼はだしぬけにいった。「君をここへ誘ってきたのは間違いだったかも知れん」

コスティンは感情を害した。給料もよし、かなり立派な肩書ももらってはいるが、彼はその勿体ぶった背の低い男の雇い人にすぎないのだ。けれども彼は多少とも自分の感情を表明したい衝動をおさえることができなかった。「なんでしたら——」と彼は冷やかにいった。「わたしは今夜のプランを別に立て直すことにしても、いっこうに差し支えありませんよ」

血色のいい満月のような顔に靄《もや》をただよわせ、牡牛のような目でコステインをふり仰ぎながら、ラフラーは奇妙に落ち着かない様子だった。それから「いや、いや」と彼はややあっていった。「そいつは絶対にいかん。君が一緒に食事してくれるってことが大事なんだ」彼はコステインの腕をしっかりつかみ、先に立って地下室へ通じる鍛鉄の門をくぐった。「いいかね、うちの会社で、とにかく本当に食いものの味がわかりそうな男といったら、君一人きりなんだ。で、わたしにしてみれば、スビローズのすばらしい料理の味を知りながら、それを誰とも分かち合えないってのは、まるですばらしい傑作の芸術作品をどこかの部屋に鍵をかけてしまい込んだっきり、誰にも見てもらえないように味気ないんだ」

それでコステインはかなり気分が和らいだ。「わかります。よくそういう人がいますよね」

「そんなのと全然ちがう！」とラフラーは鋭くいった。「わたしはもう幾年も、はじめはその気で、スビローズのことを胸の中に鍵をかけてしまいこんできたんだが、いよいよ我慢しきれなくなっちまったんだよ」彼が門の傍らで何かをもてあそぶような手つきをしたかと思うと、中から時代後れの引綱式のベルが鳴る小さな調子はずれの音が聞こえた。内ドアが呻きながら開いて、白く光る歯並びでわずかに闇と見分けがつく黒い顔がコスティンの目の前にあった。

「はい？」とその顔はいった。

「ミスター・ラフラーと連れ《ゲスト》が一人」

「はい」とその顔はもう一度いい、こんどは明らかに誘う調子がこもっていた。その顔がわきへどいて、コスティンは今夜のおごり手の後について通りながら一段だけの階段につまずいた。ドアと門が軋って背中の後ろで閉ざされ、彼は目をぱちぱちさせながら小さな玄関の間に立っていた。ちょっと目を凝らして、いま睨みつけている相手は床から天井まで張りつめた大鏡に映った自分自身の姿だと知った。

「雰囲気か……」と彼はぎょっとしてからほっとして言い、案内にしたがって席につきながらひとり笑いした。

彼は二人用の小さなテーブルを挟んでラフラーと向かい合って坐り、室内をじろじろ眺めわたした。とても大きいなどといえた広さではないのだが、照明といったらガス灯の炎の柱が五つ六つ弱々しい光を放っているだけなので、その光をちらちら反映しながらかすんで見える壁はひどく遠くにあるように感じられた。

できるだけ客同士が相手を意識せずにすむように配列されたテーブルの数は、せいぜい八つか十《とお》かそこらしかなかった。どのテーブルにも客がいて、ごく数少ない給仕が静かにきびきびと用を承《うけたまわ》って泳ぎ廻っていた。あたりには、ナイフやフォークが皿と触れ合い、料理をさらう柔らかな音と、ひそやかな話し声が聞こえるだけだった。コスティンはよしよしというようにうなずいた。

ラフラーはそれと聞こえるほど大きな喜びの溜め息をついた。「君なら、きっとわたしの気持ちがわかってくれると思ったよ」と彼はいった。「気がついたかね、君、ところで、女が一人もいないことに？」

コスティンは目顔で問いかえした。

「ここの主人のスビローは――」とラフラーはいった。「ご婦人連中が店へやってくるのを歓迎しないんだ。実に効き目のあるもてなし方でね。そう昔のことじゃなくて、わたしも一度現にその場をこの目で見せてもらったことがある。わたしが見たそのご婦人は、一時間以上もテーブルに向かって坐りっきりだったが、いっこうに料理が運ばれてくる気配がなかった」

「騒ぎ出しゃしませんでしたか？」

「騒ぎ出したよ」ラフラーは思い出し笑いをした。「それでほかのお客の迷惑になり、彼女を連れてきた男をやきもきさせたがね、それっきりさ」

「ミスター・スビローは？」

「姿を見せなかった。スビローが蔭であやつりの糸をひいていたのか、それともそのことの間じゅう店にいなかったのか、どちらかわたしは知らん。が、とにかく一方的な勝負だったね。その女にも、その女を連れてきて騒ぎのもとをつくった男のほうにも、二度とこ

った。

「見ていた他の客に対しても、いいみせしめというわけですね」とコスティンは言って笑の店でお目にかかったことがないよ」

　給仕がやってきた。チョコレート色の皮膚、すんなりと美しい形をした鼻と唇、大きな潤いのある目、豊かに絹のように光沢があってまるで帽子をかぶっているように見える銀白色の髪の毛などから、いずれ出身はどこか東インドあたりだな、とコスティンは察した。その男はかたい麻のテーブル掛けを広げ、おそろしく大きなカットグラスの水差しから二つのタンブラーに水を注ぎ分けて、それぞれ正しい位置においた。

「おい、君」と、ラフラーは熱のこもった声できいた。

「今夜、特別料理は出るのかい？」

　給仕はすまなそうに微笑し、まるで物語に出てくる王宮の召使頭かなんぞのようにみごとな歯並びを見せた。

「あいすみません、お客様。今晩はスペシャルはございません」

　ラフラーは暗然たる失望の表情をうかべた。「この前からもう随分長いこと経つのにな。もうひと月になるぜ。それに今夜はここにいるこの友達に……」

「ご存知でもございましょうが、なにぶん簡単には参りませんもので」

「うん、うん、わかってる」ラフラーは情けなさそうにコスティンの顔を見て肩をすくめた。「つまりわたしは君にスビローズで出る一番すばらしい料理を紹介しようと思っていたんだが、残念ながら今夜の献立にはないんだよ」

給仕はいった。「料理をお運びいたしますか、お客様？」ラフラーがうなずくと、おどろいたことに給仕はもう何もきかずに行ってしまった。

「さきに注文しておいたんですか？」とコスティンはたずねた。

「いや」とラフラーはいった。「こいつは前もって説明しておくべきだったかも知れん。スビローズでは、選り好みはできないんだよ。今この部屋にいる客は、みんな同じものを食べるよりほかないんだ。明日の晩は明日の晩でまた違う献立の料理を、ただし選り好みせず出されるものを黙って食べるだけだ」

「随分変わってる――」とコスティンはいった。「ばかりでなく、それじゃ時に満足できないことだってあるでしょう。もし出された料理が舌に合わなかったらどうなるんです？」

「そのことなら」とラフラーは厳《おごそ》かにいった。「心配いらんよ。君の舌がどんなに肥えているかは知らんが、スビローズで出す料理の一口ごとに、君は舌鼓を打つにきまっている。そいつはわたしが保証するよ」

コスティンの疑りっぽい顔つきを見て、ラフラーは微笑した。「それにこいつは便利なやり方でもあるんだ」と彼はいった。「そこらの普通のレストランの場合、坐ってメニューをとり上げると同時に客は必ずおきまりの難問にぶつかる。どいつにしようか、とね。ああでもないこうでもないと迷ったあげく、いい加減なところで目をつぶっておそるおそる注文したとたんにすぐまた後悔する。そうしたことはどんなにかすかであろうと一種の緊張を強いて、食事の楽しみをそぐ原因とならずにはいない。

それにひきかえ、ここのやり方を考えてみろよ。よそではコックが百種類ものそれぞれ違った注文の料理をこさえようとして、料理場で上を下への大騒ぎをやらかさなきゃならないのに、ここの料理人頭は落ち着きはらって自信満々たった一つのことに没頭してりゃいいんだ」

「と、おっしゃるところをみると、料理場を見たんですか？」

「いや、残念ながら」とラフラーは悲しげにいった。「わたしが今喋ったのは、ここで幾年ものあいだに聞きかじったことをつなぎ合わせて勝手にでっち上げた空想さ。この店の料理場を現に見たいって気持ちが、今じゃもうわたしにとりついて離れない強迫観念みたいなものになっちまってることは、みとめざるをえないがね」

「でも、そのことをスビローにいってはみた――」

「みたとも、十遍以上も。でも、いつも肩をすくめて、あっさり断わられるばかりさ」

「へえ、そいつはちょっとお高くとまりすぎてるようじゃありませんか」

「いや、いや」とラフラーは慌ててうち消した。「あれほどの名人ともなれば、つまらん礼儀にこだわらなけりゃならない義務はないよ。もっとも——」といいながら溜め息をついて、「わたしはまだ望みを捨てていないがね」

給仕が二つのスープ皿を持ってふたたびあらわれ、数学的な正確さをもって適切な位置に置き、小さな蓋つきスープ容器からそろそろと澄んだ薄いスープを注いだ。コスティンはその中にスプーンをつっこみ、幾分の好奇心とともに味わってみた。デリケートな風味で、ほとんど味があるかないかの境のような味わいだった。コスティンは眉をしかめ、塩と胡椒の容れ物をとろうとして手を宙に迷わせ、それらしいものがテーブルの上に見当らないことに気がついた。かれは視線を上げ、ラフラーが自分を見ていたことを知って、自分の舌の好みを押し殺すのは気が進まなかったけれども、そうかといってせっかく意気込んだラフラーにのっけから水をぶっかけるのも憚《はばか》られた。そこで彼は微笑してスープを指さした。

「結構な味ですね」と彼はいった。

ラフラーは微笑をかえした。「結構だなんて、ちっとも思っちゃいないくせに」と彼は冷淡にいった。「どうにも薄味で、もうすこし調味料を足したくてうずうずしてるんだろう。わたしにはわかるんだ」と、彼は思わず眉を上げたコスティンの顔を見ながらつづけた。「というのは、それこそ幾年も前にわたしの反応もそのとおりだったし、最初の一匙を口に入れたとたんに今君がしたと同じように塩と胡椒をとろうとして手を伸ばしたんだから。そしてスピローズの食卓には客が自分で味を加減する調味料を備えつけてないんだってことを知って驚いたものさ」

コスティンは愕然とした。「ただの塩も！」と彼は叫んだ。

「ただの塩さえも、だ。君がそんなものを欲しがるってそのことが、君の舌が荒れてるってことの証拠なんだよ。ところで、今から君もわたしと同じ経過をたどるに違いないと思うんだ。そのスープをあらかたかたづける頃には、塩が欲しいって感じは全然なくなっちまうだろう、きっと」

ラフラーがいったことは本当だった。皿の底が見えてくる前に、コスティンはしだいに夢中になってスープの微妙な味わいをむさぼっていた。ラフラーはからになった自分の皿をわきへ押しやり、肘をテーブルにかけて休めた。「さあ、わたしがいったことをみとめるかね？」

「おどろいたことに」とコスティンはいった。「みとめますよ」

給仕が手早くテーブルの上を片づけにかかっている間に、ラフラーは意味ありげに声を低めた。「今にわかるよ」と彼はいった。「テーブルに調味料を置かないってことは、スピローズって店の幾つもの風変わりな特徴の中のたった一つにしかすぎないってことが。すこし説明しておこうかな。たとえば、ここじゃアルコール性の飲物は全然出さない。というより、飲物といったら人間が生まれてまず飲む自然にある唯一の飲物——澄みきった冷たい水だけしか出さないのだ」

「その前に母親のおっぱいというものがありますがね」とコスティンは皮肉な調子で注釈を加えた。

「そんなことを言うなら、わたしのほうからも、スビローズに来る客はたいていそんなものを飲む成長の最初の段階はすでに経過しているってことをみとめてもらわなくちゃ」

コスティンは笑った。「みとめますよ」

「結構。それから煙草も御法度《ごはっと》だ。どんな形をしているものでも、煙草と名がつくものは一切」

「やれやれ、それじゃ――」とコスティンはいった。「まるでこのスビローズって店は、美食家の聖なる集会所というより絶対禁酒主義者の秘密の溜まり場みたいなものじゃありませんか」

「それは、君が混同しているからさ」とラフラーは厳《おごそ》かにいった。「美食と飽食とを。飽食ってやつは、すでに飽満している自分の感覚を、やたらに経験の範囲をひろげることによっていやが上にも刺激しようとする。これに反してがんらい美食家が尊重するのは簡素ってことだ。粗末な衣を着て熟れたオリーヴの実の味わいを噛みしめた古代ギリシャ人とか、ほかに何一つない部屋で一茎の花の曲線の美しさにうつつをぬかす日本人とか――美食家の神髄はそういったところにあるんだよ」

「しかし時に喉をうるおす一杯のブランデーとか、一服のパイプ煙草を燻《くゆ》らすとか」とコスティンは疑わしそうにいった。「その程度のことは、やり過ぎとはいえないんじゃありませんかね」

「刺激性のものと麻酔性のものを交互に摂取することは――」とラフラーはいった。「味覚のデリケートなバランスをシーソーのように激動させ、一番かんじんな能力――純良な食物を味わう能力を損なってしまう。スビローズの常連になってからの幾年かの間に、わたしはそのことをつくづくと悟らされたよ」

「失礼ですが」とコスティンはいった。「何故そういったことにそんなに深遠な美学的な動機をこじつけるんです？　それより遊興飲食店の許可税が高いからだとか、あるいはこんなに狭苦しい閉めきった部屋に煙草の煙がこもったらお客が逃げてしまうからだとか、そういった俗っぽい理由からだとは考えられないんですか？」

ラフラーは、はげしくかぶりを振った。「スビローに会えば――」と彼はいった。「君だって即座に相手が俗っぽい動機からそんなことをする男じゃないってことがわかるだろう。実のところ、今君がいった〝美学的〟な動機をわたしに初めて意識させたのもスビローって男なんだ」

「たいした人物ですな」とコスティンは折から運ばれてきた料理を給仕してもらいながらいった。

ラフラーは大きな肉の一片をもぐもぐやって嚥《の》み下してしまうまで、つぎの言葉を吐き出さなかった。「わたしは大袈裟なものいいは嫌いなほうなんだが」と彼はいった。「わたしの考えじゃ、スビローは人類の文化の頂点をきわめた男だね！」

コステインは呆れたように眉を上げて、野菜とか葉ものを全然あしらってない濃いソースに浸かった焙肉《ロースト》に目を落とした。たちのぼるかすかな蒸気は、人をじらすような微妙な香気を帯びて鼻孔をくすぐり、口に唾を湧かせた。彼はその一片を、まるでモーツァルトの複雑な交響曲を分析しようとでもしているかのように、ゆっくり思案しながら嚙みしめた。かりかりに焼けた外側の濃い味から、嚙みついた顎の圧力で半分なまの中心部から滲み出る奇妙に淡白な、それでいて魂をとろかすような血の味わいにいたるまでの変化は、まったく何ともいいようのないうまさだった。

そいつを嚥み込むと、飢えた獣のようにすぐつぎの一口に食いつき、それからまたすぐつぎの一口といった具合で、よほどつとめてそのつもりにならないと、早くつぎの一口にかぶりつきたくて、せっかくの珍味をゆっくり味わわずにいい加減なところで嚥み込んでしまいそうだった。皿の底が見えるまですっかり口の中にさらいこんでしまった時、はじめて彼は自分もラフラーもたった一言も口をきかず息もつかずにその夜の食事のあとのコースを終わってしまったことに気がついた。彼がそのことをいうと、ラフラーはいった。

「こんな料理を前において、ものをいう必要をみとめるかい、君は？」

コスティンはみすぼらしい、ほの暗い室内と、静かに食事している人々とを、まったく新しい目で見なおした。「いや」と彼は小さくなっていった。「みとめませんよ。はじめにいろいろと疑ったことについては、心からお詫びします。スビローズを褒めたあなたの言葉には、ただの一言も誇張はありませんでした」

「そりゃ、どうも」とラフラーは満悦のていでいった。「しかし君はまだわたしが口に出したことのほんの一部しか味わっちゃいないんだよ。ほら、さっきわたしは今夜の献立には特別料理がないってことをいったろう？　君が今夜食べたものは、そのスペシャルにくらべたらお話にならないほどお粗末なものなんだ！」

「何ですって！」とコスティンは叫んだ。「何です、そのスペシャルってのは？　ナイチンゲールの舌か、それとも一角獣《ユニコーン》の薄肉か何かですか？」

「そんなものじゃない」とラフラーはいった。「子羊《ラム》だよ」

「ラム？」

ラフラーはしばし自分ひとりこみ上げてくる感興にひたっているようだった。「もしも――」と彼はようやくいった。「わたしが自分を全然おさえずにその料理について感じていることを口に出したら、君はわたしを本物の精神異常だと思うだろう。しかし、実際、わたしはただあれのことを考えるだけで気が狂いそうだ。脂がのったチョップでもなし、固すぎる脚肉でもない。そうじゃなくて、世にも珍らしい種類の羊の一番いいところの肉なんだよ——原産地の名前をとってアミルスタン羊っていう」

コスティンは眉をしかめた。「アミルスタン？」

「アフガニスタンとロシアの境に、あるかなしかのちっぽけな荒地さ。スピローがふと洩らした言葉のはしばしからわたしが想像したところじゃ、ほんのちょっとした高原で、そこにそのたぐい稀な羊のわずかな一群が草を食《は》んでいるんだね。スピローはどういうふうにかしてそこへ往来する許可をとりつけて、アミルスタン羊を献立表に載せることができた唯一つのレストランってわけだ。といっても、もちろんこの料理が出ることは滅多にないんで、その日にぶつかるには運をあてにするよりほかないんだよ」

「しかし——」とコスティンはいった。「そこを何とか予告する方法をとってもよさそうなものですがね」

「そうしない理由は簡単さ」とラフラーはいった。「この町にだって、まるで大食いを商売みたいにしてる連中がわんさといる。で、もしそういう予告が何かの間違いでそんな連中に洩れたりしたら、そいつらは好奇心からその料理を味わい知って、ここでテーブルについているわれわれ常連が弾き出されちまうってことになりかねないからな」

「しかし、いくら何でも——」とコスティンは異議をとなえた。「今ここに来ているこれっきりの人類が、この町じゅうで——ということは結局この広い世界でというのと同じことになりますが——スピローズって店を知ってるお客の全部だってこともありますまいが」

「当たらずといえども遠からず、さ。常連のお客で一人か二人、何かわけがあって顔を見せていない者もあるようだがね」

「まさか！」

「だって、事実そうなんだ」とラフラーはほんのかすかにではあるが脅迫じみた響きを声ににじませていった。

「お客がめいめいかたく秘密を守ることを義務として、そういうふうにしているんだ。今夜わたしに誘われてきた新しい仲間として、君も自動的にその義務を課せられるわけだが。信用してもいいだろうな？」

コスティンは赤い顔をした。「なにしろわたしはあなたの雇い人ですからね。それだけでも……。ただわたしは、こんなすばらしい御馳走を何故もっと大勢の人に味わわしてやろうとしないのか、それを疑いますよ」

「そんな慈善事業みたいなやり方をしたらどんなことになるか、わからないのかい？」と、ラフラーはきびしく反問した。「阿呆どもの一連隊がなだれ込んで、鴨の焙肉《ロースト》をチョコレート・ソースで食わされるなんて聞いたこともない、とか何とか毎晩ぶつぶつ文句をつけるだろうぜ。そんなところを想像してみろよ。我慢できるかね、君は？」

「いや」とコスティンは相手の言い分をみとめた。「ごもっとも、と申し上げざるをえないようですな」

ラフラーは疲れたようにぐったり椅子の背にもたれかかり、はっきりしない動作で手を目のところへやった。「わたしは孤独な男だ」と彼は静かにいった。「それも必ずしも自ら好んでのことではない。君には奇妙に聞こえるかも知れないし、事実、奇矯とすれすれの境にあるのかも知れないが、わたしは、心の底からこのレストランを、何もかも狂った冷え冷えとしたこの世の中でこの温かい隠れ家ばかりを、友とも家族とも感じているんだ」

そしてこの瞬間まで暴君的な雇い主もしくは勿体ぶった饗応の主として以外に考えていなかった相手に対して抵抗しがたい憐れみの念が気持ちよく拡張された胃の腑の中でうごめきはじめるのをコスティンは感じた。

二週間目の終わり頃には、ラフラーに侍《はべ》ってスビローズの晩餐の席に連なることは、もはやきまりきった儀式のようなものになってしまっていた。毎日五時をすこし廻ると、コスティンは廊下に出て、自分のオフィスにあてられた仕切り小部屋の鍵をかける。オーヴァーを伊達に左肘にかけ、それからドアのガラスをちょいと覗きこんで、ホンブルグ帽がちょうどいい傾斜角度で頭にのっかっているかどうかを確かめる。以前ならそこで今度は煙草をくわえて火を点《つ》けるところなのだが、先日ラフラーからああいわれたので、しばらく禁煙の効果を試してみる気になっていた。それから、廊下を歩き出す。と、さっとラフラーが後ろ脇から追いついて、咳ばらいするのだ。「ええと。コスティン、今夜はとくに予定はないんだろう？」

「ええ」とコスティンは答え、「あてなしの風来坊ですよ」とか「何でもおつきあいしますよ」とか、とにかくそれに類したたわごとを口にする。なぜ時には肘鉄砲を食らわせたり、もっと臨機応変にやらないのだろう、と時どき彼は自ら疑ったけれども、返事を待ちながらラフラーが目にうかべる熱っぽい光と、腕をつかんだラフラーの手から伝わってくるざっくばらんな親しみが、彼の機先を制してしまうのだ。

いつどんなことになるか、さっぱりあてにならない今の世の中で、自分の雇い主と友情によって結ばれるほど確実な保身の足場が他にあろうか、とコスティンは思うのだった。奥のオフィスの動静に直接通じた女性秘書が、コスティンのことをラフラーがしきりに褒めていると公言したところからみても、その効果は早くもあらわれはじめているようだった。とにかく吉兆ではある。

それに料理も！　およそ比類のないスビローズの料理！　がんらい痩せて骨ばっているのが普通だったコスティンが、生まれて初めてまさしく目方がふえはじめていることに気がついて、雀躍《こおどり》せんばかりに喜んだ。たった二週間のうちに、骨は滑らかな弾力のある肉の層の下に隠れ、どうやら全体に肥満の徴候さえ見えはじめたではないか。ある夜、風呂にはいってつくづく自分の体を検《あらた》めてみたコスティンは、ふと今まるまる肥っているラフラー自身も、ひょっとするとスビローズの常連になる前には痩せた骨っぽい男だったのではなかろうか、と思いついた。

というわけで、ラフラーの誘いに応じることによって失うものは何ひとつなく、得することばかりだ。いや、あれだけ前宣伝を聞かされたアミルスタン羊の味をためし、まだ姿を見せないスビローに一度お目にかかった上でなら、一度や二度は誘いを断わるほうがかえって関心をつなぐ上に効果的かも知れない。が、それまではよしたほうがよかろう。

その夜、つまり彼が初めてスビローズに足を踏み入れた日から数えてちょうど二週間後の夜のこと、コスティンの望みは二つながら叶えられた。彼はアミルスタン羊を味わい、スビローに対面した。そして二つながらはるかに彼の予想をこえていた。

二人が席につくとすぐ、給仕が身を屈めて「今夜はスペシャルでございます」と重々しい声で教えてくれた時、コスティンは不意をつかれて、期待に胸が早鐘のように鳴り出すのを意識した。目の前のテーブルに置いたラフラーの両手がぶるぶる震えるのが見えた。

「しかし、こいつは正気の沙汰じゃないぞ」と彼はひょっと気がついた。「思慮もあり教養もあってしかるべき二人の大の男が、揃いも揃ってまるで肉片を投げてもらうのが待ち遠しくてじっとしていられない二匹の猫のようにじたばたするとは！」

「当たり前さ！」ラフラーの声におどろいて、彼はほとんど座席から跳び上がるところだった。「古今に絶した料理の傑作中の傑作！　いよいよそいつを目前にして、君が感激に胸をわくわくさせるのは当然だよ」

「どうしてそれがわかります？」とコスティンは絶え入るようにきいた。

「どうして？　十年ほど前、わたしも君と同じ経験を味わったからさ。その記憶に今の君から受け取れる気配を加えれば、人間がまだ餌食《えじき》の肉にかつえて夢中になる本能から抜けきっていないことを実感して、君がどれほど屈辱を感じているかは簡単にわかるよ」

「それで、ここにいるほかの連中ですが」とコスティンはひそひそ声でいった。「みんな同じことを感じているんでしょうか？」

「自分で判断したまえ」

コスティンはそっと近くのテーブルを見廻した。「なるほど」と彼はやや間をおいていった。「とにかく、おおかたは喜色満面といったところですな」

ラフラーは頭をほんのすこし一方に傾げた。「あそこの一人は――」と彼はいった。

「あとでさぞかしがっかりすることだろう」

コスティンはそのほうを見た。そこのテーブルには白髪の男が一人だけ坐っているのが際だって目立ち、その向かいの席が空いているのを見てコスティンは眉をひそめた。

「ああ、そういえば――」彼は思い出した。「いつもあそこに坐っていたのは、ずんぐりした、禿げ頭の男だったでしょう？　この二週間に、あの男の顔が見えないのは今夜が初めてですね」

「というより、この十年間に、といったほうがいいだろう」とラフラーは気の毒そうにいった。「降っても照っても、憂いがあろうと悩みごとがあろうと、わたしがここに初めて食べに来たときから、たった一晩だってスビローズであの男の顔を見なかったことはなかったと思うよ。あの男が初めて欠席した晩に、アミルスタン羊肉の特別料理が出たと教えてやったら、一体どんな顔をするだろう！」

コスティンは漠然とした不安をおぼえながら、あらためてその空席を見やった。「全くの初めてなんですって？」と彼は呟いた。

「ミスター・ラフラー！　それからお友だち！　よくいらっしゃいました。ほんとに、ほんとによくいらっしゃいました。ほんとに、ほんとによくいらっしゃいました。いえ、お立ちにならんで！　席つくらせます」するとまるで奇蹟のように座席が一つテーブルの傍らに立った人影の下のほうにあらわれた。「アミルスタン羊はすばらしい傑作、ね？　わたしが自分からさきに立って、一日じゅうじめついた台所で、ろくでなしのコックが間違いなく当たり前にやるように采配ふるってた。当たり前にやるってことが一番大事、ね？　でも、あなたのお友だち、わたし知らない。紹介してくださる、でしょう？」

まるで滑らかな水の流れが渦巻くような喋り方だった。それはさざ波をたて、猫の喉のようにごろごろと鳴り、コスティンはどぎもをぬかれてただ黙って相手をみつめているばかりだった。まるで誰に向かって話しているのでもない独白のような言葉は、恐ろしく幅の広い、一音ごとに反ったり歪んだり、よく動く薄い唇の間から出てくるのだった。平べったい鼻があって、その下にまばらな一列の毛が生えていた。ほとんど東洋人的という形容にふさわしい、ひどく間隔の開いた目が、絶えずちらちら瞬くガス灯の光を反射し、まったく皺のない額《ひたい》のうんと高みからうしろに撫でつけた長い滑らかな髪の毛は、およそどんな色も洗い去ってしまったように薄白かった。まさしく異相というべきだが、それでいていつかどこかで見た何かに似ているような感じがコスティンを苦しめた。しきりに頭脳をひきつらせ、つつきたてたが、どうしてもこれといった記憶をたぐり出すことができなかった。

ラフラーの声が、コスティンの記憶回復作業を中断させた。「こちらはミスター・スビロー。こちらはミスター・コスティン。どちらもお互いによろしく」コスティンは立ち上がって、差し出された手を握った。温かく、乾いて、石のようにかたかった。

「いらっしゃいまし、ミスター・コスティン。ほんとにほんとによくいらっしゃいました」満足気に喉を鳴らすようにいった。「こんなむさ苦しいところでも、お気に召しました？　おもてなしに心をこめること、請け合います」

ラフラーは含み笑いをした。「いや、コスティンはもうこれで二週間つづけて御馳走にあずかっているんだ」と彼はいった。「おたくの料理が、そろそろ病みつきになりかかっているところさ」

視線がコスティンのほうにかえってきた。「たいへんなお褒めにあずかって、わたし嬉しい。来てくれること、褒めてくれること、ですね？　わたしはさし上げる料理でそれにお応えする。でもアミルスタン羊は今まであなたが召し上がった何よりも上等。請け合います。材料を手に入れるの難かしいし、料理するのも難かしい。けれどそれだけのことありますね」

コスティンはその顔の印象をわきへ押しのけようとして強いてほかのことをいった。「わたしには一つわからないことがあるんです」と彼はいった。「というのは、今おっしゃるような苦労をしてせっかく手に入れたアミルスタン羊を、なぜ分け隔てなく誰でも店に来るお客に出しておしまいになるんです？　お店の評判を落とさないようにするというだけだったら、いつもお出しになる献立《こんだて》で十分だと思いますがね」

スピローはあまり思う存分微笑したので、顔がほとんど完全にまんまるくなってしまった。「それには心理学の説明がいるかも知れません、ね？　すてきなものをみつけたら、ひとと分け合わなくちゃいけません、でしょう？　分けてあげて喜ぶ人の顔見たら、こっちもそれこそ首までとっぷりいい気分にひたれるかも知れませんし、それとも——！」といいながら肩をすくめた、「ただ、いい商売になるからかも知れません、ね？」

「それじゃ、そういうことも考えに入れるとして」とコスティンはなおもねばった。「またあなたがお客に守らせているいろんな習慣なんかのことも考えに入れておたずねするわけですが、何故いっそのこと来る者は拒まずのレストランではなく、会員制のクラブにでもなさらないんです?」

相手の目は不意に鋭い光を放ってコスティンの目の中をのぞきこみ、それからそっぽを向いた。「たいそうごもっとも、ですね? それなら言います。この世にある一番すこしか人を寄せつけないクラブよりも、誰でも来ていいレストランのほうが、他人のことをつつきたてないからです。この店で、誰もあなたのことも根掘り葉掘りしません。あなたがどんな生き方してきたか、誰も知りたがらない。ここですることは、ただ食べるだけ。わたしたち、お客の名前も住所も何故来たかも、何故来なくなったかも知りたがりません。おいでになれば、誰でもいつでも喜んでお迎えする。でも、来なくなっても、ちっともがっかりしない。これで答えになってますか、ね?」

コスティンは相手のけんまくに仰天した。「わたしは何もつつきたてる気で言ったのでは……」と彼はどもりながら言った。

スビローは、舌のさきで薄い唇を舐めた。「いえ、いえ」と彼は請け合った。「あなた、つつきたてたのではありません。わたしのほう、そんなこと咎めるつもりありません。どころか、どんなおたずねでも、どうぞ遠慮なく」

「おい、よせよ、コスティン」と、ラフラーは言った。「スビローなんかに嚇《おど》かされるな。

わたしはこの男とはもう幾年間ものつき合いでお喋りは料理ほど得意じゃないってことを、ちゃんと知ってるんだ。だいたい、君を知らない前から惜しげなくこの店のありとあらゆる恩典をあたえてくれているじゃないか。もちろん、大事な料理場を見せてくれることだけは別だがね」

「そう、それは――」スビローは微笑した。「いつかまたの時まで待っていただきます。そのほかのことなら、わたし、何なりとお望みに沿います」

ラフラーは愉快そうに掌でテーブルをたたいた。「ほら、このとおり！」と彼は言った。「ところで、本音を吐けよ、スビロー。誰か、あんたが使ってる連中のほかに聖なる料理場に入って見た者があるのかい？」

スビローは、目を上げた。「あなたの頭の上にあります」と、彼は熱を帯びた口調で言った。「その肖像の人に、わたし、見せてあげました。とても仲よしの友達で、一番長いこと、店をひいきにしてくれた人。その人が、わたしの店の台所に絶対はいれないわけでないことの証拠」

コスティンはその画を眺め、あらためて気がついてびっくりした。「あれは……」と、彼は興奮していった。「有名な作家で――知ってるでしょう、あなただって――すばらしく辛辣な皮肉な短篇小説を書いて、それからふいにメキシコへ出かけていなくなっちまったあの作家じゃありませんか！」

「知ってるとも！」とラフラーは大声で言った。「だのに、幾年間もその肖像の真下に坐っていながら、そのことに気づかなかったとは！」彼はスビローのほうを向いた。「仲よしの友達、と、あんたは言ったね？　行方不明になって、打撃を受けたろうな」

スビローの顔が急に長くなったようだった。「ええ、ええ、そりゃもう。でも、みなさん、こんなふうに考えません？　あの人の生き方よりも死に方のほうがすばらしかったってふうに？　とても気の毒な人で、楽しいといったらわたしの店のテーブルに向かって坐ってる時っきりって、よく言いました。かわいそうです、ね？　それでわたしがあの人にしてあげられたことってば、わたしの台所を見せてあげただけ。といったって、現に見てしまえば何の変わりもない当たり前の台所でしたね」

「はっきり死んだときめこんでおいでのようですが」とコスティンが口を入れた。「確かにそうだという証拠は何一つないんでしょう？」

スビローは肖像をためつすがめつ眺めた。「そう、なに一つ」と彼は柔らかい声で言った。「めったに例のないことです、ね？」

料理が来ると、スビローは跳ねるように立ち上がって、みずから給仕した。燃えるような目つきで、彼は盆の上から蓋つき鍋をとり上げ、その中からたちのぼる香気を陶然として嗅いだ。それから、たった一滴のソースもあまさないように気をつけながら、ソースのしたたる肉塊を二つの皿にとり分けた。まるで、それだけの作業に疲れきったもののように、彼は喘ぎながらふたたび席についた。「どうぞ」と彼は言った。「お召しあがりください」

コスティンは神経を凝らして、最初の一口を嚙みしめて呑みこんだ。それから彼はフォークのさきをどんよりした目つきでながめた。

「うーん、これは！」と彼は息の下から言った。

「おいしいです、ね？思っていたよりも？」

コスティンは、目がくらむのをこらえようとするように首をふった。「はじめて知る者にとって、アミルスタン羊の味は、人間が自分の魂の中を覗きこむことができるとすれば、きっとこんなふうなのだろう」

「かも知れません」スビローはなま温かい、厭な臭いのする息がかれの鼻孔をくすぐるほど近くに顔を寄せてきた。「本当に自分の魂をちらりと覗いたのかも知れません——ね？」

コスティンは相手の感情を害さずにさり気なくわずかに身をひこうとした。「かも知れませんな」と彼は声をたてて笑いながら言い、「いや、まったくこうなると——まるで牙と爪をむきだした野蛮人と変わりませんな。悪口だと誤解されては困りますが、アミルスタン羊がこの世にある限り、人間は教会を建てて神様を拝もうなんて殊勝な気を起こさないほうがよさそうですよ」

スビローは、立ち上がってそっと手をコスティンの肩に置いた。「発明でいらっしゃる」と彼はいった。「いつか全然何もなさることがない時に、何てことはなしにただしばらく暗い部屋にじっと坐って、こう——この世のことを、今のことやこれからどうなって行くだろうかなんてことを考える——と、宗教に現われた羊ってものの意味にちょっと心が向かうこともあるに違いありません、ね？　なかなか意味深長——ですね？　いや、これは——」彼は二人の男に深いおじぎをした。「長いこと、せっかくのお食事をお邪魔してしまいました。でもとても愉快でした」彼はコスティンにうなずいて見せた。「ではまた、きっとお目にかかりましょう」歯が光り、目が光り、スビローはテーブルの間を泳いで行ってしまった。（キリスト教では羊はむろん犠牲、人の子などの象徴とされている）

コスティンは身をよじって後ろ姿を見送った。「わたしは、あのひとの気を悪くしちまったでしょうかね？」と彼はたずねた。

ラフラーは皿から目を上げてかれを見た。「気を悪くした？　とんでもない。あの男はああいうお喋りが大好きなんだ。アミルスタン羊を出すのは、あの男にとっても、お祭の儀式みたいなものなのさ。ああしてむきにならせると、誰かを改宗させようと思い立った牧師よりもっとしつこく、これからさきまた幾度でも喋りにやってくるよ」

コスティンはまだ目の前にスビローの顔が見え隠れするように感じながら皿のほうに向き直った。「おもしろい男ですね」と彼はいった。「とても」

その顔から受けた印象の根源をもどかしく求めつづけようやくつきとめたのはそれからひと月も経ってからで、とたんに彼はベッドの中で大声で笑い出した。なんだ、そうだったのか！「不思議の国のアリス」の物語に出てくる、人を食った顔でにやにや笑うあのチェシャー猫に、スビローはまるでそっくりだったのだ！

あくる晩、例によってそのレストランめざして冷たく吹きすさぶ風に向かって街路を歩きながら、彼はその思いつきをラフラーにうち明けた。ラフラーは、何だ、つまらない、といった顔つきだった。

「君の言うとおりかも知れん」と彼は言った。「が、わたしには判定者の資格はないね。なにしろわたしがその物語を読んだのはずっと大昔のことだ。まったく、ずっと遠くから聞こえてくる叫び声みたいにおぼろげに思い出せるだけだ」

ラフラーの言葉に応えるように、街路の行く手から突き刺すような叫び声がおこり、二人の男をぎょっと立ちすくませた。「誰かが、どうかされてるんだ」とラフラーが言った。「見ろ！」

スビローズへの入口からほど遠からぬところに、二つの人影が組んずほぐれつするのが見えた。それは前へ後ろへよろめき、それから一つの塊になってのたうちながら歩道に倒れた。ふたたび哀れな叫び声があがり、ラフラーは肥った見かけによらぬ速さでそのほうにかけ寄り、コスティンはおそるおそるそのあとについて行った。

舗道に長々と伸びているのは黒い皮膚の色と白い髪の毛でそれとわかるスピローズの給仕の一人だった。その指は、自分の喉を絞めつけにかかった大きな二つの手を引っ掻こうとして及ばず、容赦なく全体重をかけて自分を押さえこんだ大きな男を突きのけようとして弱々しく膝を動かしていた。

ラフラーは息をきらしながら近寄った。「やめろ！」と彼はどなった。「一体、どうしたんだ？」

眼窩からとび出しそうな目が、訴えるようにラフラーのほうに向いた。「助けて、この男――酔っ払って――」

「酔っ払ってるだと、こん畜生――」相手のほうはひどくよごれた船員服を着た男であることを、コスティンは見分けた。熟柿《じゆくし》臭《くさ》い酒気がにおった。「ひとのポケットに手を突っ込みやがって、それから酔っ払い呼ばわりか、こいつ」彼は首の周りにわたした指を一層かたく締めつけ、相手は呻いた。

ラフラーは、船員の肩をつかんだ。「放してやれ、おい！　放してやれったら！」と彼は叫び、つぎの瞬間突きとばされてコスティンにぶつかり、その勢いで二人一体となって後ろによろけた。

自分の体に手をかけられて、ラフラーはたちまち猛然と反撃した。ものもいわずに彼は船員にとびかかり、隙だらけの顔や脇腹を殴りつけ蹴りたてた。相手はちょっとあっけにとられたようだったが、さっと立ち上がってラフラーのほうに向いた。一瞬二人はがっぷり相手をつかみ合って立ったが、そこにコスティンが加勢に加わり、三人一緒になって地べたに倒れた。やがてラフラーとコスティンは徐々に身をおこし、二人の前にころがった男を見下ろした。

「酔い過ぎて参ったか――」と、コスティンはいった。

「倒れる時に頭を打ったか。いずれにしろ警察を呼ばなきゃいけませんね」

「いえ、いえ、いけません！」給仕はおぼつかない足を踏みしめて起き上がって、まだふらふらしていた。「警察なんて、そんな。ミスター・スビローが迷惑します。どうぞ、お願いですから」彼はコスティンをつかまえて哀願し、コスティンはラフラーの顔を見た。

「ああ呼びやしないとも」とラフラーはいった。「警察なんかとかかり合いになることはない。放っといたって間もなく来てこの人殺しの豚野郎をさらって行くよ。だが、一体どうしてあんなことが始まったんだね？」

「とんでもない酔っ払いなんでございます。あっちへよろよろ、こっちへよろよろしながら歩いてきたので、何の気なしに支えて避けようとして手を出しましたら、泥棒だと言ってかかって参りましたので」

「だろうと思った」ラフラーは優しく給仕を押しながら歩き出した。「さあ、入って仕事にかかった」

給仕は感きわまって、今にも泣き出さんばかりだった。「命拾いできまして、あなたのお蔭でございます。何なりと私めにできることがございますれば――」

ラフラーは、スビローズのドアへ通じる路に踏みこんだ。「いや、いや、何でもないさ、こんなこと。行って、スビローが咎めたらぼくのところへよこしなさい。言い訳してやるから」

「命に代えても――」というのが、奥のドアを閉める時後ろから二人の耳にとどいた最後の言葉だった。

「あのていたらくだ、コスティン」とその二、三分後、テーブルに向かって椅子を引き寄せながらラフラーは言った。「文明人ともあろうものが。アルコールの臭いをぷんぷんさせて、近くに寄ってきたからって何の罪もない男をすんでに殺しかけるところまで痛めつけるなんて」

コスティンは何とかもっともらしいことを言って、今の事件で上ずった気分をなだめようとした。

「アルコール分を欲しがる連中は、一種の神経過敏になっているんですよ」と彼はいった。「あの船乗りがああいうふうになるにも、きっと何かそれなりの理由があったんでしょう」

「理由？　あるとも、もちろん。人間が先祖からの遺伝でずっと受けついでいる残忍性さ！」ラフラーは大きく何かを抱くような身ぶりをした。「わたしたちがこうしてここに坐って肉を貪り食うのは何故だ？　ただ空腹を満たすためばかりじゃない。われわれが血の中に持っている本能が、解放してくれと叫ぶからだよ。ちょっと思い出してみてくれ、コスティン。わたしがいつか、スビローは文明の絶頂をきわめた男だ、といったのを覚えているかい？　今なら、その意味がわかるかい？　すばらしい男だ。人間の自然の本性というものを知っているんだ。しかし、そこらのつまらない連中と違って、あの男はわれわれの奥底にひそんでいる野性を、罪のない第三者に危害を及ぼすことなしに満足させるために、できるだけの努力をしてくれているんだよ」

「アミルスタン羊を初めて食べたあの時のことを思い出すと——」とコスティンはいった。「あなたが何をいわんとしておいでになるのか、よくわかります。ところでもうそろそろまたあれにお目にかかれる頃じゃありませんか？　もうあれからひと月以上ですよ」

給仕が、水を注ぎながら躊躇《ためら》いがちにいった。「あいすみません。今夜はスペシャルはございません」

「おい、聞いたかね？」と、ラフラーは唸るようにいった。「とうとうこれで、どうやら今度のスペシャルはぼくの口に入りそうにないな」

コスティンはおどろいて相手をみつめた。「まさか。とんでもない、そんなこと」

「えい、言っちまおうか」ラフラーはひと息にコップの水を半分飲みほし、給仕は即座にあとを満たした。「わたしは社の南米の出張所に不意打ち視察旅行に出かけるんだ。ひと月か、ふた月か、日程はどれくらいになるかわからないが」

「どうしてもそうなさらなけりゃいけないほど、出張所の成績が落ちているんですか？」

「いやいや、落ちてるというより、やりようによっちゃもうすこし成績を上げられるんじゃないかって程度だがね」それからラフラーは不意ににやりと笑った。「それにスビローズに払う大枚《たいまい》の食事代のことを忘れちゃいかんよ」

「オフィスでは、そんな話はこれっぽっちも耳に入っていませんがね」

「君が知ってるようじゃ、不意打ちにならんだろうが。わたし以外——いや、それに君のほかには、誰も知らないはずだ。出張所の連中が、夢にも知らないところへふらりと入って行きたいのさ。どんなでたらめをやっているか、見とどけてやるんだ。こっちのオフィスには、どこかに保養にでも出かけるってことにしとく。仕事の疲れを休めに、どこかのサナトリウムでも行ってると思わせとくんだ。とにかく、主だった連中がしっかりしているから、こっちのことは心配いらん。たとえば君みたいな腕ききがいるからな」

「わたしが？」とコステインは驚いて言った。

「明日出勤したら、昇進の辞令を受け取るはずだ。残念ながら、わたしの手から渡すことはできないがね。いいかい、それは仕事の外のこうしたつき合いとは何の関係もないんだ。

君の仕事ぶりは立派なもので、ぼくは大いに感謝している」

コスティンは、褒められて赤面した。「明日オフィスにおいでにならないというと――今夜お発ちになるので？」

ラフラーはうなずいた。「今ちょっと乗物の座席の予約で、ごたごたしてるんだが、そいつがうまくすっと通れば、その、なんだ、この食事がしばらく別れの宴ってことになるな」

「何と申しましょうか」と、コスティンはのろのろ言った。「わたしは本心から、その座席の予約とやらがとれないことになるといいと思いますよ。こうしてあなたとここで食事することは、わたしにとってついぞ予想しなかったほど大きな意味をもつようになってきたような気がするんです」

給仕の声が割って入った。「料理をおもちしますか、お客様？」不意を打たれて、二人ともおどろいてそちらを見た。

「頼むよ、ああ」とラフラーはきつくいった。「まだ待っていたのか。知らなかった」

「わたしの気がかりは――」と彼は給仕があちらを向くとコスティンに向かっていった。「こんどのアミルスタン羊を食べ損なわなけりゃならないことだ。実をいうと今夜こそはあれにありつけるかも知れないと空頼みにして、もう一週間も出発を延ばし延ばしにしてきたので、もうこれ以上はどうしても延期ができないのだ。せめて君がここであれにありつく時、ぼくがいないことを気の毒とも残念とも思ってくれよ」

コスティンは声をたてて笑った。「ええ、そりゃもう勿論」と彼は運ばれて来た料理に向かいながらいった。

彼が皿の中のものを片づけたか片づけないかに、給仕が音もなく寄ってきた。それはいつものテーブルを受け持つ給仕ではなく、さっきの格闘の被害者だった。

「やあ」とコスティンはいった。「どうだね、気分は？ まだ落ち着かないかい？」

給仕は、彼には全然関心を向けていなかった。そうはせず、ひどい緊張状態にあるもののような態度で、かれはラフラーのほうに向いていた。「お客様」と彼は囁きかけた。「わたしの命を助けて下さいました。お蔭さまでです。わたし、ご恩返しします！」

ラフラーはおどろいて目を上げ、それからはっきり頭を左右に振った。「いや」と彼はいった。「恩返しなんか、いらんよ。いいかね？ あれだけ心からお礼をいってもらっただけで、もうたくさんだ。さあ、仕事に精出して、その話はもう聞かせんでくれ」

給仕はびくとも動かなかったが、声だけがすこし高くなった。「あなた様が崇める神様にかけて、たとえあなた様がお望みでなくともわたしはあなた様をお助けします！ 料理場へいらしてはいけません。こう申し上げるのは、助けていただいたわたしの命とあなた様の命をとりかえっこするのと同じなのです。今夜にしろ、この世に生きておいでのいつの夜にしろ、スビローズの料理場にお入りにならないように！」

ラフラーは、まったく唖然として椅子の中でそっくりかえった。「台所へ行くなと? 何故行っちゃいけない? むろんミスター・スビローが誘ってくれたとしての話だが。一体どういうつもりだね?」

かたい手が一つコスティンの背に置かれ、もう一つの手が給仕の腕をつかんだ。給仕はかたく口をつぐみ、目を伏せて凍りついたように身じろぎもしなかった。

「いったい何がどうしました、みなさん?」とのどを鳴らすようにいった。「いいところへ来ました。この店のこと、わたしなら何でもお答えできます、ね?」

ラフラーはほっと、安堵《あんど》の溜め息をついた。「やれやれ、スビローまったくいいところへ来てくれた。この男は何か、わたしに料理場へ行くなとかいってるんだよ。どういうつもりだか、わかるかい?」

ゆったりと笑う白い歯が見えた。「ええ、そりゃもう。この男、心から親切でそう言ってるんです。気性のはげしいコックが、大事な料理場へ、わたしが誰かを案内してくるって噂が立って、かんかんに怒りましたね。怒ったも怒ったも! その場でやめるなんて脅かしたほどで、そうなったらスビローズはどうなるかおわかり、ですね? わたし、うまくいいくるめて、立派な身分のお客さまの前で仕事してみせるってこと、どんなに名誉なことかよくわからせて、もうすっかり機嫌なおしました。ね?」

彼は給仕の腕を放した。「おまえの受け持ち、ここじゃない」と彼は柔らかい声でいった、「二度と間違えないようにする。いいね？」

給仕は、目を上げることもできずにこそこそと去り、スビローはテーブルに近く椅子を引き寄せた。彼は腰をおろして、手で軽く髪を撫でた。「びっくり箱から、もう猫がとび出してしまいました、ね？　今晩お誘いすること、不意にいってびっくりさせるつもりでした。でも、びっくりはもう終わり。あとはただお誘いだけ」

ラフラーは額から汗の粒を拭った。「本気かね？」と彼は意気込んできいた。「わたしらに、本当に今晩あんたの店の料理をこさえるところを現に見せてくれようってのかね？」

スビローは鋭い指の爪でテーブル掛けに線をひき、麻布の上に薄い真っ直ぐなあとをつけた。「うふう」と彼はいった。「それは難かしい問題」彼はテーブル掛けについた線を仔細らしくながめた。「ミスター・ラフラー、あなたとは十年のながいお馴染み。けれど、ここにおいでのお友達は――」

コスティンは手を上げてあとをさえぎった。「よくわかりますよ、わたしには。今夜のお招きは当然ミスター・ラフラーだけに向けられるもので、わたしがいては御迷惑だってことは。実は今夜わたしはもっと早くほかに人と約束があって、本当ならもう出かけてなけりゃいけないところなんで。ご心配には及びませんよ、ちっとも」

「いや」とラフラーはいった。「そりゃいかん。それじゃ不公平だ。今までずっと一緒に楽しみを分け合ってきて、コスティン、せっかく待ちに待った望みを叶えてもらっても、一人じゃ、喜びが半分になっちまう。この一度にかぎり、きっとスビローだって特別に許してくれるさ」

二人は同時にスビローの顔を見、スビローは仕方ないといったふうに肩をすくめた。コスティンはだしぬけに立ち上がった。「いや、これ以上ここに長居して、あなたのせっかくの冒険の楽しみを台なしにしては、ラフラー。おまけに――」と彼はおどけていった。「癇癪もちのコックが、あなたに肉切り庖丁をつき立てるところを想像すると。わたしはその場にいないほうがいいと思いますよ。この辺でおいとましましょう」彼はラフラーがすまなそうに黙っているのを気分をひきたたせるように言葉をつづけた。「そして、あなたはスビローにお任せします。きっとすばらしい見世物を見せてくれるでしょう」彼が手をさし出すと、ラフラーは痛いほど強く握りしめた。「ほんとにすまないな、コスティン」と彼はいった。「また会うまで、晩はいつもずっとここで食事して帰りを待っていてくれたまえ。そう長くは留守にしないつもりだ」

スビローはどいてコスティンの通る道をあけた。「またどうぞ、お待ちしています」と彼はいった。「さよなら」

コスティンはちょっと玄関で立ちどまって、マフラーを直し、ホンブルグ帽をちょうどいい角度に傾けてかぶった。ようやくよしと見て鏡に背を向け、すでに料理場へ通じるドアのところにさしかかったラフラーとスビローに最後の一瞥《いっくく》を投げた。スビローは片手で誘うように大きくドアを開け、もう一方の手はほとんど慈しむようにラフラーの肉づきのいい肩にかかっていた。

お先棒かつぎ

The Cat's-Paw

その下宿屋では、どの部屋だってみんな同じようなものだった。うすよごれ、床《ゆか》はリノリュームばりで、真鍮のベッドを据えつけ……。けれどもミスター・クラブトリーは、その求人広告に応募した日、自分の部屋にたった一つだけ、よそよりましなとりえがあることに気がついた。というのは、廊下にある共用の電話の位置が、自分の部屋のドアをすぐ出たところで、ちゃんと聞き耳をたててさえすれば、いつでもその機械がチリリンと鳴り出したとたんに、いきなりそいつにとびつけるということだった。

この発見にもとづいて、彼は求人応募の手紙のおしまいに、自分の署名に加えてその番号を書きつけた。そいつを書きつけるとき、ペンを持つ彼の手はいささかふるえた。その電話が自分の所有物であるかのような印象を、その手紙の読み手に与えるかも知れないことが、非常なイカサマであるかのような気がしたからだが、そういう手段によって得られる一種の信用が、ひょっとして有利にはたらくかも知れないという計算が結局は勝ちを制したのだった。もっともそのためには、それまで後生大事にかかえこんできた雪のように真っ白な良心を、うんと犠牲にはした。

だいたいその広告というのがまさに奇蹟にほかならなかったのだ。「募集〈男子〉」の部にあって、「求・激務堪能真面目正直勤勉事務経験者成可45〜50歳位待遇普通詳細歴郵送乞　私書箱一一一号」というので、ミスター・クラブトリーはおそるおそる眼鏡ごしにとうてい信じられないものを見るような目つきでそれを読み、いかに骨の折れる仕事であろうとも、それで普通なみの給料をもらいたがっているかも知れない、そして同じ広告文を自分より幾分間か、いやひょっとすると幾時間かさきに読んでしまったかもしれない、自分と同年配の仲間たちのことを想像して、周章狼狽した。

彼が書いた手紙は、「上手な手紙の書き方」の「求職の部」の模範例文に採用されてもいいような出来ばえだった。年は四十八歳、健康状態は申し分ない。現在まで独身。同じ一つの会社に三十年勤続した。忠実に過失なく勤めた。みごとな精勤と出勤時刻厳守の記録をつくった。ところが不幸なことに、その会社は他のもっと大きな会社に併合されることになった。それにともなって、遺憾ながら多くの有能な社員を整理せざるを得なくなったのだ。勤務時間？　そんなものは問題ではない。唯一つの関心は、どれほど時間がかかろうとも、自分に任された仕事を完全に仕上げることだ。給料？　そんなものは、まったく自分を雇ってくれようというお方の胸三寸にあること。もとは五十ドルの週給をもらっていたが、むろんそれは長年かかって自分の値打を証明し、しかるのちに受けた待遇だった。いつ何時でも面接に出頭できる。信用ならびに身元の照会は下記へ。署名。それから例の電話番号。

こういったことを彼は書きならべ、必要な語句は一字一句も洩らさず、それぞれあるべきところに配列されていると安心できるまで、十何遍も書きなおした。それから、かつて彼があずかっていた帳簿をきわ立って美しい作品たらしめていた銅版刷りのような筆蹟で、ようやく書き上がった文章を、もっぱらこの非常の場合のために買いこんだ特製上質紙に書きうつして、投函した。

こうしたのち、返事が郵便でくるものか、電話でくるものか、それとも全然こないものかと千々に思いを乱しながら、ミスター・クラブトリーは果てしなく長く、また心臓によろしくない二週間を過ごした。それから電話に応答した彼の耳に、自分の名前を発音する声が、世の終わりを告げる雷鳴のように電話線を伝わってきた――あの瞬間がやってきた。「はい」と彼はかん高い声でいった。「クラブトリーです！　私です、手紙をさし上げたのは！」

「まあ、お静かに、ミスター・クラブトリー、お静かに」と相手の声はいった。自分が喋ろうとする文句をひと切れずつとりわけ、そいつをまた細かくちぎってよく吟味してから電話口に吹きこんでよこすような、細いはっきりした声で、それはまるでぎゅっと絞めたら慈悲がたらたらと滴《したた》り出るかも知れないとでも思っているかのように受話器をかたく握りしめたミスター・クラブトリーを、ただちに凍りつかせるきき目をあらわした。

「あなたのお手紙を拝見いたしましたが」とその声は相変わらず苦しいほど慎重な調子でつづけた。「まことに気に入りましたよ。まことに。けれども話をきめる前に、私のほうから雇用条件といったものをはっきりさせておきたいと存じまして。構いませんか、今ここで申し上げても？」

コヨウという語音がミスター・クラブトリーの脳天をつらぬいて鳴りわたり、彼はふらふらとした。

「――ませんとも！」と彼はいった。「どうぞ」

「それでは。まず第一に、あなたは、ご自分で事務所を預かってやっていける自信がおありですか？」

「事務所を預かって？」

「いやいや、どんなに大きな事務所だろうとか、どんな責任を背負わされるのだろうかとか、そんなことは心配なさらんでよろしい。要するに問題は、やっていただく仕事というのが、ある種の秘密の報告書を定期的に作ることだというところにあるんでして。あなたはご自分の事務所をもち、そのドアにはあなたのお名前が書き入れてあって――もちろん、直接には誰からも監督されないわけです。おわかりでしょうな、それで、どれほど信用できる人物を物色しなけりゃならないかということが」

「ええ」と、ミスター・クラブトリーはいった。「しかし、その秘密の報告書とやらは……」

「あなたの事務所には、幾つかの会社の名前を書きつけたリストが備えつけてあります。それから、そのリストに載った会社のことがよく出る財界新聞や雑誌が、幾通りも届きます。そういう記事があらわれるのを、あなたはいつも気をつけて見張っていて、毎日それを報告書にまとめて私のところへ郵送してくだされぱいいのです。経済理論とか、文章を上手に書くとか、そういったことはなんら必要ないということもついでに申し添えておかにゃなりますまい。正確、簡潔、明瞭。その三つがモットーです。おわかりですか？」

「はい、よく」とミスター・クラブトリーは熱をこめていった。

「結構」とその声はいった。「次にあなたの執務時間は午前九時から午後五時まで、このうち昼休みが一時間、それで週六日です。よく申し上げておきますが、精勤と出勤退出の折目ということ、これを是非まもっていただきたい。そしてこのことについては、一日じゅう片時も目もはなさず私から監視されているのと同じように思っていただきたい。こう強く申したからといって、あなたを傷つけることにはなりますまいな？」

「いえ、いえ、そんなことは！」とミスター・クラブトリーはいった。「私は……」

「話をさきへすすめますよ」と電話の声はいった。「いま場所と部屋の番号をいいますから、今日から一週間したらそこで勤務をはじめてください」――鉛筆も紙も手元になく、ミスター・クラブトリーはその番号を必死に記憶の中に押しこんだ。「そこへ行ってもらえば、準備は完全にととのっています。ドアには鍵をかけずにあって、机の引出しをあけるとちゃんと二つの鍵がはいっています。一つはそのドアので、もう一つは書類戸棚のです。机の中には、さっき私がいったリストも、報告書を書くのに入り用な道具もはいっています。書類戸棚の中には、まず手始めにとりかかっていただく刊行物がひと山はいっています」

「失礼ですが」と、ミスター・クラブトリーはいった。「その報告書というのは……」

「リストにある会社にちょっとでも関係があることは細大もらさず――商売上の取引から人事異動といったようなことまで、全部網羅していただかなくちゃなりません。そして毎日、ひけて帰る途中でポストにほうりこんでいただかなくちゃ。わかりましたか？」

「一つだけおたずねしたいことが」とミスター・クラブトリーはいった。「どなたに宛てて――どこへ送ればいいんですか？」

「わかりきったことを」と相手は、ぴっしゃりきめつけるように響いて、ミスター・クラブトリーは身がすくんだ。「もうあなたが、よくご存知の私書箱に宛ててですよ」

「かしこまりました」とミスター・クラブトリーはいった。

「つぎに」と声は有難いことにもとの慎重な調子にもどっていった。「給料のことです。きっとあなたにもおわかりのことと思いますが、これにはいろいろ考慮に入れなければならないことがありまして、よくよく私は思案を重ねました。結局、私は昔からよくいわれる教訓にしたがうことにしました。〝いい職人は報酬を惜しまず雇え〟というので――聞いた覚えがおありですか？」

「はい」とミスター・クラブトリーはいった。

「そして」とその声はつづけていった。「〝だめな職人は、いつでも代わりがみつかる〟……ということを念頭において、私はあなたに週五十二ドルさし上げるつもりでおりますが。それでお気に召しますか？」

ミスター・クラブトリーは啞然として電話器をみつめそれから気をとり直して声を出した。「ええ、もう」彼はあえいだ。「ええ、それはもう。何と申しましょうか……」

声はきびしく彼をさえぎった。「しかしこれはあくまで仮のもので、おわかりですな？あなたは――あまりうまいいい方ではありませんが――ご自分の力量を証明なさるまでは、いわば仮採用ということになるのでして。仕事を完全にこなしてくださるか、それとも完全にふいにするかのどちらかですよ」

ミスター・クラブトリーは、その暗いほのめかしに、足が水になったような気がした。

「できるだけ、やってみます」とかれはいった。「絶対に、できるだけのことをやらせてみていただきます」

「それから」と声は無慈悲につづけた。「仕事が秘密の性質のものだということ。そこが、一つ、よくよく心得ておいていただきたい大事なところで。誰にもこの仕事のことを話さないこと。なにしろ事務所から何から仕事に入り用なものは全部、私のほうでお膳立てしてあげるんですからな、誰かに何か相談する必要があったなどという言い訳はききませんぞ。それから、なまじっかあれば使ってみたくなるのが人情なので、わざと電話はつけておきませんでしたよ。よくあることですが、勤め人の分際で勤務時間中に電話でひととむだ話をして、暇をつぶしているのを見るのが大嫌いだからといって、お咎めにはなりませんでしょうな？」

たった一人の妹が二十年前に亡くなってからというもの、話題のいかんを問わずミスター・クラブトリーと会話を交じえようなどと夢にも思いついた相手はただ一人もいはしなかった。けれども、彼はただ「いいえ。決して」と答えるにとどめた。

「では、ただ今お話しした条件でご承知いただけるのですな？」

「はい」とミスター・クラブトリーはいった。

「なにかおききになりたいことは」

「一つだけ」とミスター・クラブトリーはいった。「給料のことで。どういうふうにして……」

「毎週、週末にあなたの手元にとどきます」と声はいった。「現金で。ほかに何か？」

ミスター・クラブトリーの心の中に、今や川の途中でつかえて重なる丸太のように質問が山積していることは紛れもなかったにもかかわらず、これ一つとしても思いつけなかった。思いつけずにもたもたしている間に、声は猶予せず、「よろしく、では」と言い、つづいて相手が受話器をかけたことを知らせる金属的な音がした。彼は自分も同じようにしようとして、そこではじめて、自分の手があまりかたく受話器にへばりついていたので、離すのにちょっと骨が折れることに気がついた。


ミスター・クラブトリーが初めて教えられた番地に向かって行った時、そこにビルなんかまるっきりなかったとしても大して驚かなかっただろうということはいえる。けれどもビルはそこにあって、おまけに相当な建物で、中には大勢人がいて、エレベーターにぎゅう詰めになって上下に運ばれ、また廊下を歩きながら、忙しく他人になんか構っていられない目つきで彼を見たり、周囲で擦れ違ったりした。

部屋もあった。それは最上階の曲がりくねった廊下のどん詰まりにひきこもっていて、その廊下に交差してさらに上る一条の階段が開け放しのドアに向かってつづき、その向こうに空が平べったく灰色に貼りついているのが見えた。

もっとも印象的だったのは、ドアに「クラブトリー連合通信社」と筆太に書きつけた文字だった。ドアの向こうは、とても信じられないくらい小さな狭い部屋で、中に据えた調度のとてつもない大きさのおかげで、実際よりもっと小さくさえ見えた。ドアを入ってすぐ右手に、ばかでかい書類戸棚があった。それにぴったり押しつけられて、それでもあまり大きいのでその側の壁面はすっかり占領して、大きな古風な机と、その前に一つ回転椅子が置いてあった。

逆の側の壁にあけた窓も、調度と釣り合っていた。幅広くてたけの高い、ばかでかい窓で、敷居の高さはミスター・クラブトリーの膝とおつかつだった。初めてちらりとその向こうに目をくれ、つい隣のビルのこちら向きの側に窓がないためにいちじるしく効果を強められた直下のはるか下界を目に入れたとたん、彼はちょっと吐き気をもよおしたほどだった。

ひと目でたくさんだ。であるからしてミスター・クラブトリーは、窓の底部は開かないようにしっかり留め金をかけ、上部だけを開閉することにした。

鍵は引出しの中にはいっていた。ペンとインクとペン先が一箱と吸取紙、それに役に立ちそうだというよりまず感銘をもよおさせる五、六点の小道具が別の引出しの中にあった。切手も入れてあった。だが一番嬉しかったのは、「クラブトリー連合通信社」という肩書きとオフィスの番号とビルの名前を刷りこんだ便箋や封筒がどっさりおさまっていたことだった。それをみつけたミスター・クラブトリーは、歓喜のあまりさっそくペンをふるって、二、三行ためし書きをやり、それからすこしばかりその浪費に驚愕して、そのページをむしりとって細かく破り、足元の屑籠にそっと落としこんだ。

しかるのち、彼の努力はすぐ手元に控えた仕事に傾注された。書類戸棚の中からは、まるで慌てさせられるほどおびただしい分量の刊行物があらわれ、そいつを一行一行しらみつぶしに調べて行かなければならないわけで、ミスター・クラブトリーは一ページずつ読み進みながら、ついうっかりして、ちゃんと約束どおりリストにある会社の名前が出ているのを、気づかずに読みすごしてしまったのではないかという恐怖に絶えずおびやかされつづけた。そこで彼は同じページをもう一度、まるで仕事をおもちゃにしているような自責感に責められながら読み返し、もともとみつけたくもない落度を結局最後までみつけずに終わりまできて正体不明の唸り声をあげるのだった。

時折、彼は自分の前にある刊行物の山をすっかり片づけてしまうことは永久にできないような気がした。いつでも、すこしはかが行ったと思って喜びのため息をつくと同時に、必ずあくる朝また新たにどっさり郵便物がとどいて、つまりは仕事がまたどっさり溜まることを思ってがっくり打ちのめされるのがきまりだった。

さりながら、くさくさする同じことばかりの連続にも息抜きが全然なかったわけではない。その一つは、毎日の報告書を作ることで、いつの間にか自分がその仕事を楽しみにしはじめていることに気がついて、ミスター・クラブトリーはいささかおどろいたものだ。

いま一つは、毎週遅滞なく、一ドル紙幣の一枚も欠けずに、彼の給料をおさめた角封筒がとどく時だったけれども、それは必ずしも純粋に嬉しいばかりの一刻ではなかった。ミスター・クラブトリーは注意ぶかく封筒の一端を切り、金をぬきとり、かぞえ、時代ものの財布の中にきちんと揃えて入れる。それから彼はいつか明朝より出社に及ばずという通知を受け取った恐ろしい経験を思い出しながら、ふるえる指先を封筒の中につっこんでさぐる。それはいつになってもいやな瞬間で、そのあと彼はきっと気分が悪くなり胸さわぎがして、ふたたび仕事に没頭してしばらくしてからようやく治まるのだった。

やがて仕事は彼の一部となった。もはやタイプで打ったリストを見る必要もなかった。それに載っている会社の名前は彼の心にしっかりと刻みこまれ、夜眠れない時など、そのリストを二、三度くりかえし暗誦すると不思議に落ち着いてすやすやと寝入れるようになったほどだ。中でも一つの会社の名前が特に彼の注意をひき、気にかかった。能率機械株式会社というのがそれで、その会社は疑いもなく嵐に直面させられていた。大幅の人事異動があり、よその会社と合併の噂が起こり、株価は市場で急激に上下した。

幾週間かが積み重なって幾月となるうちに、リストにあるどの会社の名前にも生き生きとした個性が感じられるようになったことを自覚して、ミスター・クラブトリーはどちらかといえば愉快だった。アマルガメーテッド社は着々と成功をおさめ、岩のように堅実だった。ユニバーサル社は新技術の開拓に忙しく、性急だった。以下それぞれに……。だがミスター・クラブトリーのお気に入りはなんといっても能率機械会社で、彼は一度や二度ならず何度も、当然の義務というより、ひと刷毛《はけ》濃い関心をそれにはらっている自分に気がついて、そのたびに慌てて気をとり直した。あくまで客観性というものを尊重しなければならぬ。さもないと……。

そいつはまったく藪から棒の出来事だった。彼はいつに変わらず定時きっかりに昼食からたちもどり、オフィスのドアを開け、自分が雇い主に面と向かって立っていることをさとった。

「おはいり、ミスター・クラブトリー」と例の明晰な細い声がいった。「ドアをしめて」

ミスター・クラブトリーはドアをとざし、声なく立ちすくんだ。

「どうやらわたしはよくよくはっきりした印象を他人に押しつけてしまうらしい」とその訪客はどこか面白がっているような口調でいった。「そうしてあんたにたちまち見抜かれてしまったところをみると。おわかりなんだな、わたしが誰だか、もちろん？」

ミスター・クラブトリーの痺《しび》れた感官に、大きな球根のような出目の視線をひたと自分に据え、大きな弾力のありそうな口をした、樽のように背が低く丸っこい人物が印象された。というより、その男は沼のほとりにゆったりうずくまった蛙にそっくりで、自分はたまたま運わるくそのそばに這い寄って、捕食される寸前にある蝿であるかのような気がしたといったほうがいい。

「たぶん」とミスター・クラブトリーは震えをおさえながらいった。「私を雇っておいでの、ミスター……ミスター……」

太い人差し指がミスター・クラブトリーの脇腹をくすぐるようにこづいた。「給料さえ間違いなく払っとれば、名前なんかどうでもいい――じゃないかね、ミスター・クラブトリー？　しかし、便宜上かりに――まあ、ジョージ・スペルヴィンとでもしておいてもらおうか。そんじょそこらにうじゃうじゃしているミスター・スペルヴィンという名前に、これまでぶつかったことがおありかな、ミスター・クラブトリー？」

「ありません――と思います」とミスター・クラブトリーは惨めな気持ちでいった。

「すると、あんたはあまり芝居を見に行ったりしないわけで、それは大いに好都合。ついでに想像を逞《たくま》しうすれば、小説や映画に我を忘れて没頭するというようなこともないのじゃないかな？」

「私は毎日新聞を読みます」と、ミスター・クラブトリーは反発した。「新聞というものはたんと読みでがありますし、お察し願いたいもので、ミスター・スペルヴィン、それにここでの仕事を加えると、ほかに気を散らすということはとても容易じゃございません。もちろん新聞だけはちゃんと欠かさず読むとしての話ですが」

大きな口の両端が上にむかってゆがみ、そこにあらわれた表情は微笑だとミスター・クラブトリーは思いたかった。「それこそあんたから聞きたかった返事だよ。事実というもの。な、ミスター・クラブトリー――事実だよ！　わたしが欲しかったのは事実だけにかたよった関心をもった人間なので、今のあんたの言葉は、初めにもらったあんたの手紙と同様、わたしが正しく人を選んだことを証拠だててくれたね。わたしは大いに満足だよ、ミスター・クラブトリー」

ミスター・クラブトリーは、今や体内の血が勢いよく血管をかけめぐるのを自覚した。

「有難うございます、かえすがえすも、ミスター・スペルヴィン。自分でも一生懸命つとめさせていただいているつもりですが、いっこう何やら……。お坐りになりませんか？」

ミスター・クラブトリーは自分の前に立ちはだかった樽のような図体をかかえるように腕を廻して、その向こうにある椅子をちゃんとした位置に引き寄せようとしたが、とどかなかった。「すこし部屋が小さいもので。もちろんこれで上等ですが」と彼はどもりながらいった。

「――だろうとも、そりゃ」とミスター・スペルヴィンはいった。彼は窓にはまりこみそうなほど後退して、椅子を指さした。「さあ、あんたのほうがかけたらいい、ミスター・クラブトリー、わたしがこうして出かけてきた用件を話すあいだ」

命令するような手つきの魔力に翻弄されるように、ふらふらとミスター・クラブトリーは椅子に尻をおとし、座席を回転させて、窓と、それを背にして立つずんぐりした人影に向かい合った。「もし今日の報告についてのおたずねごとでしたら」と彼はいった。「まだすっかり終わっておりませんので。ただ気がつきましたのは、能率機械会社が……」

ミスター・スペルヴィンはそっけなくその話題をかたわらへ払いのけた。「そんなことを話しにきたのじゃない」と彼はゆっくりいった。「わたしが今ぶつかっている問題の答えをみつけに来たのだよ。あんたはきっとその答えをみつける手伝いをしてくれるだろうと、ミスター・クラブトリー、わたしはあてにしているのだ」

「問題ですって？」ミスター・クラブトリーは急に自分が偉くなったような豊かな気分を味わった。「何でもお手伝いいたします、ミスター・スペルヴィン、私にできますことならば。何なりと、できる限り」

出っぱり目玉は彼の目のなかを心配そうに覗きこんだ。「では、たずねるが、ミスター・クラブトリー、人をひとり殺してもらいたいのだが、どうだね？」

「私が？」とミスター・クラブトリーはいった。「どうだねとおっしゃられても……私には、お話の意味がわかりかねますが」

「こういったんだよ」ミスター・スペルヴィンは慎重に一語一語はっきり区切っていった。「人をひとり殺してもらいたいんだが、どうかね？」

ミスター・クラブトリーはあんぐり口をあけた。「だって、できませんよ！　やれませんよ！　そんなこと」と彼はいった。「そんなことすれば、人殺しになるじゃありませんか！」

「そのとおり」とミスター・スペルヴィンはいった。

「ご冗談でしょう、そんな」とミスター・クラブトリーはいって、笑おうとしたが、硬化した喉から出て来たのはかすかな、喘ぐようなぜいぜいという音にすぎなかった。その哀れっぽいつくり笑いさえ、すぐ前にある石のような顔を目にして中途でとぎれた。「どうもあいすみません、ミスター・スペルヴィン、あいすみません、まことに。しかし、そういうことを軽々しく……そんなこと聞いたためしも……」

「ミスター・クラブトリー。実をいうとわたしの名前──わたしの本名は、あんたがせっせと読みつづけている財界雑誌に、ひっきりなしに出てきているのだよ。わたしはつぎつぎとパイに指をつっこんで、ミスター・クラブトリー、いつもきっと中身のスモモをさぐりあてるのさ。いっそはしたないいい方をすれば、わたしはあんたにはおよそ想像もつかないほど──仮に、あんただってたまには空想をめぐらすことがあるとしての話だが──大金持ちで有力者なのだ。いやしくもそういう身分に成り上がろうという人間が、つまらん冗談をいったり、一介の雇い人とお喋りして、むだに時間をつぶしたりはせん。わたしは忙しい身の上だ、ミスター・クラブトリー。もしわたしの頼みに応えられないのなら、はっきりと断わって、あとはなるようにならせるんだ！」

「私にはできませんでしょう」とミスター・クラブトリーは哀れっぽくいった。

「すぐそういわなきゃ」とミスター・スペルヴィンはいった。「そして、わたしに癇癪を起こさせんようにしてくれなきゃ。正直のところ、あんたが即座に答えられようとは、わたしも思っていなかったし、もし答えられたらわたしは見込み違いも極まれりといったにがい気持ちを味わわされただろうよ。いいかね、ミスター・クラブトリー、そういう質問がただの一度も侵入する余地のなかったあんたの平穏無事な一生というものが、わたしには羨ましい——いや、まったく。あいにく、わたしの場合はそうじゃなかった。わたしは一つ——金持ちに成りあがるまでの経歴中たった一つの汚点ともいうべきミスをしてしまった。それが時を経る間に、残忍性と抜け目なさを二つ一緒にして危険なまでにたっぷり一身にそなえたある男に気づかれ、それからというもの、わたしはその男のいいなりにさせられるようになってしまった。つまりその男は恐喝者《ゆすり》でな——自分の売物にあまり高い値段をつけすぎて、結局自分でその代償を支払わなければならなくなる、ありきたりの恐《ゆ》喝者《すり》にすぎなかったのさ」

「あなたは」とミスター・クラブトリーはかすれた声でいった。「その男を殺すおつもりなので？」

ミスター・スペルヴィンは、はちきれそうにふくらんだ頭をふりたてて抗議した。「たとえ蠅がこの掌にとまっても」と彼はきびしい口調でいった。「それを握りつぶして命を奪うだけの勇気が、わたしにはどうしても出ないのだ。あからさまにいえば、ミスター・

クラブトリー、わたしはどうしても暴力をふるうということができない性質《たち》なので、それはそれなりにいろいろの意味で結構なものであるにもせよ、現在この場合にあってはただもうもてあますばかりでな。というのは、どうしてもその男を殺さなければならないのだから」ミスター・スペルヴィンはそこでひと息ついた。「かといって、これは金を払っていわゆる殺し屋にやらせるべきことでもない。もし間に合わせにそんなのに頼んだりしたら、要するに一人の恐喝者《ゆすり》を片づけて、別の恐喝者《ゆすり》をかかえこむだけのことでな、どう考えても得策でない」ミスター・スペルヴィンはまたひと息ついた。「というわけで、ミスター・クラブトリー、結論はたった一つしかないことが、あんたにもおわかりだろう。つまりその迷惑千万な男を片づける責任は、ひとえにかかってあんたの双肩にあるんだよ」

「私に！」ミスター・クラブトリーは大声を出した。「いったい、私にそんなことが――とんでもない！」

「さあ、どうだか」とミスター・スペルヴィンは不愛想にいった。「あんたは、みすみす窮地に自分を追いこみにかかっているようだな。今さら引き返しもならないところまで行ってしまわないうちに、ミスター・クラブトリー、もしあんたが、わたしの頼みをきかなければ、今日ここを出て行ったが最後、二度と戻ってくる必要はないのだってことを、はっきりいっておくよ。わたしは、自分の責任をまっとうしないような雇い人を、大目に見逃すことはできないたちでな」

「大目に見逃す！」と、ミスター・クラブトリーはいった。「そりゃあんまりですよ、ミスター・スペルヴィン、そりゃあんまり——。私はこんなに一生懸命やっておりますのに」眼鏡がぼうっと曇った。彼はそれをはずし、よく拭いて、また鼻の上にのせた。「それに、私にそんな秘密を打ち明けなさるなんて。わかりませんな、私には、さっぱり。だいたい——」かれは肝をつぶしていった。「こりゃもう、警察の領分だ！」

おどろいたことにミスター・スペルヴィンは、そんなになっても大丈夫かと気づかわれるほど顔を真っ赤にし、巨体をゆすって笑い声を部屋じゅうに鳴りひびかせた。

「勘弁しとくれ」と、ようやく彼は喘ぎながらいった。「勘弁してくだされ。わたしはただ、あんたが警察に出かけて、自分の雇い主からこういう大それたことを言いつけられたと神妙づらして告げ口しているところを想像してみただけで」

「誤解なさらないでください」と、ミスター・クラブトリーはいった。「私は脅迫しているのではありませんので、ミスター・スペルヴィン。私はただ……」

「わたしを脅迫する？　あんたが？　いやはやミスター・クラブトリー、いったいわたしとあんたのあいだに、どんなつながりがあると思っているのか、いってごらん？」

「つながり？　私はあなたの雇い人ではありませんか。ここにこうして部屋をいただいて……」

ミスター・スペルヴィンはものやわらかに微笑した。

「なんとばかげた妄想を」と彼はいった。「だれが見ても、あんたはただ、わたしなんかととうてい関係があろうとは思われない、えたいの知れない仕事をやっている馬の骨だよ」

「でも、私をお雇いになったのはあなたじゃありませんか、ミスター・スペルヴィン！私はちゃんと求人広告に応募の手紙を書いて……！」

「たしかに」とミスター・スペルヴィンはいった。「けれども残念ながら広告で応募した仕事の欠員はその前にふさがってしまっていたんだよ、わたしがていねいな断わり状の手紙であんたに説明したように。どうした、そんな妙な顔をして、ミスター・クラブトリー？　いいかね、あんたの手紙と、それに対するわたしの断わりの返事の写しは、ちゃんといっしょにして書類綴りにとじこんであって、必要とあればいつでも出して見せることができるようになっているのだよ」

「でもこの事務所が！　この部屋の中のものは！　ここでとっている新聞や雑誌は！」

「ミスター・クラブトリー」ミスター・スペルヴィンは重々しく頭を振りながらいった。「あんたは、一度でも、自分の毎週の収入の出所を疑ってみたことがあるかな？　このビルの支配人にしても、この部屋にあるものを売った販売人にしても、ここへとどく新聞や雑誌を出している出版社にしても、この事務所の主が誰であるかなんてことは、あんたほども気にしていはしないんだよ。そりゃまあ確かに、あんたの名前で出した手紙と、それに同封したお金とだけでこれまでやってきたのは、ちと変則だってことはみとめる。が、わたしとして恐れなきゃならないことはちっともありゃしない。商売人というものは、金さえちゃんと払ってやれば、ほかのことはちっとも気にしないものでな」

「でも私の報告書は！」とミスター・クラブトリーは、自分が一体何者であるか、今や真剣に気になりはじめて叫んだ。

「たしかに、報告書ってものはある。つまり、それはこうだ。発明の才にたけたミスター・クラブトリーは、わたしから断わりの返事を受け取ると、それなら自分で独立しようと決心した。そしてあんたは財界情報通信という商売を思いつき、わたしにまでその通信を購読させようとしたんだ！　もちろん、わたしはきっぱりと断わったが（最初にあんたから送られてきた情報通信とやらや、それに対するわたしの断わり状はちゃんと保管してある）あんたは馬鹿らしくもいっこうに諦めようとしない。馬鹿らしいというのは、つまり、そんな通信なんか、わたしには全然役にたたないのだよ。その通信に出てくる会社の中のどれ一つにだって、わたしは何の関係もありゃしないので、それを何故そんなふうに勘違いしているのか、わたしにはさっぱりわからない。実のところ、どうやらミスター・クラブトリーというのは変わり者の中で一番程度の悪い一人じゃないかと思われるのだが、そういうのにはいつも馴れっこなので、もう相手にせず、毎日送ってよこす日報とやらは、届くと同時に破って捨てることにしているのだ」

「破って捨てる！」ミスター・クラブトリーは呆然としていった。

「としても、苦情を申し立てられるいわれはなかろう？」とミスター・スペルヴィンはすこしもて余し気味にいった。「あんたのような性格の人間をみつけるためには、ミスター・クラブトリー、広告にはどうしても勤勉をうたう必要があったのだよ。そうしたからには勤勉にやる何かを与えてやるのはわたしの義務だとしても、その結果をどう処分しようと、あんたには何の関係もないことだと思うがな」

「私のような性格」ミスター・クラブトリーは鸚鵡《おうむ》返しに絶望的にいった。「人殺しをするのに向いた？」

「そうとも」大きな口がひきしまって、不吉なことの前ぶれを感じさせた。「もうすこしよくわかるようにいってあげようかな、ミスター・クラブトリー。楽しみでもあり、ためにもなることなので、これまでの一生、わたしは人間というものをよく観察してきた。ちょうど科学者が虫眼鏡で虫を観察するようにしてな。そしてわたしは一つの結論にたどりついたのだよ、ミスター・クラブトリー。ほかにもいろいろあるが、中でもわたしを今日《こんにち》あるように成功させてくれるについて、一番役にたった一つの結論に。それというのは、つまり、わたしと同類の人間という動物の大多数にとって、大事なのは自分に与えられた役割というものであって、動機でも結果でもないということだ。

わたしが出した広告は、ミスター・クラブトリー、そういう人間を一人雇い入れるのが目当てだったのだ。それもぴったり型にはまったのをな。あの広告に応募する手紙をよこした時から今まで、あんたはずっとわたしの期待を裏切らなかった。動機も結果も念頭に入れずに、ただもうやみくもに自分に与えられた役割だけを果たしてきた。

　そこでこんどはひとつ人殺しということがあんたの役割になったわけだ。とくにこのたびは動機を説明し、結果まではっきり教えてあげた。これまでどおり、与えられた役割を勤勉に果たすか、それとも万事ぶちこわしにして、せっかくの仕事をふいにするか、二つに一つだ」

「仕事！」ミスター・クラブトリーは憤然としていった。「牢屋にぶちこまれて、何が仕事ですか！　縛り首になる人間に！」

「まあ、まあ」ミスター・スペルヴィンはおだやかに制した。「あんた、わたしがあんたを、自分まで巻き添えにされないとも限らない罠にひっかけると思ってるのかね？　あんた、すこしどうかしとりゃせんか？　そうでなかったら、わたしの身の安全はあんたのと一つものだってことくらい、はっきり承知しといてもらわなくちゃ。そしてその安全を保証するためには、あんたをこの事務所においといて、ひたすら仕事に励ましておくのが一番だってことくらい」

「変名のうしろに隠れてなさるもんだから、軽々しくそんなことといって！」とミスター・クラブトリーは恨めしそうにいった。

「いいかね、ミスター・クラブトリー、わたしの現在の地位からして、わたしの正体を暴露することは、ちっとも難かしいことではないのだよ。けれども同時にこうもいえる――もしあんたがわたしの頼みをきいて実行すれば、その時からあんたは犯罪人で、なるべく人目につかないようにしなけりゃならないってことも。

逆に、もしわたしの頼みをきかないとして――ことわっておくが、どっちにするかはまったくあんたの自由だ――それであんたがわたしをどう陥れようとしても、あんたがきわどい立場に立つだけだ。この世の中に、あんたとわたしの関係を知っている者は一人もいないし、これまでわたしを食いものにしてきて、そのため今度はわたしの餌食にならなければならない今いった男のことも、誰一人知りやしない。その男が死のうと、あんたがわたしを告発しようと、どちらもわたしの身には響きやしないのだよ、ミスター・クラブトリー。

わたしの正体をつきとめることは、今いったとおり、難かしいことじゃない。けれども、だからといって、ミスター・クラブトリー、それを道具にして何かわたしにしかけたりすれば、自分が監獄か精神病院にほうりこまれるのが落ちさ」

ミスター・クラブトリーは、自分の気力の最後の一滴が空中で蒸発するのを自覚した。

「何もかも、考えぬいていなさるんだな」と彼はいった。

「そう、何もかもな、ミスター・クラブトリー。あんたをこの企みの中に巻きこんでからは、ただ着々と企みを目的に向かって進めるだけだった。けれどもその前に、その企みの一歩一歩を、あらかじめわたしは工夫し、検討し、工夫し直して完全なものにしておいたのだよ。たとえばこの部屋、今わたしがいるこの部屋にしても、わたしの目的にぴったり合うのをみつけるまで、ずいぶん長いこと苦労して探したものだ。家具や調度も、さらにその目的に沿うようなものを選び、こういうふうに配置したのだよ。どういうふうにかって？　それはこうだ。

あんたがそこにそうして腰かけていれば、この部屋に訪ねてきた客は、どうしてもここに――今わたしがこうしているここに押しこめられる。その客というのは、もちろん今いったその男さ。その男は入ってきて、ここに立つ――開け放した窓を背にして。その男はあんたに、友達が預けて行った封筒を渡せという。そこでこの封筒を――」そういいながらミスター・スペルヴィンはそれを机の上に投げてよこした。「あんたは机の中からとり出して、その男に渡す。するとその男は、いつもやり方を変えない男で（そのことも、もう研究済みだ）きっとそれを上着の内ポケットに入れようとする――と、その時を狙ってぐんとひと突きすれば、相手はいっぺんに窓からとび出してしまうだろう。すべて、たった一分の時間もかかりゃしない。そうしたらすぐ――」ミスター・スペルヴィンは穏やかに言葉をついだ。「あんたは窓をしめきって、いつもの仕事にもどるんだ」

「誰かが」とミスター・クラブトリーは小声でつぶやいた。「警察が……」

「みつけるとも」と、ミスター・スペルヴィンはいった。「気の毒に、そこの階段を上りつめて、屋上から身投げした男の死体をね。というのは、その気の毒な紳士の内ポケットからみつかるものは、本人があとでとり出そうと思っていたものではなくて、その悲しむべき事件の動機の説明と、こんなことをしてはたに迷惑をかけて申し訳ないという弁解と（自殺というのは、とても弁解に役立つ口実なんでね、ミスター・クラブトリー）、どうかすみやかに、平和に墓場に安らわせてくれという熱烈な依頼の口上を、きれいにタイプで打った遺書だからだ。そして――」とミスター・スペルヴィンはいって、祈るようにそっと両手の指先を合わせた。「遺書にある最後の願いは、きっと叶えられるだろう」

「でも、もし」と、ミスター・クラブトリーはいった。「もし、ひょっとしてうまくいかなかったら？　その男が、その場で封筒をあけて中のものを読んだら？　それとも……つまりそれと似たり寄ったりのことが起こったら？」

ミスター・スペルヴィンは肩をすくめた。「そうしたらその男は、黙ってこの部屋を出て行って、あとで直接わたしに談判しにくるだけだ。いいかね、ミスター・クラブトリー、その男のようなことを仕事にしている連中は、相手からめったにそういうことを仕掛けられることがない上に、そうされた場合、冗談にして笑って済ますのが常なのだ。さもなければ、せっかく黄金の卵を産んでくれる鶏を絞め殺す結果になりかねないのだから。いや、ミスター・クラブトリー、もし今あんたが口に出したようなことが現実に起こったら、それはつまりわたしが罠を——もっと巧みな罠を仕掛け直さなくちゃならないというだけのことだ」

ミスター・スペルヴィンは、ポケットから大きな懐中時計をひきずり出して、眺め、またもとのところへそっとしまった、「さあ、もうおいとましようかな、ミスター・クラブトリー、あんたと話をしているのが退屈だからというのではなしに、今いったその男がもう間もなくここへ姿を現わすはずだからで、あとのことはあんたの判断しだいだ。気をつけてもらいたいこと、それはただ一つ。その男がやってきた時、この窓をすっかり開け放しておくことだ」ミスター・スペルヴィンは窓を押し上げて思いきり大きく開け、よしよしというようにうなずきながら、そこから垂直の真下を眺めおろした。

「封筒は机の中に」彼は引出しをあけて、それを中に落としこみ、それからまたきっちり引出しをしめた。「いよいよどうするかという時、どちらにするかはあんたの自由だ」

「自由？」とミスター・クラブトリーはとがめるようにいった。「だって、その男は封筒を渡せといってくるんだと、あなたは今おっしゃったじゃありませんか！」

「そりゃそういってくる。いってくるよ。しかしそんなものは知らん、とあんたがいえば、その男は黙って出て行って、あとでわたしに連絡をとってくるだろう。それで、もし、そういうことになったら、結果として、それであんたとわたしの雇用関係は切れたものだと思って欲しい」

ミスター・スペルヴィンは戸口まで行き、ドアの握りに手をかけた。「けれども」と彼はいった。「もしその男からわたしのところへ何もいってこなかったら、それはあんたが仮採用の試用期間を終えて、有能で忠実な雇い人だという信用を確保したことになる」

「でも報告書を！」ミスター・クラブトリーはいった。「破り捨てておしまいになるんだと……」

「もちろん」とミスター・スペルヴィンは、すこし驚いたようにいった。「しかしあんたはこれまでどおり仕事をして、きちんきちんと報告してくれればいいのさ。よくいっておくが、あんたの報告書の内容がわたしにとって無意味だろうと、そんなことは問題じゃないんだよ、ミスター・クラブトリー。それは型《かた》の一部なので、その型にあんたが固着してるってことが、さっきもいったように、わたしの安全を保証する最善の道なんだから」

ドアが開き、また音もなく閉じ、ミスター・クラブトリーは一人その室内にとり残された。

隣のビルの影が机の上に重い陰影を投げかけていた。ミスター・クラブトリーは腕時計をながめ、もう部屋が暗くなって文字盤が読めないことに気がつき、頭の上の電灯の引き紐スイッチを引こうとして立ち上がった。その時ドアに強いノックの音がした。

「どうぞ」とミスター・クラブトリーはいった。

ドアが開いて二つの人影が現われた。一人は小柄できちんとした男、もう一人は大男の警官で、連れの仲間を圧するように立ちはだかって見えた。小柄のほうの男が中にはいってきて、手品使いが帽子からウサギをとり出すような手つきで大きな財布をポケットからつかみ出し、ちょっと開いて中にある徽章を見せ、すぐ閉じてまたもとのポケットの中にしまいこんだ。

「警察の者で」と、その男は短くいった。「シャープといいます」

ミスター・クラブトリーは慇懃にうなずいた。「はい？」とかれはいった。

「お邪魔してすみませんが」と、シャープは早口にいった。「二、三、おたずねしたいことが」

まるでそれが合図のように、大男のほうの警官がいかにも要領だけを書きとめるのによさそうな手帳と鉛筆を持って踏みこんできて、さあ書くぞとばかり構えた。ミスター・クラブトリーは眼鏡ごしにその手帳と、それから小男のシャープをながめた。「いえ、いえ、どうぞ」と、ミスター・クラブトリーはいった。「構いませんよ、ちっとも」

「ミスター・クラブトリー――ですな？」とシャープはいい、ミスター・クラブトリーはびっくりしたが、すぐドアに自分の名前が書きつけてあることを思い出した。

「はい」と彼はいった。

シャープは冷たい目をちらりとかれに投げ、それから軽蔑するような目つきでぐるりと部屋を見わたした。

「あなたの事務所で？」

「さよう」とミスター・クラブトリーはいった。

「午後ずっとここにおいでてでしたか？」

「一時からあと、ずっと」とミスター・クラブトリーはいった。「十二時に食事に出て一時きっかりにもどります」

「きっと――」とシャープはいい、自分の肩ごしに顎をしゃくった。「あのドアは、昼からずっと開いてたんでしょうな？」

「仕事をするあいだは、いつも閉めておくことにしています」とミスター・クラブトリーはいった。

「それじゃ、そこの廊下のところから上にあがる階段を誰かがのぼったとしても、この部屋からは見えませんな？」

「ええ」とミスター・クラブトリーは答えた。「見えますまい、私には」

シャープは机を見て、それから無意識に親指を顎へもって行った。

「それから、窓の外を見張っておいでにもならなかったでしょうな？」

「ええ、そりゃ」とミスター・クラブトリーはいった。「仕事しているあいだは、見る暇なんか」

「それでは」とシャープはいった。「この昼すぎ、窓の外から何か聞こえませんでしたか？　というのは、つまり普通でない何かのことですが」

「普通でない？」ミスター・クラブトリーはあいまいにつぶやいた。

「わめき声ですよ――誰かが叫ぶ。どうです、聞こえませんでしたか？」

ミスター・クラブトリーは眉をひそめた。「はて、そういえば」と彼はいった。「聞こえましたよ、ええ。そんなに前じゃありませんでしたよ、たしか。誰かがびっくりしたような――おびえたような。かなり大きな声でしたっけ。ここらはいつもひっそりしているんで、いやでも耳に入れないわけにはいきませんでしたよ」

シャープは肩ごしに、ゆっくり手帳を閉じかけた連れの警官にうなずいてみせた。「それで話が合う」と、シャープはいった。「やつは飛びおりて、とたんに気が変わり、あとはずっと恐ろしい声でわめきながら落っこちて行ったんだ。いや――」ミスター・クラブトリーのほうに向き直りながら、彼は絶対の信頼をこめて真相をぶちまけた。「あなたにも、知る権利があるでしょうな、こうしてお邪魔した以上。一時間ほど前に、ある男が屋上から、頭から真逆さまに飛び下りたんですよ。ポケットの中の遺書やら何やらで、自殺だってことははっきりしてるんですが、一応調べてみるのがわたしたちの務めでしてね」

「何者だかわかりましたか？」ミスター・クラブトリーはいった。「その男は！」

シャープは肩をすくめた。「悩みを背負いこみすぎたって、よくあるやつですよ。若くて、いい男前で、着てるものも上等なんですがね。ただわたしに合点がいかないのは、あんなに上等な服を着る余裕のある男が、始末におえない悩みというのは何だろうってことです」

制服の警官が、はじめて口をひらいた。「あの男が残した遺書でみると」とかれは目上の者に対する口調でいった。「あの男、すこし気が狂っていたんじゃないでしょうか？」

「ああいう死に方をするにゃ、すこしぐらい気が狂ってなきゃできんよ」とシャープはいった。

「部長ときたら、まったくドライなんだから」と警官は皮肉な口ぶりで嘆いた。

シャープはドアの握りに手をかけて、ちょっと躊躇した。「お邪魔しました」と彼はミスター・クラブトリーに向かっていった。「だが、気持ちのいいもんじゃありませんよ。とにかく、あなたはある意味で運がよかったというものです。階下《した》では二、三人、その男がすぐ窓の外を落ちて行くのを見たって女の子がいるんですよ」

彼はドアを閉めながら片目をつぶってみせた。

ミスター・クラブトリーは、重い靴音が完全にきこえなくなってしまうまで、じっと立って閉まったドアを見ていた。それから彼は腰かけ、その椅子を机の近くまで寄せていった。何かの雑誌や書簡箋が、やや乱雑に机の上に出ていた。彼はその雑誌を、きちんと角が合うようにきれいに重ねた。

ミスター・クラブトリーはペンをとり上げ、ペン先をインク壺にひたし、同時にあいた手で自分の前の紙の位置を正した。

「能率機械株式会社は――」と彼は慎重に書いた。「いちじるしく経営改善の徴候をあらわし……」

クリスマス・イヴの凶事

Death on Christmas Eve

まだ子供だった私の目に、ベーラム邸はおそろしく印象的に映ったものだ。当時新築の邸宅は、どこもかしこもまばゆく照り輝いているようだった。ヴィクトリア王朝風の甍《いらか》、壁の透し彫り、ステンド・グラス……。それらは混沌と入り乱れ絡み合って巨大な堆積を形づくり、一目ではとうてい全容を見きわめることができない。しかし、このクリスマス・イヴのたそがれ、その前にたたずんだ私の胸に、もはや往時の印象は片鱗すらよみがえらせるすべもなかった。光輝は褪せてすでに久しい。木造部もガラスも金属もすべて陰鬱な灰一色と変じ、いっぱいに日除けカーテンを引いたきりの窓は、まるで通りかかる人々を白い目で睨《ね》めつけているかのようだ。

ステッキでたたくと、セリアがドアを開けた。

「すぐそこの手もとに呼び鈴があるのにね」と彼女はいった。母親の行李《こうり》からひきずり出したに違いない、相変わらず、おそろしく時代おくれの皺だらけの黒いドレスを着て、これまでのいつにもまして、カトリンすなわち彼女の亡き母親の晩年の面影に生き写しだった。骨ばった体つき、かたくひき結んだ唇、額《ひたい》の皺をすっかり引き伸ばさんばかり強く引っつめた髪の毛にはほとんど色というものがない。彼女は、うっかり触れようものなら誰彼の容赦なく嚙みつこうと構えている鋼鉄製の罠を思わせた。

私は「知ってるんだよ、セリア、呼び鈴に電線がつながっていないことは」といい、彼女の鼻先を突っ切ってさっさと中に入った。ふりかえって見なくても、彼女がすさまじい目つきで私を睨みつけていることは知れきっていた。それから彼女はいまいましそうに、また軽蔑するように一度だけ鼻を鳴らし、荒々しくドアを閉めきった。とたんに陰気な薄闇がたちこめ、ひからびた荒廃の臭いが喉に押しよせた。私は壁のスイッチを手探りしたが、すかさずセリアが鋭い叱声《しっせい》を浴びせた。「だめよ、灯《あか》りなんか点《つ》けちゃ！」

私はふりかえって、闇のなかにそれだけぼんやり白く浮いた相手の顔を見た。「セリア――」と私はいった。「芝居がかりはご免だよ」

「うちには不幸があったのよ。あんただってご承知でしょうに」

「もちろん」と私は答えた。「しかしあんたがいくらお芝居をして見せたって、わたしには通じないよ」

「弟の家内が亡くなったのよ。あんなにわたしと仲良しだったひとが……」

私は闇の中に一歩彼女のほうに向かって踏み出し、ステッキの先をその肩にかけた。

「セリア――」と私はいった。「あんたがた一家の顧問弁護士として、たった一言だけ注意させてもらおう。なるほど死因審問は終わりあんたは青天白日の身の上となった。だが、あんたが口ずさむ勿体《もったい》らしい故人追悼のお題目を、たった一言だってそのままに受けとった者は、あの時だって一人もいなかったし、これからだってあるまい。このことをよく覚えておくんだね、セリア」

彼女が急に身を引いたので、すんでのことにステッキが手から落ちるところだった。

「そんなことをいいに、わざわざおいでかい？」彼女はいった。

私はいった。「わたしがやって来たのは、弟さんがさぞ会いたがっているだろうと思ってさ。ついては、気を悪くしないでもらいたいが、わたしがあのひとと話をするあいだ、あんたはどこかに引っこんでいたほうがいい。騒ぎは真っ平だからね」

「そんならあんたのほうがあの子に近寄らないようにしたらどう！」と彼女はわめいた。「あの子は審問に立ち会った。あの子はわたしの疑いが雪《そそ》がれるのを自分の目で見とどけたんですよ。しばらくすれば、わたしのことを悪く思っている気持ちも消える。早くそうなるように、あの子の傍《そば》から離れといてよ」

彼女はおよそ怒りという感情があらわしうる最も険悪な徴候を示しており、私はその気勢を殺《そ》ぐために身をひるがえして暗い階段を、片手を手すりにかけながら登りはじめた。

しかし彼女は必死に追いすがり、私に向かっていうのではなく、まるで足もとの階段の軋《きし》る音と声くらべするような気味の悪い声が耳にはいった。

「もしあの子のほうから折れれば――」と彼女はいった。「わたしは許してやるわ。はじめのうちは、許してやれるかどうか自分でもわからなかったけれど、今はもう悟りましたよ。どうぞお導きを、と神さまにお祈りして、そしたら一生は短いんだからそう人を憎みつづけるものじゃないってお告げがあったんですよ。だからあの子のほうから折れてくれば、わたしは許してやる」

わたしは階段の頂上に達し、そこで足をとられて泳ぎもうすこしで腹這いに倒れるところだった。立ち直りながら、いらいらして私は毒づいた。「灯りを点けないんだったら、セリア、せめて通り道をきれいに片づけておいたらどうだ。なぜこんなものをこんなところに放り出しとくんだね？」

彼女は一つ溜め息をついて、いった。「それはみんなジェシーのものですよ。なまじっかあのひとのものが目にはいると、それでまた思い出してチャーリーが心を痛めるから、こうするのが――みんな外へ放り出してしまうのが一番いいんですよ」

それから彼女の声は警戒の響きを帯びた。「でも、あんた、そんなことチャーリーに教えないでしょうね？　そんな余計なことといいつけるんじゃないよ。いいね？」彼女は逃げ出そうとする私の耳もとで、しつこく同じことをくり返し、くり返す度に声音は一層かん高く、ようやくチャーリーの部屋に入って後ろ手にドアを閉めきった時は、まるでキイキイ鳴きたてながら頭のまわりを飛びまわる蝙蝠《こうもり》を、やっとのことで追い払ったような気持ちがした。

ほかの部屋と同様、チャーリーの部屋もカーテンがいっぱいに引いてあった。しかし頭上のシャンデリアにたった一つだけ点いていた電球の光が一瞬私の目を眩惑させ、二度見直してようやくベッドから身を乗り出して片肘を目の上にかざしたチャーリーの姿が目にとまった。彼はのろのろ立ちあがって私を凝視した。

「ははあ――」と、ややあってかれは顎でドアのほうをさしていった。「姉は、あなたに灯りを点けさせなかったんだな？」

「ああ」と私はいった。「しかしたどり着けたよ」

「あいつは土竜《もぐら》みたいなんだ」と彼はいった。「暗闇の中で、僕が明るいところを歩き廻るより上手に動き廻りやがる。それに、がんらい暗くしておくのが好きなんだ。さもなけりゃ、鏡をのぞきこんで映ってるものが見えたら恐ろしくてちぢみ上がっちまうだろうからな」

「ああ」と私はいった。「あのひとはひどく思いつめてるようだ」

彼は海驢《あしか》が嘶《いなな》くような短く鋭い笑い声をあげた。「それは、あいつがまだ自分の罪に脅えている証拠ですよ。今じゃ、あれのいうことは自分がどんなにジェシーを愛していたか、それが亡くなってどんなに悲しく思っているか、その二つきりだ。あいつはきっと、飽きるほど同じ言葉をくりかえしたらみんなが信じてくれるようになるかも知れないとでも思っているんだろう。まあ見ているがいい、そのうちにはもとの木阿弥《もくあみ》、地金がむき出すさ」

私は帽子とステッキをベッドの上に放り出し、その傍にオーバーを置いた。それから私は葉巻《シガー》をとり出し、相手がマッチを探り出して火を点けてくれるのを待った。彼の手はひどく震え、うまく点けられないので苛だったようにぶつぶつ口の中で自分にむかって悪態《あくたい》をついた。それから私はゆっくり煙の雲を天井にむかって吐き出し、黙って待った。

チャーリーはセリアより五つ年下のはずだったが、今こうして見る彼のほうが却ってひと廻り以上も年寄りじみて見えることに、私はぞっとした。髪の毛は姉と同じ白っぽい金髪で、ほとんど無色にちかく、したがって白髪になりかかっているのかどうか判別がつきかねる。しかし頬はみごとな銀白の髭におおわれ、目の下には大きな青黒い皮膚のたるみがあった。セリアにはちょっとやそっとのことでは撓《しな》いそうにもない頑丈な背骨の筋金が一本がっちり通っているのに、チャーリーときたら立っていると坐っているとにかかわらず、まるで今に前のめりに倒れてしまうのではないかと思われるほど、ぐったり力なく肩を落ち込ませていた。彼は私を見つめ、口の端にかけて垂れ下がった口髭をひねくった。

「僕が何故あなたに会いたがるのか、あなたにはわかってるんでしょう？」と彼はいった。

「だいたい察しはつくよ」と私はいった。「しかし一応君の口から聞きたいね」

「正直にいいましょう」と、彼はいった。「セリアのことですよ。あの女に、当然たどるべき道をたどらせるんだ。牢屋くらいじゃ間に合わない。法の正義の手があの女をひっ摑まえて縊《くび》り殺す——それをこの目で見とどけたいんだ」

かさばった灰が床にこぼれ、私は靴でそれを丹念に絨毯に揉みこんだ。私はいった。

「君は審問に立ち会ったろう、チャーリー。あの成り行きは、君も見たはずだ。セリアの嫌疑は晴れた。ほかの証拠が出てこないかぎり、あのひとを罪におとすことはできない」

「証拠だって！　いったい誰が、あれ以上の証拠がいるなんていうんだ！——階段の上で、二人ははげしく口論していた。セリアはジェシーの袖をつかんで突き落として殺した。立派な殺人じゃありませんか？　え？　階段が身近になかったら手当たりしだいに拳銃でも毒薬でも使ったにちがいない——そういうものを使って殺したのとどこが違うんです？」

私は物憂い身ごなしでその場にあった革張りの椅子に腰をおろし、葉巻の先端に燃え溜まった新しい灰をみつめた。「法律的な角度から説明しよう」と私はいい、その声はまるでよく覚えこんだ公式を暗誦するように単調な響きを伝えた。「第一に、目撃者が一人もいない」

「僕はジェシーが悲鳴をあげ、それから階段を転げ落ちる音を聞いた」と、彼は私のいうことには耳もかさずにいい張った。「そして僕が部屋からとび出してみると、ちょうどセリアが自分の部屋のドアをばたんと閉めきる音がした。あいつはジェシーを突き落としておいて、どぶ鼠《ねずみ》みたいに穴に逃げこんだのだ」

「しかし君は何も見たわけではない。で、セリアのいい分では、その場に自分は居なかったし、ほかにも誰といって目撃者はいなかったという。つまりセリアのいい分と君のいうこととは差し引きゼロで、とにかく君は目撃者ではないんだから、ただの事故だったのかも知れないことから殺人事件をでっち上げるわけにはいかん」

彼はのろのろと頭を左右に振った。

「あなたはぼくのいうことを信用していないんですね」と彼はいった。「あなたは、本心では信用していないんだ。もっとも、僕のいうことをそのまま信用するとなったら、たった今ここから出て行って、二度とやって来てくれないかも知れませんがね」

「信用しようがしまいが、そんなことは問題じゃない。わたしはただ法律的な見解をのべているだけだよ。動機はどうだ？ ジェシーを殺して、セリアに何の得るところがある？ 金や財産が目当てでないことは明らかだ。あのひとは君と同様、財政的には完全に自立しているのだから」

チャーリーはベッドの端に腰をおろし、両手を膝において私のほうに身を乗り出した。

「ああ」と彼は溜め息ともつかず洩らした。「金や財産が目当てじゃない」

私はどうしようもないといったふうに両腕を拡げた。

「ごらん、そうだろう？」

「しかし、あなたはご存知のはずだ」と彼はいった。「――目当てがこの僕だったということを。僕が自分の本心のまま人間らしく生きようとすると、いつも必ず邪魔がはいった。知ってのとおり、はじめは心臓の発作《ほっさ》の持病もちの年寄りだ。その母が亡くなって、これでやっと自由になれたと思ったら、こんどはセリアだ。朝起きて夜寝るまで、どっちを向いてもセリアが顔をつき出してくる。あれには夫もなし、子供もいない――その代わりが僕なんだ！」

私は穏やかにいった。「あのひとは君の姉さんだよ、チャーリー。あのひとは君を愛しているんだ」彼はさっきと同じ不愉快な、短い笑い声をたてた。

「あいつは蔦《つた》が絡みつく樹木を愛するようなやり方で、この僕を愛している。今考えてみても、どうしてそんなふうになるのかいまだによくわからないんだが、あいつに一種独特の目つきでみつめられると、僕の裡《うち》にある力がすっと抜けて行ってしまうんだ。ジェシーと知り合うまでというもの、ずっとそんなふうで……ジェシーを家に連れてきて、ぼくらは結婚したんだよ、とセリアに宣言した日のことを僕はよく覚えている。表向き反対はしなかった。が、あのときのあいつの目つきときたら、ジェシーを階段から突き落とした時あいつの目に宿っていたのは、きっとあれと同じ目つきだったに違いない」

私はいった。「しかし君は審問の時、あのひとがジェシーを脅したり、心を傷つけるようなことをしているところを見たことはないと答えたじゃないか」

「見たことは一度もありませんよ！　しかしジェシーが日増しに憂いに沈んでついには一日じゅう一言も口をきかず、夜ごと寝床で泣きじゃくるのでわけをたずねても答えない——これじゃ僕だって大体の事情は察しがつくさ。ジェシーがどんな女だったか、あなただって知ってるでしょう。そう利口でもなく美人でもなかったけれどおよそむらのない良い気立てで、それより何より僕を夢中で愛してくれていた。そうした生命《いのち》の火花といったようなものが、結婚してたったひと月ほどですっかり影をひそめてしまったのをみて、何故そうなったかの理由は僕にもわかった。僕はジェシーにも話しかけたし、セリアにも説いた。が、二人とも黙って首を横にふるだけだ。僕にできることといったら、二人のあいだを行ったり来たりしてその場その場をしのぐばかりだった。が、ついに破局がやってきてジェシーが死んで横たわっているのを目の当たりにした時、僕はちっとも驚かなかった。奇妙ないい方に聞こえるかも知れないが、ちっとも驚きゃしなかった」

「セリアを知っているほどの者は、誰一人驚きゃしなかっただろう」と私はいった。「しかし、それだからといってそこからいきなり犯罪事件をでっち上げるわけにはいかん」

彼は固めた拳で両膝を打ち、苛だたしそうに体を左右にゆるがした。「どうすりゃいいんです？」と彼はいった。「それをあなたにおききしたいんですよ——どうすりゃいいんだ？　あの女のおかげで僕は何ひとつ思うことを実行できずに一生を終えるのか。あいつはそれを当てにしている――僕はこのまま何もせずに済ませ、したがって自分はうまうまと罪の報いから逃げおおせるだろうとね。それからいくらかの月日がたてば、万事が落ち着いて二人の関係ももとの振り出しに戻るだろう、とね」

私はいった。「チャーリー、君は決して結末がつくあてのないことに一生を使い果たすつもりなのか」

彼は起きあがってドアのほうを凝視し、それから私に視線をうつした。「いや、僕にだってできることがあるぞ」と彼は囁くようにいった。「どんなことだか、わかりますか？」

彼は相手が答えに窮するにきまっている難しい謎をかけて反応をみる時のように、期待に表情を輝かせて待った。私は彼と顔つき合わせて立ちあがり、ゆっくり首をふった。

「いや――」と私はいった。「どんなことを考えているのか知らないが、そんな考えは頭の中から追い出してしまうことだ」

「ごまかさないでください」と彼はいった。「あなたはセリアくらい利口だったら殺人の罪を包み隠してうまうまと逃げおおせると思っているんだろう。だが、僕だってセリアと同じくらい利口だとは思えませんかね？」

私は彼の両肩に強く手をかけた。「おい、頼むから、チャーリー」と私はいった。「そういうもののいいかたはよしてくれ」

彼は私の両手から身をふりもぎ、壁際に後退《あとずさ》りした。彼の目は燃え唇はまくれあがって歯をむき出していた。「どうすりゃいいんだ、おれは？」と、彼はわめいた。「ジェシーはもう死んで葬られちまった。だから何もかもなかったことにして忘れちまえというのか！　セリアがいつまでもおれを怖がりながら暮らすのがいやになって、いっそのことついでにこのおれまで片付けちまおうと思い立つまで、じっと坐って待ってろというのか」

この応酬に私は年柄《としがら》を忘れ、威厳をもつ落ち着きをなくしてつい語気が荒くなった。「よく聞きなさい」と私はいった。「君は審問の時いらいこの家に閉じこもりきりだ。もうそろそろ外へ出て、町でも歩いて自分のまわりに目を向けてみてもいい時分だよ」

「そして行くさきざきで、ひとから指さされて笑いものにされるのか！」

「やってごらん」と私はいった。「そんなふうだかどうだか、ためしもせずにきめこんでいるのは卑怯だ。アル・シャープが、今夜あの男がやっている酒場に君の友達が幾人か集まるから、来て久しぶりに顔をみせてもらいたいものだといっていたよ。そうしたまえ——そうしたからといって、何のためになるともいいきれはしないけれど、とにかくこれがわたしの忠告だ」

「そんなこと、何のためにもなりゃしませんよ」とセリアがいった。ドアが開いて、そこに彼女は室内の灯《あか》りに目を細めながら、すっくと立ちはだかっていた。チャーリーは彼女のほうに向き直って、拳を握りまたほどきした。

「セリア――」と彼はいった。「この部屋へ絶対に入ってくるなといってあるだろう！」

彼女の表情は動かなかった。「入ってやしませんよ。晩御飯ができたって知らせに来ただけよ」

彼は荒々しく一歩彼女のほうに踏み出した。「おまえはあのドアに耳をくっ付けて、僕がいったことを盗み聞きしていたんだろう？　聞かなかったんだったら、もう一度あらためていってやろうか？」

「恐ろしい、汚らわしいことを聞きましたよ」と彼女は冷たくいった。「家内に不幸があったのに、外へ行ってお酒を飲んで騒ごうってご相談をね。わたしは絶対反対ですよ」

彼は呆れ果てたようにまじまじと相手を見て、とっさにいうべき言葉も思いつけないようだった。「セリア――」と彼はいった。「本気なのかい、そりゃ！　世界一はらわたの黒い偽善者か精神異常でもなけりゃ、そんなこと本気でいえるはずがない」

その言葉は、彼女の怒りに火をつけた。「精神異常だって」と彼女はわめいた。「おまえこそ、よくそんなことをおいいだね。部屋に閉じこもりっきりで、ひとり言をぶつぶついって、心の中じゃ何を企んでいるんだか！」彼女はだしぬけに私のほうに向いた。「あんたは、このひとと話をしたんだわね。だったらきっとわかったでしょう。ひょっとすると、このひとは――」

「弟さんはあんたとご同様、正気だよ、セリア」と私は強くいった。

「それじゃこのひとは、こんな時に酒場なんかへ出かけていいものかどうかおわかりだろう。よくもあんたは、このひとにそんなことを勧められたものね」

彼女は邪悪な勝利感をむきだしにして、最後の一句をいきなり私になげつけたので、私は完全に我を忘れた。「もしあんたがジェシーのものを処分しようとしたりしていなければ、セリア、その言葉ももう少し素直に聞いてあげられるだろうがね！」

そんな言葉を吐いたのはたしかに軽はずみというべきで、口に出したとたんに私は後悔した。止める間もなくチャーリーは私の前をとびこしておののく両手にセリアの腕を鷲掴みにした。

「よくも、おまえ……あれの部屋に入ったのか？」彼は相手を荒々しくゆすぶりながら怒りつのった。「返事しろ！」そして相手の顔にあらわれた恐慌の表情からたちまち無言の返答を読みとると、まるで手の中にある彼女の腕が真っ赤に灼けた鉄ででもあるかのように放り出し、頭を垂れてがっくり前のめりの姿勢になった。

セリアは彼に向かって宥《なだ》めるような手つきを示した。「チャーリー」と彼女はかきくどいた。「だって……おまえ、あのひとのものがそばにあると心が痛むだろう？　おまえのためを思ってやったことなのよ」

「どこにある？」

「階段のそばよ、チャーリー。何もかもすっかりあそこにあるわ」

彼は廊下に出て行き、その危なげな足どりの響きが遠ざかるにつれて私の心臓の鼓動もしだいに通常のテンポに落ち着いた。セリアは向き直って私を見、その顔にあらわれた憎悪の表情を一目見るなり私は即刻この家から出て行くべき必要をさとった。私はベッドの上から自分のものをとり上げ、彼女の鼻先を横ぎろうとしたが、相手は扉口を通せんぼした。

「あんた、いったい何てことをしてくれたの？」彼女は嗄《しゃが》れ声で囁いた。「あれを、みんなまたもとのところへしまいこまなきゃならないよ。ほんとに大儀だこと。だけど、わたしはあれをみんなもとのところへしまわなきゃならない」

「自業自得だよ、セリア」と私は冷たくいった。

「この――」と彼女はいった。「この老いぼれ。いっそのことあの女といっしょに、あんたを――」

私はステッキを強く彼女に打ちおろし、相手が思わず呻くのがわかった。「あんたがたの顧問弁護士として、セリア――」と私はいった。「よくよく注意しておくが、はっきり自分のためになる成算のない言葉は、寝ているとき以外は口走らないことだ」

それっきり彼女は口をつぐんだが、念のため私はふたたび戸外に出るまでずっと彼女を先に立たせた。

ベーラム邸からアル・シャープの酒場までは歩いてほんの二、三分の距離で、おまけに顔を刺す凛冽《りんれつ》たる冬の空気に歩調もひとりでに速く、間もなくそこに着いた。アルはカウンターの向こう側に一人きりで忙しそうにグラスを磨いていたが、私がはいって行くのを見て快活に挨拶しかけた。「メリー・クリスマス。ようこそ、先生」と彼はいった。

「メリー・クリスマス」と私はいい、見るさえ心温まる酒瓶とグラスをカウンターの上に並べてくれるのを観察した。

「先生はこの時季になると必ずいらっしゃいますね」とアルは生一本《きいっぽん》の強いやつを二つ注ぎながらいった。「今もそう思ってたところでさ——きっと今年も間違いなく、もうおいでになる頃だって」

二人は乾杯し、そこでアルは内緒らしくカウンター越しに肩を乗り出した。「あそこから、まっすぐおいでになったんで？」

「ああ」と私はいった。

「チャーリーにお会いで？」

「うん、セリアにも」と私。

「そりゃ、どうも」とアルはいった。「ま、とりたててどうってこともないんでしょうね。わたしもあのひとが買物か何かに出たところを見かけたことがありますよ。頭を低くうなだれて、黒いショールをひっかぶり、まるで何かに追っかけられているみたいに小走りで。

いや、実際にもきっとそんな気持ちでいるんでしょうけど……」

「――だろうな」と私はいった。

「しかし問題はチャーリーですよ。外に出たところを全然見かけたことがないんで。いつか顔を見せにきてくれって、先生、いってやってくださいましたか？」

「ああ」と私はいった。「いってやったよ」

「何て答えました？」

「なんにも。不幸があったばかりなのに、そんなところへ行っちゃいけない、とセリアはいっていたよ」

アルはやわらかに、また意味ありげに口笛を鳴らし、人差し指で額をこすった。「どうでしょう――？」と彼はいった。「あの二人を、ああして二人きり放っておいて大丈夫なんですか？　つまり、事情がああいったことですし、チャーリーが心の中で、それをどう受け取っているかってことからして、また変わったことでも起こらなけりゃいいが」

「ああ、今晩もちょっとそんな気配が見えてね」と私はいった。「しかし危険は切抜けたよ」

「一応このつぎまでは、でしょう？」

「その時はその時で、ちゃんとその場に行っているようにするよ」

アルは私を見て頭を振った。「あの家じゃ何ひとつ変わるってことがないんですね」と彼はいった。「ほんとに何ひとつ。だから先生には初めから答えがわかっているんだ。先生がたった今こうしてここにおいでになって、あそこで起こったことを話して下さるだろうと、初めからわたしにわかっていたのもそのせいなんです」

私の鼻孔にはまだあの家のひからびた腐朽の臭いがのこり、その臭いが着たものからすっかり抜けるまでにはあと幾日かかることやら……。

「この日ばかりは、それこそ永久に毎年のカレンダーからなくなってしまえばいいと思うよ」と私はいった。

「そして二人のことは二人だけに任せておしまいになるんですかい。いや、そうなさるがいい」

「二人きりじゃない」と私はいった。「ジェシーのことを忘れちゃいかん。あの家と、あの家の中のありとあらゆるものがほろびてしまうまで、ジェシーはずっとあの二人にとりついて離れはしないよ」

アルは眉をひそめた。「いや、まったく、この町にもあんな薄気味悪い事件はあれっきりですよ。立ち腐れのお化けやしき、何かに狩り立てられるように街を駆け抜ける女、そしてあの男はあの部屋に閉じこもりきりで壁と睨めっこ……いったいあの時から――いつでしたっけ、先生、ジェシーが落っこちたのは？」

わずかに視線をずらし、アルの背後の鏡に私は自分の顔の映像をみとめた――血色のいい、顎の張った、やや懐疑的な顔。

「ちょうど二十年前だよ……」私は倦怠し空《うつ》ろな自分の声がそう呟くのを聞きとめた。「二十年前の今夜だった……」

アプルビー氏の乱れなき世界

The Orderly World of Mr. Appleby

アプルビー氏は縁なしの眼鏡をかけ、白いものがまじりかけた髪を五分わけにして、秩序正しく構成された世界に偶然のはたらく余地はないと確認することにまっとうな喜びをあじわうといった、小柄の几帳面な人物だった。したがって自分の細君を片付ける最も有効適切な方法を穿鑿《せんさく》すべき時にたち至っても、どこをさがせばそれが見つかるか、ちゃんと承知していた。

その本を――というのは法医学の教科書だったが――見つけたのは、幾冊かの類書が並んだ古本屋の書棚で、どれもこれもうんざりするほど無残に傷んで、犬の耳のようにページの折れたなかに、その一冊だけがどうにか我慢できる状態にあったので、それを選んだのだ。なおよく見ると、その中に収められた例の大半は、いずれも狂気と欲望の結果の恐るべき研究であって（真に迫った写真の数々が挿入されていた）――善良な人間なら誰でも、一体この世の中には、こんなに恐ろしい化物がどれほどうろついているのだろうかと怪しまずにいられなくなるにきまっているほどだった。しかし、その中の一例だけは正しく自分が求めているもののように思われたので、彼はそれ以上はないほどの熱心さでその研究に打ちこんだ。

それは、ミセスXという婦人（その本にはミセスXとかミスターYとかミスZとかいう人名がやたらに出てきた）に関する事件で、どうやらその婦人は自宅で何かのはずみに小型の絨毯の上で転倒し、しかる後に死亡したものらしかった。しかし故人の利益を代表する弁護士はその生前の夫を殺人罪で告発し、検屍官の審問の場でその罪状を立証しようとしていた矢先、被告人が卒中で急死したために事件は急転直下の落着をとげてそれなりになったというものだった。

これ、すべては、その動機、すなわち妻の財産を早急に自分のものにしたいという欲望において、ミセスXの夫の動機として弾劾されたものと驚くばかり似通っていたアプルビー氏にとって、かなり興味をそそる事柄だった。しかしそれよりもっと大事なのは、その事件の実際のディテイルだった。夫の主張によれば、ミセスXは彼に水のはいったコップを持ってきてくれようとしていたのだが、その時たまたま彼女の足もとの小型絨毯が不意にすべった（小型絨毯というものはよくすべるものだ）というのだ。

これに対してねばり強い弁護士は医学の権威者某を参考人として出廷させ、この権威者は多数の図面を引用して（それらはすべて手際よく複製してその本に収録してあった）水のはいったコップを受け取るふりをして、片手を妻の肩に、もう一方の手を顎にかけ、不意に突きとばすことによって、自分の犯罪の性質について何の手がかりも残すことなく、被害者が絨毯の上で転んだのと同じ激烈な結果を生じさせるのは、夫にとっては子供の遊びのように易々たることだという事実を明らかにしてしまった。

しかし、ここではっきりお断わりしておかなければならないのは、これらの図面や説明を飽くことなく研究することによってアプルビー氏が意図したのは、貪欲非道な男が、程度はともかくその非望を満たそうとするといった行為とは、おのずから異なるものであったということだ。彼にしても金が欲しかったのは事実だが、それは彼が神聖な生き甲斐とみなしているものを維持するための資金なので、その生き甲斐とはすなわち世に二つとない彼の店――「アプルビー美術骨董品店」にほかならなかった。

その店こそはアプルビー氏の宇宙における太陽だった。二十年前に父親が遺してくれたわずかばかりの遺産で手に入れたものだが、とびきりうまく行っている時でさえかつかつ貧しい暮らしをあがなってくれるに過ぎなかった。したがって最悪の場合となると――といっても、むしろ最悪の場合が常態だったが――どうしても母親のなけなしの善意とへそくりからなにがしかを引き出す以外には手がなかった。ところでこの母親というのが、おいそれとは一ペニーたりとも投げ出そうという人柄ではなかったから、店があわやの瀬戸際に立たされたことはもう幾度とも知れなかったが、それでも結局は必ずもちこたえる——というのが、究極においてこの店はアプルビー氏にとって、母親にとってのアプルビー氏と同じ性質をもった存在だったからである。

この不幸な三角関係は、結局、母親の死によってケリがついたが、いざそうなってみると、アプルビー氏は自分の秩序整然たる小さな世界の維持に、それまで彼の思い及ばなかったほどの大きな役割を彼女が果たしていたことを思い知った。これは、なにも彼女が時おり用立ててくれた金のことばかりをいうのではなく、彼の日常の習慣にまで関係したことだった。

彼は食《しょく》が細い上に用心深いときていた。母親は彼の食事を調理するにあたって、焼くにも煮るにも完全にすることに熟達していた。また何によらず家の中の物がきちんとあるべきところにないとなると彼の神経は大荒れに波立つのだが、在りし日の母親はまさにそうしたことが決して起こらないことを保証する生き神様のようなものだった。そうしたわけで彼女の死は彼の生活の中に途方もなく大きな、おまけに都合の悪い空隙を残し、とりあえずその空隙を埋める方法を考究するにいたって結婚というものについて思いをめぐらすようになり、つづいて今度はそれを実行に移した。

彼の妻は顔色の冴えない唇の薄い婦人で、容貌といい立居振舞いといい、実に今は亡き母親に生き写しで、時どき、部屋にはいってくる時など、あまりの似かたに彼は度胆を抜かれることがあった。ただ一つの点で妻は彼を失望させた。というのは、彼女は〝店〟が彼にとってどれほど意味のあるものかを理解せず、またそれに対する彼の感情を理解しなかった。そのことが初めて暴露されたのは、それがあれば多少の営業上の失費が償えようという、些少の融資の問題を彼がもち出した時だった。

ミセス・アプルビーは、その将来の夫から求婚された当時、すでに花も盛りの時期を過ぎて相当にしなびかかっていたとはいえ、彼女のために記述の公正を期するなら、自分にもついに結婚の機会がやってきたという、ただそればかりの気持ちからそれにとびついたわけではなかった。こんな心の秘密をありのままに口に出していったら、きっと彼女は頬を赤らめただろうが、彼女にそうさせるはたらきをしたのは彼の縁なし眼鏡の向こうの大きな、もの悲しげな二つの目だった。それが表面いかにも真面目を装いながら、その底に何かの深い感情を秘めているかのように思わせたのだ。いずれにせよその〝秘められたもの〟が（本当に秘められているとしても）到底彼女にはうかがい得ぬ深みに秘められているのだと知ったのは結婚してほとんど間もなくのことだったが、彼女はただ肩をすくめてそのことを念頭から追い払い、その後は彼の食物をしかるべく心をこめて煮炊きすることに専念した。ただし恐れ多くもかのアプルビー美術骨董品店が実は見かけ倒しであったという事実を受け入れるについての感情はおのずと別だった。

彼女はてきぱきと所要の調査をおこない、それからその所見を、若干の熱をこめてアプルビー氏に披瀝した。

「骨董品ですって！」彼女は金切り声でいった。「なあにあれは、一体――ガラクタの寄せ集めじゃありませんの、一文の値打ちもない、ただもう埃を積もらせるばかりが能の屑の山だわ！」

彼女に理解できなかったのは、それらの品々が、たとえ凡俗の金銭ずくの評価者の目には無価値に映ろうとも、アプルビー氏にとっては生命そのものにも匹敵する貴重な宝だということだった。〝店〟は幼少時からおよそ手に触れるほどのものはすべて収集し、分類し、整理し、保存せずにはいられなかった彼の異常癖に直接に根を下ろしたものだった。そして、ひびのいった紛《まが》い物のセーブル焼であれ、不器用な贋物《にせもの》のチッペンデール家具であれ、錆びついたサーベルであれ、〝店〟にある品物はどれでも彼の所有に属する期間が長びけば長びくほど価値を増すのだ。余人は知らずアプルビー氏にとっては、どの品物も、それぞれに万代不易の所を得ているのだった。だから、奇妙なことではあるが、たまに商談が成立してどれかの品物を手離さなければならなくなったりすると、それはもう切実な苦痛だった。品物の値ぶみに自信のない客は、その苦痛の表情を盗み見ると、これは滅多にない掘出し物なのかも知れないと思いこむくらいのもので、幸いにして、アプルビー氏の痩せた容貌を苦痛の表情に引き歪めさせたものは品物そのものに対する愛惜の念ではなくて、その品物がなくなることによってできる空間――わずかながらその空間がもたらす不秩序――のことを考えるからだという事実に、一瞬たりとも思い及んだ客はなかった。

そういったわけで、知らぬこととてミセス・アプルビーは同情なくきめつけた。「多くもありませんけど、わたしの財産は、わたしが死んでからご自由になさるといいわ」と彼女はいった。「よござんすか、わたしが死んでから、ですよ」

かくして彼女はそれと気づかずに自分を裁き、すすんで殺されたがり、あとは実際に殺されるのを待つばかりといった恰好になってしまった。いよいよその時が至るや、アプルビー氏は、はかり知れぬほどの価値をもつ例の教科書から汲みとった知識を活用し、その教えが微細な瑣末《さまつ》にいたるまで正確であったことを知った。ことは速かに、平穏裡に、またズボンに水が少々はねかかったことを別にすれば極めて手際よく終わった。警察医は、そうした小型絨毯というものは酔っぱらい運転よりもっと多くの人命を奪っているとかったことをぶつぶついい、調べを担当した警官は葬儀のやりくりに自分で役に立てることがあったら何でもしてやろうと親切に申し出てくれ、それで万事はことなく落着した。

あまりにも簡単に――実際、ドラマチックなところなど薬にしたくもなしに――片付いてしまったので、それから一週間ばかりして適度に同情をあらわした弁護士が今は亡き妻の遺産の整理にとりかかってくれた時になって、アプルビー氏は不意にすばらしい新世界がそっくり自分の前に開けていることに、初めて気づいたほどだった。

時として人は感情よりも思慮分別を重んじなければならないことがあるもので、その上アプルビー氏は何をおいてもまず思慮分別をわきまえた人間だった。亡き妻の遺産の整理がつくと、〝店〟はもとの位置からはるかに離れた別の場所へ移転した。それは二人目のミセス・アプルビーが急に亡くなった後でも再移転したし、六人目のミセス・アプルビーが始末された時には、店の引越しはもう実り多い定式的な財産取得の手順の一部となりきっていた。

みまかった妻たちはいずれも血色が悪く、唇を薄く引き結んだ痩せた婦人で、食物の煮炊きに熟達し、日常の規律と秩序を頑として保守するなどの点であまりにも互いによく似通っていたので、アプルビー氏は彼女らを何となく個別にではなく〝全体《アン・マッス》として〟記憶しているようなところがあった。区別のよすがとなる規準はただ一つ――というのは、各自の銀行預金の合計を象徴する数字ばかりだった。そういうわけでアプルビー氏は最初の二人はそれぞれ四として、三人目は不快な驚《なんぴと》きをともなう三として、そして最後の三人はそれぞれ五として記憶していた。ほかの何人の規準に照らしても、その総額はひとかどの資産たるを失わないに違いなかったが、その各部分はあたかも蝿が一匹ずつ飢えたカメレオンに呑みこまれるようにしてつぎつぎに貪婪《どんらん》飽くことを知らぬアプルビー美術骨董品店に呑みこまれてしまったので、六人目のミセス・アプルビーを葬って間もなく、アプルビー氏は過去のいつにもまして逼迫《ひっぱく》した財政状態の中におのれを見出したという次第だった。

あまりにも事態が窮迫しているので、本当なら五の相手を迎え入れたいところだが、何ならとりあえず四で我慢しておいてもいいと思ったほどだった。マーサ・スタージスが彼の人生に介入してきたのはかかる時宜適切な時機においてであり、たった十五分間会話を交わしただけで、彼は四だの五だののことはすっかり心から追い払ってしまった。

マーサ・スタージスは、どう踏んでも六というところだった。

彼女が在来のアプルビー氏の女出入りの定形を破っていたのは、財産の多寡ばかりではなかった。過去の妻の誰ともちがって、マーサ・スタージスはその人そのものにおいても、服装においても、また立居振舞いにおいても、ほとんど〝だらしない〟（という形容を思いついてアプルビー氏は少々身ぶるいを催したものだが）と呼んでもいい、どちらかといえばぶざまな大女だった。

正しく化粧を施し、衣服やら髪かたちやらをととのえさせたとしても、なおかつ人前に出して恥ずかしくないしろものになりそうな見込みからはほど遠かったが、大体あらゆる徴候から推してマーサ・スタージスにはわざわざそうした月並みな女としての身だしなみに挑戦しているようなところがあった。人の度胆を抜くようなオレンジがかった赤に染められた髪は、頭の上に無造作につくねられ、ぶよぶよした顔には容赦なく白粉《おしろい》をはたきこみ、ことさら完全な減殺《げんさい》的効果を上げるように塗りたてられて、服といえば着る本人はもちろん着心地がいいのだろうが、見る者にしてみれば苦痛を覚えずには済まないほどけばけばしく、靴は保存のための適切な手入れをほどこされることなく、長期間いかにも気楽に履き古された証拠歴然たるものがあった。

そうしたことのすべてと、それが見る者に与える効果とについて、マーサ・スタージスは全く無頓着らしく見受けられた。彼女はアプルビー美術骨董品店の店内を精力的にのし歩き、そこらじゅうの可動物をガタガタ踊らせた。アプルビー氏がことさらしく顔の前の空気を掌であおぎ、咳をしてみせるのだが、彼女はいっこうお構いなく煙草をひっきりなしに吸ってはたてつづけに火をつけた。そして小淀みもなく大声で喋りつづけ、その低い嗄《しゃが》れ声は、常にはもっと調子の高い、音量の乏しい声に慣れた〝店〟の空気を奇妙に攪乱した。

二人の邂逅の最初の十四分間に、彼女はたとえわずかにもせよアプルビー氏の第一印象を修正させるはたらきをする一つの資質をあらわして見せた。というのは、いちいちの物品の値段に対して示す顧慮のほどだった。彼女は品物をためつすがめつし、正札を見、さらに詳細に縦からも横からも吟味した後、明らかに納得のいかない面持《おも》ちで次なる品物に移るといった次第で、アプルビー氏は店の品物にも自分の忍耐力にも異変が起こらないうちに、何とかして早く彼女を店から追い出さなければという気持ちをつのらせながらそばについて歩いた。それから十五分目に彼女はその言葉を口にしたのだ。

「あたしは銀行に五十万ドルも預金があるのよ」とマーサ・スタージスは嬉しそうな軽蔑

の口調でいった。「でも、こんなガラクタにはびた一文つから気はありませんよ」

折からアプルビー氏は身辺に漂う煙草の煙の幾分かを払いのける準備動作として、手を顔の前へやったところだった。その手がだらりとわきに下がるあいだに、彼の心には驚くばかり数多の問題が殺到してきた。その一つは彼女の左手のかんじんの指に指輪がはまっていないという事実に関していた。他は主として短期債券や長期債券や利息率にかかわる一種の数学的な問題だった。そして手が脇腹に触れた時にはもうそれらの諸問題は、アプルビー氏の関する限り、解決の途上にあるも同然だった。

ここにマーサ・スタージスその人のだらしなく目ざわりな性格が、事の進行に拍車をかけたことも注意されるべきだろう。ほかの人間だったら、彼女がその言葉を口にして以後は、彼女を眺めるにあたって、賢明な写真家が富裕ではあるがあまりいい印象を与えない被写体を撮影するに際してカメラのレンズにかけるような一種のフィルターを透して見ることにしたかも知れない。しかしそうした自己欺瞞のできないアプルビー氏は、そのかわりに、ひたすら荷物を下ろす時の喜びを想像しながら、重い荷を我慢して背負って行く男の例をわが身にあてはめることにした。マーサ・スタージスとの結婚での最終的行為は例の重要な数学的問題のいくつかを解決するばかりでなく、この世界から不愉快きわまる存在を一つ除くという義人の喜びをもって遂行できる行為でもあった。

そこで彼はいつにもましてもの悲しげに輝きを帯びた目を彼女に向けていった。「それはあいにくなことで、ミセス……」

ミセスと呼ばれた女は名前の前にくるミスという語に力をこめて名乗り、アプルビー氏は弁解的に微笑した。

「いや、これはつかぬことを……。ところで私が申し上げたかったのは、洗練された趣味と教養をおもちの……（「あなたのような」という句は奥ゆかしくもいわずに宙に漂わせた）かたが――みごとな芸術作品を所有する楽しみをご存知ないとは、かえすがえすも残念だということでして。しかし世にも申しますように〝思い立ったが吉日〟とやら――ではございませんかな？」

マーサ・スタージスは鋭く彼を見て、それから彼の耳の鼓膜をビリビリふるわせる心からなる高笑いを爆発させた。一瞬、あまりユーモアを解さぬアプルビー氏は、もしや自分がうっかり、そういう気づかわしい効果をもたらすような大失言をしたのではないかと暗い疑いにとらえられたものだ。

「ちょいと、あんた」とマーサ・スタージスはいった。「あたしがこんなゾッとしないものを自分でかかえこむために出かけてきたりしたんだと思ってるんだったら、そんな考えはどこかの隅へ片付けてしまうことね。あたしが出かけてきたのは、友達への贈り物を見つけるためで、その友達ってのはステンレスの延べ棒みたいにがっちりして味もそっけもない、それはそれは腹の立つ嫌味な人なのよ。そこで、その人に対するあたしの気持ちをあらわすのに、大体どれでもいいからこの店に並んでいる品物をプレゼントするより恰好な名案はちょいと見当たらないってわけなの。できるなら、その人がその品物を受け取る現場にあたしが居合わせられるように、配達のほうを按配してもらいたいんだけど」

アプルビー氏はこの申し出に思わずよろめいたが、雄々しくも立ち直った。「そんなことでしたら」と彼はいってきっぱり首を振った。「おことわりです。絶対におことわりです」

「そんなばかなこと」とマーサ・スタージスはいった。「配達のほうは、あんたがやってくれないってのなら、こちらで手配をつけるわ。だいたい、こういったことをやるからには自分でその場にいて結果を見とどけるのでなければやり甲斐がないってことくらい、わかってくれたってよさそうなものなのに」

アプルビー氏は癇癪の手綱をかたく引きしめた。「配達のことなんかいってるんじゃありません」と彼はいった。「はっきり申し上げますが、この店の品物は何によらず、そうした気持ちのお客様にお売り渡しすることはできません。——どんなに大金を積まれたって」

マーサ・スタージスはあんぐり口をあけた。「どういうこと、それ？」と彼女はぽかんとしてきき返した。

それは危険をはらんだ瞬間で、アプルビー氏もそれと自覚していた。彼のつぎの言葉はまたしてもあのけたたましい笑いの発作を起こさせ、それは彼を完全に打ちのめしてしまうかも知れない。それとも、もっと悪く、彼女を永久に〝店〟から送り出す結果を招くかも知れないし、あるいは逆にその時その場で彼の有利に問題を決定しないものでもなかった。しかしそれはいずれ当面しなければならない瞬間であったし、それに——と、アプルビー氏はやぶれかぶれで思った——何はともあれ、マーサ・スタージスとて女であることに紛れはなかった。

彼はふかく息を吸った。「この店の営業方針なんですよ」と彼は静かにいった。「お客様が買おうという品物の価値を完全に認め、それにふさわしい保全上の注意と愛着を保証してくださるのでなければ、何一つお売りできません。これまでもずっとその方針でやってきましたし、わたしがここに頑張っている限りは絶対に変えませんよ。それ以外のやり方は、わたしには神聖を汚す行為としか考えられません」

彼は怒気を含んでマーサ・スタージスを見つめた。手近に椅子が一脚あったのに、彼女はどしんと腰をおろしたので、広くひろげた腿にスカートがぴったりつき、胸の悪くなりそうな靴が無残に露呈した。彼女はまた一本、煙草に火をつけ、そうしながらマッチの炎を透して細めた目で彼を眺め、それからすこし空気をあおいで煙の雲を散らした。

「おもしろい話だこと」と彼女はいった。「もっと詳しく聞かせて欲しいわ」

経験のない者には、まったくそれまで見ず知らずの他人から最も個人的な性質をもつ知識をひき出すことは、なかなかこみ入った仕事のように思えるだろう。しかしそれまで、幾度もそうした知識に自己の利害を賭けてきたアプルビー氏にとっては、そんなことはものの数でもなかった。きわめて短時間のうちに彼はマーサ・スタージスの自己財産の評価がかなり正確なもので、どうやら身寄りも親友もない天涯孤独の境遇にあり、おまけに――結婚反対論者でもないことを物語る証拠をつかんだ。

この最後の一つは今や毎日のように店へやってきてはのうのうと椅子に落ち着いて果てしもなくお喋りをつづける彼女からひき出したものだった。彼女のお喋りの多くは、どうやらアプルビー氏と驚くばかり酷似している彼女の父親のことに関していた。「まるで服装まで足の爪先までそっくりなのよ」とマーサ・スタージスは回想する口調でいった。「頭のてっぺんから足の爪先まできちんとして、それも自分のことばかりじゃないの。毎日、家じゅうを見廻って歩いて、どこもかしこもきちんとなっていることを確かめるのよ。死ぬまでずっとそうだったわ。亡くなる一時間前に、壁の画がまがっているのを立って直しに行ったのを覚えてるわ」

〝店〟の壁にかかった絵がかすかに歪んでいるのをいささかいらだちながら眺めていたアプルビー氏は、しぶしぶ注意をそれから外らした。

「で、お亡くなりになるまで、あなたはそばについていていておあげになったんですね？」と彼は同情のこもった声できいた。

「ええ、そうなの」

「それはそれは」と、アプルビー氏は明るくいった。「それほどの犠牲に対しては、何かそれなりに報われるところがあってしかるべきだろうじゃありませんか？　とりわけ——こう申してはなんですが——あなたほどのかたなら、その気さえあればいつだって年寄りのお父上のお膝もとを離れて結婚生活におはいりになれただろうってことを考え合わせると。そうじゃありませんか？」

マーサ・スタージスは、溜め息をついた。「そうかも知れないし、そうじゃないかも知れない」と彼女はいった。「それに、あたしにだって夢があったってことは打ち消さないわ。でも、夢はやっぱり夢だし、これからも結局夢のままで終わるだろうと思うの」

「何故です？」とアプルビー氏は励ますようにきいた。

「それはね」マーサ・スタージスは憂鬱にいった。「あたしがまだ自分の夢にぴったりの男性に一人もめぐり会わないからなのよ。あたしだってもう女学生じゃありませんからね、ミスター・アプルビー。誰かがあたしに真剣に打ちこんでくれないものかどうか、確かめるために銀行預金をすり減らす気にはなれないし、正直いって先方の動機なんかどうでもいいの。ただ他人から後ろ指をさされることのない穏当な人で、片時たりともあたしをおろそかにせず、大事にしてくれる人でなくちゃ。それから、亡くなった父の思い出を生き生きとよみがえらせてくれるんでなければ」

アプルビー氏はその手をそっと彼女の肩においた。「そういう相手にお会いになれないとも限りませんよ」

「ミス・スタージス」と彼は荘重にいった。

彼女は感情の高まりのためにそれだけ一層ぼってり膨らんで不器量さをました顔で彼を見た。

「本気でおっしゃるの、ミスター・アプルビー？」と彼女はきいた。「本当にそう思う？」

見下ろして微笑みかけるアプルビー氏の目には誠意が宿っていた。「あなたが思っているよりずっと身近にいるかも知れませんよ」と彼は温かくいった。

経験はアプルビー氏に、いったん氷が破れたら、深く一息吸いこんで思い切ってとびこむのが最善の策だということを証明していた。そこで彼はほんの数日おいただけで、いきなり最後の申込みをした。

「ミス・スタージス」と彼はいった。「孤独な男にとって、もうこれ以上孤独に堪えられないという時がきっとくるものです。そういう時、敬意と愛情を惜しみなくそそぐことのできる女性にうまくめぐり会えたとしたら、その男はまったく果報者というべきです。ミス・スタージス——実は、わたしがそういう男なのです」

「まあ、ミスター・アプルビー！」とマーサ・スタージスはわずかに頬を染めていった。「本当にやさしいことを……でも……」

心をきめかねている語調に、彼の心は沈んだ。「お待ちなさい！」と彼は急いであとを遮った。「もし何かご疑念があるなら、ミス・スタージス、すぐこの場でお答えできるように、今おっしゃってください。わたしの気持ちをはかりにかければ、そうお願いしたからって罰はあたらないと思うのですが」

「それはそうかも知れないけど」とマーサ・スタージスはいった。「ねえ、ミスター・アプルビー、あたしは自分が結婚というものの中に求めているものをそっくり与えてくれる覚悟のある誰かとでなけりゃ、いっそ結婚しないほうがましだと思ってるのよ。というのはつまりこれからの生涯かけての絶対的な、ひたむきの献身なの」

「ミス・スタージス」とアプルビー氏はおごそかにいった。「わたしは必ずそうするとお約束します」

「男の人って、とても簡単にそういうことをいうから」彼女は吐息をついた。「でも――もちろん考えてはみるわ、ミスター・アプルビー」

そんなにもだらしがない女が心をきめるのを、いつまでともわからず待つのは全く憂鬱だったが、それから数日たって、不意に、アプルビー氏にゲインズボロ・ゲインズボロ・アンド・ゴールディング法律事務所へ出頭するように横柄に要求する手紙を受け取ったことは、その憂鬱をいささかも晴らしてはくれなかった。まるで飢えた狼のような債鬼たちに迫られている折も折とて、アプルピー氏としては最悪の事態しか想像できなかったが、行ってみるとゲインズボロ・ゲインズボロ・アンド・ゴールディングは、債権者ではなくてマーサ・スタージスその人を代表するものであることを知って驚くと同時に胸をなで下ろした。

一見あきらかにその法律事務所の指導者格の、年がいったほうのゲインズボロは、喉の肉が垂れさがってほとんどカラーが隠れるほど肥満した背の低い男で、大きな魚のような目でぎょろぎょろアプルビー氏を見つめた。年下のほうのゲインズボロもその兄に生き写しだったが、喉の垂れ肉がわずかに兄に及ばず、残る一人のゴールディングはといえば尖った顔をした落ち着きすました青年だった。

「これはデリケートな問題でしてな」と、年がいったほうのゲインズボロがガラスのような目をアプルビー氏に据えていった。「私どもの大切な依頼人の――」そこで年下のほうのゲインズボロがうなずき、「ミス・スタージスが、あなたと結婚なさりたいというご意向をお洩らしになったのです」

固苦しく椅子に腰かけていたアプルビー氏は快い興奮に思わず身動きした。「それで？」と彼はいった。

「それで」と、年がいったほうのゲインズボロはつづけた。「ミス・スタージスは、ご自分の財産がどんな求婚者の目にも好餌とうつるであろうことは十分ご承知の上で――」ゲインズボロは驚いて抗議しようとしたアプルビー氏を、むっちりした手を上げて押しとどめて、「その問題は不問に付するご意向です」

「無視する――つまり棚上げにする、という意味ですよ」と年下のほうのゲインズボロがきびしい口調でいった。

「ただし求婚者に、結婚生活における他の期待をすっかりかなえる心構えがある場合に限りという条件つきですが」

「あります」とアプルビー氏は熱をこめていった。

「ミスター・アプルビー」と、年のいったほうのゲインズボロが不意にいった。「前に、結婚なさったことがおありですかな?」

アプルビー氏はすばやく思案をめぐらした。過去の経歴についてうっかり嘘をいったら、自ら首をくくる命取りの罠ともなりかねない。逆にあっさり認めれば、その予防にもなるし、文句のつけようはあるまい。

「あります」と彼はいった。

「離婚なさったのですか?」

「とんでもない!」とアプルビー氏は心から驚愕していった。

ゲインズボロ兄弟は、わが意を得たというように目と目を見合わせた。「結構」と年長のほうのゲインズボロがいった。「たいへん結構です。ところで、ミスター・アプルビー、あるいはぶしつけな質問と受け取られるかも知れませんが、徳義の弛緩した近頃にあっては……」

「そういうことでしたら是非ご承知おき願いたいものです」とアプルビー氏は確固としていった。「わたしはおよそ人間として不道徳には縁がありません。煙草とか、強い酒とか、それから……」

「ふしだらな女とか」と年下のほうのゲインズボロがズバリといった。

「ええ」とアプルビー氏は赤くなりながらいった。「そうしたものは、わたしには無縁です」

年のいったほうのゲインズボロはうなずいた。「いずれにせよ」と彼はいった。「ミス・スタージスは軽率な決断はなさいません。しかしここ一カ月以内にあなたにご返事をなさるはずで、その間、この年寄りの忠言をおききになる気がおありになるなら、せいぜいまめまめしくあのかたをおとりもちになることですな。なにせご婦人のことではあり、ミスター・アプルビー、ご婦人というものはどなたもよく似たものでしてな」

「でしょうな」とアプルビー氏は応じた。

「献身です」と、年下のほうのゲインズボロがいった。「終始一貫して変わらぬ献身。それがものをいいます」

結局自分が求められているのは、〝店〟とそれが象徴する秩序整然たる世界をわきに押しやって、およそ心に訴えてこないマーサ・スタージスの姿をそのかわりに据えることだな、と、アプルビー氏は一人になってから合点した。むろんいっときの方便だ。いったんマーサ・スタージスが至当な婚姻の手続きをふみ、六人のミセス・アプルビーの先例にならってあの世送りとなった暁には、豊かな報酬が約束されているわけだったが、そのことは問題の婦人との強制的な親交をいささかも耐え易くしてくれはしなかった。おまけにアプルビー氏は将来の花婿としてのみならず、同時にいわば将来の男やもめとしての立場から物事を見ていたので、彼女が結婚問題についてくどくどと弁じたてる面白くもないご託のはしばしに、期せずして含蓄される皮肉に歯が浮くような感じに絶えず襲われずにはいられなかった。

「あたしにいわせれば」と、ある時マーサ・スタージスは一家言を吐いた。「とにかく離婚なんかするような男は、およそ結婚したどんな相手とでも離婚するものよ。近頃の破婚というのを見てごらんなさい。ほとんどどの場合だって、まるで買物でもするみたいにその辺をひやかして歩いて、結局自分の求めるものが見つからないといった男が原因になってることがわかるわ。でもね、あたしが結婚する男の人は——」彼女は狙いすましたようにいった。「ちゃんと落ち着いて、ほかに色目を使ったりしない人じゃないといけないのよ」

「もちろん（そうですとも）」とアプルビー氏はいった。

「あたしが聞いた話だと――」と、マーサ・スタージスはまた別のある時、アプルビー氏がとりわけじりじりさせられている最中に、いい出したものだ。「円満な結婚は女の寿命を延ばすんですって。結婚についていわれていることの中で、秀逸だと思わない？」

「もちろん（思いますとも）」アプルビー氏はいった。

その試験の月間中、彼は、その時々によって抑揚の変化はつけられるにしても、せりふは「もちろん」という一句しか喋ってはいけないことにきめられているような気がした。しかしその月の終わりには、ゲインズボロ兄弟とゴールディングの三人以外には客とてない結婚式で、その馬鹿の一つ覚えのかわりに（司式の牧師との問答の定式にしたがって）「はい」と答えるところまで漕ぎつけたのだから、作戦としてはまず成功というべきだったろう。

式後ただちにアプルビー氏は（不愉快なことに）新婦とともに写真室へ連れて行かれて、しつこいゴールディングの監督のもとに無数の写真をとられ、しかるのちにアプルビー氏は（嬉しいことに）新郎新婦をおのおの相互の財産、所有物その他一切の相続人に指定する書類を取り交わしたのであった。

こうした慶事の進行中にもかかわらず、時としてアプルビー氏がどちらかといえば放心の態に見受けられたとすれば、それはただ彼が今や目前に迫った将来のことの計画に思考を奪われていたために過ぎない。——小型絨毯（前の六回に、実にみごとに役立ってくれた、いわばきわめつきのもの）をちゃんと敷いて、いよいよその時がきたら、水を一杯持ってきてくれと頼み、それから片手を女の肩に、もう一方の手を……。その時までには適当の日数をおかなければならないし、かといって〝店〟に狙いをつけた貪欲な債権者たちがかけてくる圧力からして、あまりさきに延ばし過ぎてもいけない。遺言状に署名する妻の手の中のペンを見つめながら、まずはその時は二、三週間のうちということにしよう、と彼は決めた。すでに遺言状を手中にしてしまったからには、それ以上長く待つことは無意味だった。

けれども最初の一週間がまだ過ぎないうちに、アプルビー氏はたかだか二、三週間と決めたその予定をさえも思い切って訂正しなければならないことを思い知らされた。思い迷う余地はなかった。とにかく彼にはその結婚と取り組む用意がまるきりなかったのだ。

一例をあげれば、マーサが母親から相続した褐色砂岩づくりの洞窟のような家は——それが彼女の家であり、したがって今や彼の家でもあるのだが——乱雑というものの見本のようだった。どうやらその家では何かがわきへ転がっても拾い上げる必要はないというのが原則らしく——というのは、どうせまたどこかへ紛れこんでしまうのがおちだからで、どの部屋にも驚くべき乱雑なガラクタが蓄積していた。溢れるばかりの押入れや引出しの内容品は頓着なく入れ替わり、入れ違えられ、あるいはその辺に散らかっているものの仲間入りをし、どこもかしこも一面に埃が薄い膜になって積もっていた。それらすべては、アプルビー氏の繊弱な神経組織を、果てしなくつづく黒板の面に、どこまでも一本の爪痕の線を引きつづけなければならない指の爪のように磨り減らした。

新夫人が何よりも熱心な仕事はというと、まことにあいにくなことに、それこそアプルビー氏としては何よりも割愛してもらいたいものだと願うことにほかならなかった。というのは、彼女は料理が十八番で、食事時になると台所と食堂のあいだを果てしもなく行きつ戻りつ強行軍して、アプルビー氏の生涯の経験を絶するおびただしい皿数の料理をテーブルに並べたてるのだった。

はじめはおずおず抗議もしてみたが、それに対して新妻は、まだ初めだからというので特に説明の労をとり、こと料理に関する限りいかなる批評にも――どれかの皿の中のものを食べ残すことによってほのめかされる無言の批評にさえも――堪えきれないほど敏感である所以《ゆえん》をはっきりした表現で力説したので、それからというものアプルビー氏は泣く泣くなま焼けの肉、濃厚なソース、ヴォリュームのあるパイなどの総攻撃にたちむかい、やがて間断ない消化不良の苦痛をその受難の一項目として追加するにいたった。自分が情熱をこめて料理するものをどしどし食べて、理想の夫らしいところを証明してくれとせがむ妻の強要も、当然ながら彼の苦痛を和らげはしなかった。彼女は不消化物を満載した皿を彼のピクピクふるえる鼻の下につきつけ、アプルビー氏は獅子の群れの前に引き出された殉教者さながらの勇気をふるいおこして適度に煮炊きした淡白な食物をくれと泣きわめいている消化器官に強制割当分を詰めこむのだった。

妻の埋葬を済まして墓地から帰り、熱い紅茶とトーストと、ひょっとしたらちょうどいい加減に茹でた卵でも一つおまけにつけて、あっさり食事してくつろぐ――その幻想は彼が最も好んで見る白昼夢の一場面となった。しかしその夢も、またその続きも――その中で彼は家の中をきちんと片付けにかかるのだが――毎日目を覚ましてその日の前途に待ち受けているもののことを考えると彼の心を浮きたたせるには不十分だった。

自分に関心をそそぐようにと要求する妻の強制は、日増しに強くなるばかりだった。そしてある日、彼女が夫は自分よりも〝店〟のことに熱中しているとあからさまに非難した時、アプルビー氏はついに最後の行為の準備をすべき時がきたことをさとった。その晩、彼は小型絨毯を家に持ち帰って、それを居間と、台所へ通じる廊下とのあいだに注意深く敷いた。マーサ・アプルビーは、あまり気のない顔で彼がすることを見守っていた。

「ずいぶんぼろね」と彼女はいった。「なあに、それ、アピー――古い美術品か何かなの？」

彼女は夫を呼ぶのにそんな呼び方をし、そう呼ばれて彼が辟易《へきえき》することなど、まるで念頭にないように屈託なかった。――今も彼は顔をしかめたのだが。

「美術品というほどのものじゃない」とアプルビー氏は一応譲歩した。「しかし、いろいろの理由から懐かしい品物でね。わたしにとってはかけがえがないほど大事なものなのだよ」

ミセス・アプルビーはいとおしげに彼に微笑みかけた。「それを、あたしのために持って帰ってくれたのね?」

「そうだ」とアプルビー氏はいった。「そうだとも」

「なんてやさしい人」とミセス・アプルビーはいった。

「あんたって本当にやさしい人ね」

ミセス・アプルビーがかかとの潰れた靴をひきずり、その絨毯を踏んで、廊下の反対側の小さなテーブルの上にある電話のほうへ行くのを見守りながら、アプルビー氏は彼女が毎晩だいたい同じ時刻に電話をかけることからして、その時刻に事故を仕組んだらどうだろうかと思いついた。その思いつきの利点は明らかだった。その電話は、大した用事もないのだが、ただ何となく習慣になっているといった電話らしいので、きっといつもの時刻にはまたその絨毯の上を通るだろうし、彼はそれを待ち受けて一挙にかたをつけられる位置に待機すればいいというわけだった。

しかし、そうすると、そうした状況にあってどうして彼女に近づくのが最善かという問題が生じる、と、アプルビー氏は眼鏡を拭きながら考えた。場数をふんだ試験済みの方法が最善であることは明らかだが、電話をかけるのと水のはいったコップを持ってこさせるのと、その二つを同時に結びつけることができれば……。

「何をぼんやり考えてるの、アピー」とミセス・アプルビーが朗らかに声をかけた。彼女は受話器をかけ、廊下を横切ってきてちょうど絨毯の真上に立ちどまった。アプルビー氏は眼鏡を鼻の上に戻し、それを透して彼女を観察した。

「お願いだから」と彼はかきくどくようにいった。「そんないやな呼び方をしないでくれないか。わたしが嫌がっていることは承知のくせに」

「ばかね」と妻はあっさりいった。「あたしは、可愛らしい呼び方だと思うけど」

「わたしは、そうは思わないね」

「だけど、あたしは好きなのよ」とミセス・アプルビーは、それ以上うむはいわせぬといった態度でいった。「とにかく」と、彼女はそこで口を尖らして、「──あたしが話しかける前、あんたが考えていたのは、そんなことじゃなかったはずよ」

その太った、しまりのない女が口をとがらしたところは、他の何よりも年月と手擦れで磨滅し形が崩れた蠟人形にそっくりだということに、アプルビー氏はつくづく感心した。しかし何かもっともらしい返答を思いつくために、感心は一応おあずけにした。

「実はね」と彼はいった。「このところ、わたしの衣類がひどいありさまになっているな、と考えていたのさ。まえにもいったことだが、満足にボタンが揃っているのはほとんど一着もないくらいだよ」

ミセス・アプルビーはぞんざいにいった。「そのうちにつけとくわ」

「じゃ、明日にでも？」

「さあ、どうかしら」とミセス・アプルビーはいった。彼女は階段のほうに向いた。「もう寝ましょうよ、アピー。あたし、くたくたにくたびれちゃった」

アプルビー氏はもの思いにふけりながら彼女のあとについて行った。明日は――と、彼は思った。――葬式の時にちゃんとした服を着たいと思ったら、もう明日あたり、どれか一着洋服屋に持って行って手入れを頼んでおかなければ……。

彼はその服を家に持ち帰って、きちんとかけた。やがて夕食を済まし、居間に坐ってほとんど無限と感じられるほど長時間、妻の嗄《しゃが》れ声に耳を傾けた。（もっとも、時計はまだ九時にもなっていなかったが）

それからいよいよ彼女がやおら椅子から身を起こして、部屋から廊下のほうへ立って行くのを目にして、彼は興奮に胸を高鳴らせた。彼女が受話器をつかもうとした時、アプルビー氏は強く咳ばらいをした。「すまないが」と彼はいった。「コップに水を一杯持ってきてくれないか？」

ミセス・アプルビーはふりかえって彼を見た。「水を？」

「――すまない」とアプルビー氏はいって、そのまま待っていると、はじめ彼女はすこし躊躇《とまど》い、それから受話器をもとへもどし、台所へ向かって行った。台所でコップをすぐ音がして、間もなくミセス・アプルビーはそれを捧げながら彼のほうへ近づいてきた。彼はその労をねぎらうように彼女のむくむく肥った肩に片方の手をかけ、それから残る片手を、あたかも彼女の頬にほつれかかった髪の一房をかき上げてやろうとでもするかのように、上げかけた。

「ほかの奥さんたちにも、みんな、こうしたの？」とミセス・アプルビーが静かにいった。アプルビー氏はその手が空中で凍りつき、その冷たさが骨の髄まで電流のように伝わるのを感じた。「ほかの？」と彼はようやくいった。「ほかのというのはどういうことだ？」

妻は彼に向かって薄気味悪い微笑を洩らし、そうしながらも彼女が手にしたコップの水は微動だにしていないことに彼は気づいた。「ほかの六人よ」と彼女はいった。「というのは、つまり、あたしの計算じゃ六人なんだけど。どうして？　ほかにもっといたの？」

「いるもんか」と彼はいい、それから慌てて自分にブレーキをかけた。「何のことやら、わたしにはさっぱりわからんよ！」

「ねえ、アピー。まさか、六人の奥さんを、そんなに簡単に忘れられるわけはないでしょうに。もちろん、あんまりあたしが愛《いと》しくて、それでほかの奥さんたちのことを考える余地がなくなったってのなら別だけど。だったらすてきなことだわ、ねえ？」

「前に結婚したことはある」とアプルビー氏は声高にいった。「そのことは、はっきりさせておいたはずだ。しかし、六人の奥さんがどうのこうのと！」

「もちろん、あんたは結婚したことがあったわね、アピー。そしてその結婚の相手が誰だかつきとめるのは易しかったし、その前の相手が誰だったか調べるのも造作なかったわ――ほかのみんなも。あんたのお母さんのことだって、どこの学校へ行ったかとかどこで生まれたかってことだって。いいこと、アピー、ミスター・ゲインズボロはとても利口な人なのよ」

「それじゃ、ゲインズボロがそんなことを吹き込んだんだな！」

「どういたしまして、おばかさん」と、彼の妻はさげすむようにいった。「ずっとあたしはあんたの先手、先手と先回りしていたのよ。初めて一目見た時から、あんたって人はあたしにはお見通しだったわ。どう、そう聞いて驚いた？」

アプルビー氏は木の枝かと思って蝮《まむし》をつかんだことに気がついた男にも似た衝撃と闘った。

「どうしてわかった？」と彼は喘ぎ喘ぎいった。

「どうしてって、あんたはあたしの父親に生き写しだったからよ。あらゆる点で――服の着方から我慢のならない小綺麗さ、横柄な気どりからきいたふうの道徳談義まで――あんたは父にそっくりだからよ。あたしはそういう父を、そして、その父が母に対してした仕打ちを思って、一生憎み抜いてきたのよ。父はお金が目当てで母と結婚し、まるで毎日が悪夢のような目にあわせ、それから残りの財産欲しさに母を殺したのよ」

「殺した？」とアプルビー氏は胆をつぶしていった。

「何を今さら！」と妻は鋭くいった。「あんたは、そういうことができるのは自分きりだと思ってるの？　そうよ、父は母を殺したのよ。謀殺したといい直してもいいわ——そのほうがあんたのお好みだったら。コップに一杯、水を持ってきてくれと頼んで、母がそれを差し出したところをつかまえて首根っ子をへし折ったのよ。あんたのやり方とばかによく似ているじゃない？」

アプルビー氏は現在の事態に対応する信じ難い啓示が心の中にわきおこってくるのをおぼえたが、受けつけまいとした。「どうなったんだ、その父親は？」と彼は問い詰めた。

「教えてくれ、どうなったんだか！　つかまったのか？」

「いいえ、つかまらなかったわ。証人がいなかったの。だけど、ミスター・ゲインズボロは母の弁護士で、それに親しい友人でもあったのよ。それで、母の死に方に疑いをもって審問を請求したわ。そして審問の場所にあるお医者さんを呼んで、そのお医者は父が実は母を殺して、表面はいかにも絨毯の上ですべって死んだみたいに見せかけることもできたってことをはっきりさせたわ。だけど判決がおりないうちに父は心臓麻痺で死んじまったのよ」

「それはあの事件だ——わたしの読んだ！」とアプルビーは呻くようにいい、それから妻の冷笑的な視線に射すくめられて口をつぐんだ。

「父が亡くなったとき――」彼女は容赦なくつづけた。「あたしは誓ったわ。いつかきっと父とそっくりの男を見つけて、その男に父が当然送るべきだったような生活を送らせてやろう、と。こちらはその男の癖や好みをすっかり心得ている――けど、どの一つだって満足させてやらないのよ。その男があたしと結婚したのはお金が目当てだってわかってるけど、あたしが死ぬまでは一ペニーだって自由にさせてやらない。あたしが目をつぶるのは長い長いさきのことだわ――というのは、その男は、あたしができるだけ長生きできるように一生懸命に世話を焼いてくれるからよ」

アプルビー氏はあらん限りの気力を結集し、彼女がそんなにも興奮しているにもかかわらずもとと同じ位置にとどまっていることを見てとった。「どうしてその男にそんなふうにさせられるんだね？」と彼は柔らかくいって一インチほど距離を詰めた。

「おかしくきこえるでしょう、アピー？」と彼女はいった。「でも、あんたの六人の奥さんが揃いも揃って水のはいったコップを（これととてもよく似たコップね？）持ってくる途中で絨毯の上で（これととてもよく似た絨毯ね？）すべって転んで死んだことにくらべたら、それほど不思議でもないわ。そのほうがあんまり奇妙なので、あんまり幾度も偶然が重なれば誰かさんを絞首刑にすることができる――という考えをミスター・ゲインズボロが思いついたのよ。とりわけ、その誰かさんを殺人容疑の裁判に引き出す根拠になる口実があればね」

アプルビー氏は不意にカラーがきつくてたまらないような気がしてきた。「それじゃわたしの質問の答えになっていない」と彼は巧みに切りかえした。「どうしてわたしがあんたの寿命を延ばすために一生懸命になるなんて自信がもてるんだね？」

「自分を絞首刑にできる立場にある奥さんをもつご亭主なら、誰だってそれくらいのことはわかるでしょうに」

「違う」とアプルビー氏は息詰まった声でいった。「わたしには、そういう男はできるだけ早く相手を片づけてしまうだろうとしか思えんね」

「そう。でも、そこで準備がものをいうのよ」

「準備？　どんな準備だね？」とアプルビー氏はたたみかけた。

「うれしいわね、説明させてくれるなんて」と妻はいった。「実のところ、そうしないわけにはいかない時がきたみたい。でも、こんなふうにここに立ってるのは辛くなってきたわ」

「そんなことはどうでもいい」とアプルビー氏はこらえ性《しょう》なくいい、妻は肩をすくめた。

「いいわ、それじゃ」と彼女は冷やかにいった。「ミスター・ゲインズボロはあなたの結婚についての書類をすっかり握っているのよ――これまでの奥さんがどうして死んだか、そしてその遺産をあんたが手に入れた時期が、いつもあんたの店の借金を払うなら今だって時機と一緒だったってことなんか。その上、もしあたしが死んだら、すぐに調査をして、それにしたがって何なり必要な処置をとるように頼んだあたしからの手紙を預かっているのよ。ミスター・ゲインズボロは本当に腕ききなの。指紋や写真だって……」

「指紋や写真！」アプルビー氏は叫んだ。

「もちろん。父が亡くなったあとで、生前に外国に高飛びする用意をすっかりととのえてたってことがわかったのよ。でもミスター・ゲインズボロは、もしあんたがそんな考えをもってるんだったら、そんなものはうっちゃってしまうほうがあんたの身のためだって保証してくれたわ。どこへ逃げようと、あんたを連れ戻すのは朝飯前ですってさ」

「この上わたしにどうさせるつもりなんだね？」とアプルビー氏は痺れたようにきいた。

「こうなった以上は、一緒にいてもらおうとは思うまいし、だったら――」

「どういたしまして。ここまできてしまったからにはいっちまうけど、あんたには、あんなやくざな店はもうたたんでしまって、これからは一日じゅうあたしと一緒に家にいてもらうつもりでいるのよ」

「店をたたむ！」彼は悲鳴を上げた。

「いいこと、アピー、あたしが死んだ場合によくよく事情を調査して欲しいと頼んだ手紙には、特にどういう死に方をした場合とは指定してないことを忘れないようにね。あたしは四六時中あんたをそばにおいて長い一生を送るつもりでいるし、ひょっとしたら――わかる？　あくまでひょっとしたら、だけど――そのうちにはその手紙と証拠の一切をあんたに渡してあげる気になるかもわからないのよ。だから、慎重な上にもなお慎重に、あたしのために気をつかってくれるほうがどれくらいあんたのためになるか、おわかりね」

電話のベルが不意にはげしく鳴り、ミセス・アプルビーはそのほうに向かってうなずいてみせた。「たとえばああして電話をかけてくるミスター・ゲインズボロみたいに慎重にね。毎晩九時にあたしが無事で幸せでいるってことを電話で確かめられなかったら、あの人は世にも恐ろしい結論に一気にとびつくってわけよ」

「お待ち」とアプルビー氏はいった。彼が受話器を耳にあてると、響いてきた声は紛うかたもなかった。

「ハロー」と年上のほうのゲインズボロの声で、いった。「ハロー、ミセス・アプルビー？」

アプルビー氏はずるい手を思いついた。「いや」と彼はいった。「家内は今ちょっと出られないのですが。何のご用です？」

彼の耳元の声は、まぎれもない冷たい敵意を帯びた。

「ミスター・アプルビー、こちらはゲインズボロです。わたしは至急あなたの奥さんと話がしたい。十秒だけ待つから、奥さんを電話口に出しなさい。おわかりですかな？」

アプルビー氏は物憂げに妻のほうに向き、受話器をさし出した。「さあ」と彼はいったが、彼女が水のコップを置こうとして体の向きを変えたとたんに、その足もとの絨毯がついとすべったのを見て、驚愕に思わず息を呑んだ。体のバランスをとり戻そうともがく彼女の腕はむなしく宙に泳ぎ、コップは彼の足もとに叩きつけられて綺麗に筋目のついたズボンを濡らし、彼女の顔は声にならない悲鳴に歪んだ。それから彼女の体は床を叩くように転倒し、彼にはもう幾度も見馴れた姿勢でぐったり横たわった。

それを見つめながら、彼は手の中の受話器からかぼそい声が洩れてくるのをかろうじて意識していた。

「もう十秒ですよ、ミスター・アプルビー」と、それは甲高くいった。「おわかりですかな？　時間ぎれですよ！」

好敵手

Fool's Mate

その晩勤めからもどってきたジョージ・ヒュネカーは一見あきらかに異常な興奮にとりつかれていた。ふだんは土気色の頬に赤みがさし、縁なし眼鏡のかげの目はきらきら輝き、いつもならいかにも大事なものを扱うように靴からはずしたオーバーシューズを、わざわざそのために廊下の隅に敷いてあるマットの上にきちんと揃えて置くべきところを、まるでもどかしそうにもぎとってわきにうっちゃったものだ。それから、帽子もオーバーも着たなりで、持って帰った包みを開いて小さな平たい革のケースをとり出した。そのケースをあけると、すり切れかかった緑色のビロードの内張りに包まれて、そこにおさまった簡素な細工の黒と白とのチェスの駒の一揃いがルイーズの目にはいった。

「どうだい、綺麗じゃないか？」とジョージはいった。駒の一つを、いつくしむように彼は指でさすった。「この細工をごらん。もちろん恭《うやうや》しくガラスの戸棚のなかにおまつりするような珍品じゃないがね、どれをとってもすっきりと可愛らしくて、いつでもきびきびと動き出そうとしている――チェスってものが本来あるべきように。どれもこれも本物の象牙と黒檀で、どれも出来合いなんかじゃない手細工だよ」

ルイーズは目を細めた。「あなた、この品物にいくらお払いになったの？」

「払わないよ」とジョージはいった。「というのは、つまり、買ったんじゃないんだ。オールリッチスさんがくれたんだよ」

「オールリッチス？」とルイーズはいった。「いつかあなたが、うちへ昼食《おひる》に連れて来たあの年寄りの変人のことね？　腰かけたきり、カナリアをねらう猫みたいにじっとわたしたちを見つめていて、こちらがつっつき出さないかぎり一言だって喋ろうとしなかったあの人でしょう？」

「おいおい、ルイーズ！」

「やめて、わたしに向かって『おいおい、ルイーズ』は。あの人をわたしがどう思ってるかは、ずっと前にあなたにとってもはっきりいっておいたつもりよ。だから、ちょっとおたずねしてもいいわね？――あのすばらしいオールリッチスさんが、突然こんな品物をあなたにくださる気になったりしたのはどういうわけなのか？」

「うん」ジョージはもじもじしながらいった。「つまりね、あの人はここんとこずっとどうも体の塩梅《あんばい》がよくなかったんだが、もうあとふた月み月つとめれば円満に停年退職の時がくるというんで、わたしはあの人の仕事をおおかた代わってつとめてやっていたんだ。それでも、それもいよいよ今日で終わりってことになって、まあ有難うって挨拶がわりの贈物として、こいつをくれたんだ。気に入りのセットなんだそうだが、あの人としては精一杯いいものを張りこもうって気持ちから、これをくれることにしたんだよ」

「なんてまあ、お恵み深くいらっしゃるオールリッチス様」とルイーズは冷やかにいった。「あなたのお暇と苦労に対して報いたいってお志なら、もっと実用的なもののほうがずっと狙いにかなっているってことが、あの人の頭には浮かばなかったものかしらね」

「なに、わたしは当たり前の親切をしたまでのことさ、ルイーズ。だからお金とか何とか、そんなものをくれるといわれたって受け取りゃせんよ」

「いよいよ何とかにつける薬はないってとこね」ルイーズは鼻を鳴らした。「いいわ。ご自分のものをお片づけなさいな、みんなちゃんとあるべきところへ、そしてきちんとして晩御飯よ。もう大体用意ができてますからね」

彼女は台所へ向かって行き、ジョージは何とか彼女の気持ちをとりなそうとするかのようにまつわりついて行った。「なあ、ルイーズ、オールリッチスさんはとても面白いことをいったっけ」

「おっしゃったでしょうとも」

「つまりね、世の中にゃチェスが必要な人々がいるんだとさ。そしてそういう人たちは、チェスに本当に上達するにつれて、どれほど自分がそれを必要としていたかわかってくるんだそうだ。そこで、わたしが考えるには、おまえとわたしがそうなっていけないわけはどこにも……」

彼女はふいと立ちどまり、腰に両手をあてがって彼をぐっと見据えた。「あなたのお考えってのは、わたしが家のことを片づけ、買いものをしたり熱いお料理をこしらえてあげたり、繕いものやつぎあてをしたりですっかりくたびれちまったあと、ゆっくり腰を落ち着けて、あなたと遊びごとのお稽古をすればいいってことなんですのね！　五十の坂を越えようって年配にしちゃ、あなたもずいぶん妙なことを思いついたもんだわ」

彼は廊下でオーバーを脱ぎながら、まったく自分には年齢を忘れるチャンスというものがほとんどない――すくなくとも、ルイーズからこうしてしょっちゅうそのことを思い出させられているあいだは、と考えた。彼は三十歳近くの時分、つまり結婚して数ヵ月後に彼女から初めて年齢のことをもち出され、もうそろそろ年甲斐というものをわきまえるようにしたらどうかといわれた。それ以来くる年ごとに何かにつけてそのことをいいたてられてきた。もっとも、ルイーズの人となりをよく知るにつれて、彼女の思う壺にはまることはすくなくなりはしたけれども。

ただ一つ厄介なことは、いつもきまってルイーズに一歩機先を制せられることで、せっかくの確実な良い仕事を捨てることとか、くらしが楽でない時に（ルイーズの意見によれば、くらしが楽でなくなかったことなど、ついぞあったためしがなかったけれども）子供をつくることとか、うんと安く借りられる家があるのに即金で家を買うとか、そういったことに彼女が必ず是々非々の断固たる態度をとることが彼にもわかってきた。が、それにしても、家に客を呼んだり、彼が読んでみて面白かった本を読んでみろとすすめるのに対して、またシンフォニーの放送にラジオのダイアルを合わせることに、あるいは今の場合のようにチェスをやろうというような思いつきに、彼女がそんなにも痛烈に反対することは、やはり彼には驚きだった。

彼女ははっきりいいきった。——来客なんてことは煩わしい上にお金がかかるばかりだし、こまかい活字は目をいためし、シンフォニーは割れかえるような頭痛のもとだし、それにまたチェスときては、そんなものにふける時間はみつかりそうにない。二人が結婚する前は万事につけてこんなふうではなかったようだが、とジョージはみじめな気持ちで回想した。二人はいつも賑やかに友人たちに囲まれ、書物とか音楽とかいったものが論議の対象になると、ルイーズは明るく生き生きと興味をあらわして話に乗ってきたものだ。それが今では彼女のやりたがることといったら、毎晩ただもう編みものを膝にじっと腰をおろして、ラジオからわめきかける漫才や漫談の類に聞き入ることをおいて他にないのだ。

体の具合が思わしくないことも、もちろん、そうしたことすべての一因であったかも知れない。入れ代わり立ち代わり疼きや痛みに、まるで寄生でもしているかのように絶えずさいなまれどおしで、そのわずらいが微細にまたありありとうかがわれて、ジョージまで同情の疼きが全身を走るように覚えることがしばしばあるほどだった。家の薬箱は薬剤ではちきれんばかりとなり、二人の食事はだんだん細くなって、口当たりの柔らかい味のない調合薬まがいのものとなり、やがてはジョージが漠然と〝婦人の病気〟と思いなすようになった病症の治療のために、ルイーズあての医者の勘定書がかなりのたかにのぼらない月はめったになかった。

それでもジョージはそうして課せられた悪条件にもかかわらずルイーズがおよそ夫としてあてにできる限りの良妻であることを認めるにやぶさかでなかった。年来、彼の給料は決してあり余るほどのものではなかったが、ルイーズはそのわずかな金を倹《つま》しく始末して一万五千ドルという預金を銀行の口座に積み立てていた。その事実を知る者は夫婦の二人以外にはなく、ルイーズは誰と話すにもごらんのとおりの貧乏暮らしをかこつといった調子を崩さず、はたでそれを聞かされるジョージにしてみればいつも多少の当惑を禁じ得なかったけれども、ルイーズはお金を貯める最善の道は自分がいくらかでも貯めこんでいるということを世間一般に知らせずにおくことだといい、〝貯めた一銭は稼いだ一銭〟だから、彼女は彼女なりの方法で稼ぎ手のジョージと同様、二人の収入に寄与しているのだと主張した。そのことは、ジョージの当惑を解消させはしなかったけれども、ルイーズの知恵と甲斐性に対する敬意で、一応表面を糊塗することには成功した。

その上、彼の家がいつもぴかぴか光った針のようにきれいで、彼が着るものは丹念に繕ってあり、そして彼の健康には狂おしいまでの顧慮が払われているということをわきまえているからには、ジョージが妻をチェスの相手に仕立てるといった些細なことを問題にするよりも、むしろ自分がこうむっているもろもろの祝福すべきお蔭を数えあげることのほうを選ぶにいたった事情は理解するに難《かた》くなかった。もし問いつめられればジョージ自身おそらく認めただろうように、それはどちらかといえば犠牲的な行為ではあったけれども。というのは、いったんそうしてチェスの駒を手に入れたとたん、彼は熱烈なチェスの愛好者となってしまっていたのだから。ラジオが耳にぶんぶん鳴り、ルイーズが余念なく小刻みに編み針を動かしているかたわらで夜ごとのお楽しみの一局の盤面を睨みながら、チェスというゲームは相手がいることで著しく興趣を高められるもののようだ、と時々ジョージは考えることがあった。彼はけっして皮肉に考えたのではない。皮肉とは、がんらいジョージの資質に無縁なものだった。

ミスター・オールリッチスは、彼にそのセットをくれる時にいつでも指南の役に立とうといってくれた。しかしルイーズはすでにその紳士が彼女の家に歓迎せらるべくもない客であることを指摘していたし、また彼女は理由もなく家庭を外にしてほっつきまわる人種についてもはっきりした意見をしばしば表明していたから、そんな話をもち出すことにそれだけの値打ちがあろうとは、ジョージは考えてもみなかった。そのかわり彼は「チェスへの勧誘」といみじくも表題を冠した小冊子に取り組み、それからその勧誘にしたがって他の論文やもっと難しい教本へ、さらにチェスについて書かれたありとあらゆる文献の世界へと、その大きさと複雑さとによろめきながら引きこまれて行った。食べるにも飲むにも眠るにもチェスのことが念頭を離れなかった。彼は古今の名人たちの指し手を研究して、やがて彼らがおさめたささやかな勝利のあとさえ、本に出ている章節まであげて引用することができるほどになった。序盤、中盤、そして終盤の戦法を彼は勉強した。謀略をこらしたかけひきから、一方的に容赦ない力を結集させて、うむをいわさず敵を破砕する急戦になだれこむ局部戦闘を偏重しがちな向こうみずな侵略をつつしむことを彼は学んだ。それまで聞いたこともなかった名前が、彼の行く手はるかの地平線上でおどった。アレキン、カパブランカ、ラスカー、ニムゾヴィッチ……。彼は発見の喜びに酔い痴れながら、彼らの宇宙なる黒檀と象牙の迷路をたどってそれらの連中のあとを追った。

それにしてもまだ欠けているものが一つあった。というのは敵対者——自分をぶつけてためすことのできる生きた相手だ。時おり彼はわびしく考えたものだ。——本を座右に置いて着手《ちゃくしゅ》を心中に練るのも一つの楽しみではある。全然同じ手を考えるにしても、盤を挟んで、局面を自分に有利なように展開し、こちらを打ち破ってやろうと構えている相手がいるのはまた格別なものだろう、と。そういうふうにしてこちらが一つ駒を動かし、それに対して誰かが手を伸ばして応手を指すところを目の当たりにしたいという望みは、しだいに飢えのようにはげしくなって行った。やがてそれは一種奇妙な強迫観念となり、そのために壁や暖炉の丸太に投射されたルイーズの影が不意に動いたりすると、ジョージは、誰もいない向かいの椅子に坐っている誰かが目につくことをなかば期待しながら、はっとして目を上げることが往々にしてあるほどになった。

そうこうするうち、彼はその人物をかなりはっきりと目に見ることができるようになった。かなり彼によく似たもの静かな瞑想的な人物で、実際、白いものがまじりはじめた髪や、盤にむかってかがみこむとき、ともすれば少々ずり落ちかかる縁なし眼鏡など、まったく彼にそっくりだった。その相手の棋力《きりょく》は、ほんの申し訳ばかり彼よりも上で、どうしても負かせないほど上手《うわて》ではないが、ジョージとしては、時たまの勝利をわがものにするために全力をあげて戦わなければならないはずだった。

それに彼はいま一つその人物に期待していることがあった。それはチェスのしきたりにこだわる者には、たぶんいくらか異端と感じられるかも知れないことだった。というのは、その人物はいつもきまって白を握りたがることにきまっていたのだ。白の側はいつも先手をとり、ひょっとして風向きが逆に変わりでもするまでは、ずっと攻勢をとりつづける。ジョージは永久不変に黒を選んで、白の突撃と侵攻をそらすかたわら、徐々にその総攻撃に備える堅固な壁を構築する側にまわることを好んだ。それこそ、そのゲームを習得する道なのだ、とジョージは自分にいい聞かせた。——防御において不敗の方法を会得した上は、どうして攻撃において不可能なことがあるだろうか、と。

しかしながら、防御をおこなうにはやはり攻撃を仕掛ける手が必要で、結局ジョージはみずからもって少々誇りとするにたる、やや独創的な一つの解決にでくわした。すなわち彼は盤に駒をならべ、黒の陣地の後方に座を占め、しかるのち白にかわって第一手をくだす。それを彼は黒の駒で迎え撃ち、それからまた白の動きを代行し、以下なんとか勝負がきまるまで同様のことをくりかえすのだ。

そのやり方の欠陥がいたましくも明白になったのは、さほど時を経ぬうちのことだった。当然ながら彼は黒の側をひいきにしたし、初手《しょて》からして双方の戦略を知りつくしていたから、一戦また一戦と黒はばかばかしいほどたやすく勝利をおさめてしまうのだった。そしてその種の味気ない経験をかさねること二十回にして、ジョージは絶望に打ちひしがれて椅子の背にぐったりと身を沈めた。もし一方の側にかわって駒を動かすあいだ、他の側のことをすっかり頭からしめ出すことができさえしたら、まったく、何の問題もないのだがなあ！　しかしそれはその論理において、いつか何かを読んでいてぶつかった大昔のある考えと軌を一にした期待であることに思いをめぐらして、彼はやるせない気持ちになった。その考えというのは、もし二匹の蛇を互いの尻尾に食いつかせたらどちらも相手をすっかり呑みこんでしまうまではげしく争闘し合うだろうという、あれだ。

鬱々としてそのことを熟考した後、彼はふたたび盤面をととのえ、それからテーブルをぐるりと迂回して白の椅子に席を移した。さて、もし自分が白だとしたら、どんな手を指すだろうか？　ゲームというものは、一方の側に立つ者の技量だけによって運ばれるのではなく、敵手についての知識によっても左右されるものだ、と彼は自分に向かっていった。また相手のゲーム運びの流儀ばかりでなく、その人格、性格、天性資質の全部によって成立するのだ、と。ジョージはいまや空席となった黒の側の椅子をテーブル越しにおごそかにながめ、そのことを思いつめた。それからゆっくりと、慎重に戦端をひらく一手を指した。

つぎに彼はすばやくテーブルをまわって黒側に腰をおろした。このほうがずっとやり易いな、と彼は感じ、ほとんど反射的に白に対する応手を指した。心の中にわくわくするようなスリルが湧きおこるのを覚えながら彼は席を立って、早くも今度は黒のことをすっかり頭から追い出してしまおうと懸命に努力しながら、ふたたび盤を挟んで反対側にまわって行った。

「一体まあ、あなたってば、何をなさってるの！」

ジョージはぎょっとして、目がくらんで視線が定まらないようにあたりを見まわした。ルイーズは唇をかたく結び、編みものを膝の上にとりおとし、まるで部屋全体が彼にむかって眉をしかめているような不承認の態度で彼を見つめていた。彼は説明しようと口を開きかけ、それからあわただしく考え直した。「なあに、何でもないよ」と彼はいった。

「全然何でもないですって！」ルイーズはきびしくきめつけた。

「そこらをうろうろ歩きまわって、誰かが見たらきっとこの家にはあなたに坐り心地のいい椅子が一つも見あたらないのかと誤解しますよ。いいこと、わたしは……」

そこで彼女の声は尾をひいて消え、目はガラス玉のように生気がなくなり、体はむさぼるような注意力の集注のために硬直した。あたかもラジオに出演している喜劇役者が、相手の侮辱に対して、明らかにスタジオの聴衆がどうしようもない哄笑を爆発させるより手のないほどひどい別の侮辱的なせりふをもって報いたのだ。ふたたび編み物に手をのばしながら、ルイーズの唇さえも、その両端がごくかすかにもせよ上向いたほどで、ジョージはこれ幸いとその機を逃がさず黒側の背後の椅子に落ちこむように坐った。

自分はまさに一大発見をしようという境にいたのだと彼は感じていた。だがしかし、厳密にいって、それはどんな発見だったのだろう？　肉体的に場所を変えるということが、彼を客観的実体としてそれぞれ互いに分離し、明らかに相違した二人のチェス・プレイヤーと仮想することを可能ならしめたということだったろうか？　もしそうだったとしたら自分の進退はここにきわまったわけだとジョージは観念した。何故なら、そうして立ちあがってはぐるぐる歩きまわる理由をルイーズに納得のいくように説明することは決してできそうになかったからである。

けれども、もし盤面そのものが、一手一手のあとでぐるりと回転するとしたらどうだ？　それとも――と考えながらジョージはしだいに高まる興奮に充満してくる自分を意識した。――いずれにせよチェスという遊びは完全な知能遊戯だし、もし十分にゲームに熟達すれば盤など全然使う必要もないくらいのものだから、要するにかんじんなのは、指す番がきた時、自分を完全に相手になり変わらせることではないのか？

さて、こんどは白の番だぞ、と、ジョージは自分の果たすべき役割に関心を傾倒した。彼は白の側に立って指すのだから、きっと白がやるだろうことをしなければならない――ばかりでなく、白の指し手が感じるに違いない感情をことごとく実感しなければならないのだった――が、精神をこらして努力すればするほど、彼がめざす目標はとらえにくくなって行った。幾度となく、彼が白の駒をとり上げようと手をのばそうとするその瞬間、黒がやるつもりでいること、黒がきっとやるに違いないことについての知識が水銀の一滴のようにころころ念頭をかすめてころがり、気が狂いそうな敗北感に、外からこそわからなかったが、彼を身もだえさせた。

今やそれは彼にとり憑き、夜ごと彼はその練習に身をうちこんだ。彼は目方が減り、顔はやつれて皺ばみ、そのためルイーズは食事時にはいつもずっと彼のそばにつききりで、彼にとっては全く関心のない彼女の苦心になる献立に関心をもたせようと努めた。仕事への興味も痩せ細って、ほんのお座なりに役目を果たすだけになってしまい、はじめは軽い驚きといらだちをあらわしただけだった上役も、ついには不吉なことの前兆のように頭をかしげるようになった。

けれども一度の勝負ごとに、一つの指し手ごとに、一つの努力をはらうごとに、ジョージはそれだけ目的に近づいていることを感じて歓喜に胸をふるわせた。きっとその瞬間がくる、と彼はすさまじいばかりの確信をもって自分にいいきかせた。——盤の向こう側を客観的に、まったく無関心に、その意図や計画について、本当にそこに坐っている生身の人間を相手にする場合以上の知識なしに眺められる時が。そしてその日がきたら、彼は彼にさきだつどんな名勝負師もものにしたと主張することのできない種類の勝利をかちとったことになるのだ！

彼は一つの手を指すごとに、つぎの手のあとにこそきっとその勝利が待ち受けているのだということにあまりにもかたい自信を抱いていたので、ついにその勝利がやってきた時にはただこころよい満足と全神経の解放的な安らぎを覚えたばかりだった。ちょうど一日ひどく働いたあとで寝床にもぐりこむ時のような感じだ、と彼は嬉々として思った。まさしくそういった類いの感じだった、まったく。

彼はちょっとした不注意から黒の側を危険な局面にさらしてしまい、それからよく考えてキング・ビショップに、白の側にとってはひどくまずいことになりかねない、みごとな防御の動きをさせた。それに対して白の応手いかんを研究しようと顔を上げた時、彼は、「**白**」がテーブルを隔てて向こうの椅子に、両手の指先を軽く触れ合わせ、唇に皮肉な微笑をうかべて坐っているのを目にしたのである。

「ほほう」と**白**は心地よげにいった。「あんたにしてはすばらしく上出来だな、ジョージ」

それでジョージの満足感は軽率な指に触れられてはじけてしまったシャボン玉のように消え失せた。それは彼を怒らせる言葉に乗ってやんわりした侮辱がもたらされたというだけのことではなく、それと同じくらい気にさわったのは、**白**が、ジョージが予想していたのとは似ても似つかぬ人物だという事実だった。彼は**白**が双生児《ふたご》の片割れが他の一人に似るように彼に似ていようとは予期していなかったにもかかわらず、実際には顔だちのどの部分をとり上げてみても実に酷似していて、**白**はまるで彼が毎朝髭剃りの時に見入る鏡の中から彼を見返す映像に生き写しだといってもいいほどだったのだ。けれどもその映像には、ジョージの本当の映像と違って、きわめて圧倒的な力と傲慢さがそなわっているようだった。あそこにいるのは机にしがみついて面白くもない数字の羅列を計算するような男ではなくて、長い会議テーブルの上座に坐って果断と煥発《かんぱつ》の才気をもって重大な決裁をくだす種類の人物だ、とジョージはかすかに口惜しい気分で感じとった。明日のことなどあまり苦にせず、それよりも今日のこと、今日が提供してくれるいいもののことを考える類

い の男――そういいものの値打ちをちゃんと見当てる類いの男だ。

白が着ているものの比類なくみごとな仕立てに、ほっそりした、よく爪磨きをかけた手に見える気品と力に、ジョージの目を見返す容赦ない、それでいて陽気な目のきらめきに、それだけのことがはっきりと読みとれた。ジョージが自分のすぐ前にころがっているように思われるある考えをつかもうとして手をもたもたさせていることに気づいたのは、その目をのぞきこんだ時だった。その目の中には、彼の映像がくっきりと映っていた。ひょっとすると、それは単なる映像ではないかも知れなかった。ひょっとすると……

白が自分の駒を一つ動かしたので、ジョージの思考の脈絡はそこで引きちぎられた。

「あんたの番だよ」と白はむぞうさにいった。「もっともまだゲームをつづける気があんたにあるとしての話だが」

ジョージは盤面を見て、まだ自分の側の形勢は大丈夫だと見てとった。「どうしてわたしにつづける気があってはいけないんだね？　こっちの形勢は……」

「今のところは互角《ごかく》だがね」と白は即座に口を挿んだ。「あんたがどこかに置き忘れているのは、長い先の見通しだよ。わたしは勝つことを目ざしてゲームしている。ところがあんたはただ負けないことばかりを念頭において指しているだけだ」

「どっち道おなじことじゃないか」とジョージは抗弁した。

「いや、しかし、ちがうね」と白はいった。「その証拠に、わたしはこの勝負にも、ほかにいつ勝負をしてもきっと勝つんだから」

そのあつかましさはジョージをよろめかせんばかりだった。「マロッツィは名人だったが、さかんにしのぎ戦術をもちいたじゃないか」と彼は反論した。「もし彼のゲームぶりをよく承知しているなら……」

「マロッツィのゲームなら、わたしだってあんたと同じくらいよくのみこんでいるよ」と**白**はいった。「で、もしわたしに彼と勝負をする機会があったとしたら、きっといつもわたしのほうが勝ちっ放しだったろうと断言して憚《はばか》らないね」

ジョージは赤くなった。「あんたは随分自分を高く買ってるんだね」と彼は言い、**白**がそれを反撃するかわりに一見無限の憐れみをもって自分をながめているのを見て意外の感に打たれた。

「いや、いや」と**白**はおもむろに言った。「わたしを高く買っているのはあんたのほうだよ」それからまるで手際よく仕掛けてあった罠をみつけて、うまくそれを避けおおせたとでも言いたげに、彼は頭を振って唇をかすかに嘲笑的な渋面にゆがめた。「あんたの番だ」と彼はいった。

ジョージは頭の中にむらがりおこった漠然と不安な思考を努めてわきへ押しのけ、当面の着手をくだした。そのあとわずか二手か三手指しただけで、彼は明らかに自分が収拾しようもなくぶざまに打ち負かされていることを悟った。彼は二度目のゲームにも負け、そのあともう一度負け、それから四番目の勝負にはいって絶望的な努力をふるって戦法を変えようとした。第十一番目の手を指そうとした時、彼は根こそぎ攻撃に転じる機会をみつけながら、躊躇し、結局はその機会をつかむことを拒み、またしても敗北を喫してしまった。そこでジョージはしかめ面で駒をケースにしまいこみはじめた。

「明日また来てくれるね」と、彼はあえて自分が完全に**白**の慰みものにされたのを承知でいった。

「さしさわりがなければな」

ジョージは、不意に恐怖からくる寒気をもよおした。「さしさわりなんか、あるはずがあるかね?」と彼はようやくそれだけいった。

白は白のクイーンの駒をとり上げ、指のあいだでゆっくりひねりまわした。「ルイーズが邪魔するかも知れんよ、ひょっとすると。もしルイーズが、あんたがこんなふうにゲームに血道をあげるのを放っておくまいと決心したらどうなる?」

「だって、何故? あれが何故そんなことをするはずがある? 今まで、そんなそぶりはちっとも見せていないのに!」

「ルイーズときては、なあ、極端に愚かで腹立ちやすい女だし……」

「おいおい、そんなことまでいってもらういわれはないぞ!」とジョージは痛いところを突かれて思わず口走った。

「それに――」と**白**はまるで全然横合いから苦情なんぞ入らなかったような調子でつづけた。「あの女はこの家の主権者だからな。ああいった種類の人間は、時として一見なんの理由もないのに、自分の主権を確認したがるものさ。実際、そういったことはそういう連中の虚栄心の糧《かて》で――呼吸する空気と等しく必要なものなんだ」

ジョージはありったけの勇気と憤懣とをふるいおこした。「もしそれがあんたの本心からの考えなら――」と彼は勇敢にいった。「あんたには二度とこの家の敷居をまたぐ権利は……」

彼の言葉が終わろうとした一刹那、ルイーズが肘かけ椅子の中で身ぶるいして彼のほうに向いた。「あなた」と彼女はきびきびした口調でいった。「そんな遊び、今夜はもうそれでたくさんよ。同じ時間を潰すにしても、ほかに何か、もっといいことを思いつけないものかしらね？」

「今かたづけようとしていたところだよ」とジョージは慌てて答えたが、まだ彼の対戦相手が指の間につかんでいる駒を渡してもらおうと手を伸ばした時、彼は**白**が彼をちぢみあがらせるような目つきでルイーズを観察しているのを見た。それから**白**は彼のほうに向き直ったが、その両眼は黒いガラスのようで、それを透かして燃える炎のほとんど堪えがたいまでの強烈な光が見えるようだった。

「そうだ」と**白**はゆっくりいった。「あの女の人と、あの女があんたに対してしてきた仕打ちを考えるとわたしはあの女が憎くて憎くて、そのために身も痩せ細るほどだよ。そうと知っての上で、それでもあんたはわたしにまた来て欲しいと思うかね？」
いま見る相手の目は酷薄そうではなくて、また**白**が彼の手の中に押しつけてよこしたチェスの駒の手ざわりは温かく元気づけるように感じられた。彼は躊躇し、咳ばらいをして、それからついに「それじゃ、また明日」といった。
白の唇はまた歪んで、あの冷笑的なしかめ面をつくった。「明日でも、またそのつぎの日でも、あんたがわたしを入用とする時にはいつなりと」と彼はいった。「しかし、まあ、いくらやっても同じことだ。あんたは決してわたしを負かせはしないよ」
白が自己を評価するにあたって、決して誤算をおかさなかったことは、時間が証明した。そして時間そのものも、カレンダーとか時計とかいった手段によるよりも、無限にくりかえされるチェスの勝負によって、また一局の勝負をきざむ交互の駒の動きによるほうが、はるかにうまく計測できるものであることをジョージは学んだ。それは楽しい発見だったし、もっと喜ばしくさえあったのは彼をとりかこむ世界が、はっきりながめると、なにやら双眼鏡を逆さにしてのぞいた対象物以上のなにものでもないものに似てきたという認識だった。やたらに他人を押しまくり、突き刺し、つつきたて、数かぎりない説明や弁解を要求する連中の姿は、相も変わらずくっきりと鮮明に見えたが、要するに単なる遠景的な見晴らしに過ぎないものとなって、その連中がどれほど近く押し寄せてきたところで、彼の身には一指だに触れることができないことは明白だった。

これにはたった一つ例外があった。というのは、ルイーズだ。夜ごと世界はチェスの盤と、その向こう側の椅子にくつろいだ白の姿とに包囲されていった。けれども部屋の一隅に編み物を膝にルイーズが腰をおろして、その周囲には時おり口やかましい苦情や逃がれ場のない詰問となってジョージの身辺に渦巻く、高潮した憤懣の気配が充満していた。

「どうしてそんなに暇さえあれば愚にもつかない遊びに夢中になるの！」と彼女は弾劾した。「何か、わたしに話でもすることの持ち合わせでもないものですかね？」ところで、実際のところ、そもそも結婚直後の幾年かのあいだに、家庭の切りまわしについて彼には何の発言権もないこと、また彼の会社で一緒に働いている同僚のことなんぞ彼女は聞きたくもないのだということ、そしてまた彼女のいい方にしたがえば〝インテリぶった〟問題について彼が考えることは、本人だけの胸におさめておくのが一番だということを教えられてからというもの、彼女に話しかけることの持ち合わせなんぞありようはなかったのだ。

「いや、まったく、彼女のやり方は適切じゃないか」と白はある時あざけるように説明の労をとった。「もしあんたが家に必要な家具なんぞをちゃんと設備したりすれば、家の中はきちんと綺麗になって、ルイーズはきまり悪く、勝手ちがいに感じるだろうからな。またもしあんたと一緒に働いている連中をあまりよく知るようになったら、ルイーズはその連中とつきあい、もてなし、自分のがさつな無教養をみんなの判断の前にさらさねばならなくなるかも知れんからな。いや、そういった状況のもとだからして、そうしたみじめな判定をくだされることを避けて、自分ひとりの真空のような世界にとじこもっているほうが、つまりはあの女にとってずっといいことなのさ」

いつもそうなりかねないことではあったが、**白**の態度はジョージをはげしい憤激に追いやった。「まるで山高帽子の中からとり出したみたいな今の御高見は、いかにももっともらしく聞こえるがね」彼は爆発した。「教えてもらいたいものだ――どうしてあんたはそんなにルイーズのことをよくご存知なのか」

白はぼんやりした目で彼を見た。「わたしはあんたが知っていることを知っているだけだよ」と彼はいった。「それより多くでもないし、すくなくでもない」

そうした言辞はジョージを痛めつけ傷つけたけれども、勝負のことを思って彼は我慢した。ルイーズが黙ってしまうと、全世界はふたたび非現実そのものとなった。そうなるともう現実のものは、チェスの盤と、その上をふわふわと飛びまわり、攻撃をしかけ、ただもうジョージを感嘆させ失望落胆におとしいれる大胆不敵な鮮やかな手際で前途のありとあらゆるものを薙《な》ぎ倒して行く、**白**の手ばかりだった。

実際、もし**白**に何か欠点というものがあるとすれば、それは彼のチェスの腕前ではなく、いちいちのゲームをチェスの哲学についてちょっとしたごたくを並べる機会にしてしまう――いつも最後はきまってジョージの私事についての明らかにひねくれた差し出がましい意見になるごたくを聞かせる機会にしてしまう――器用にも不愉快な話術にあった。

「いいかね、チェスの指し方を見ればその人間の性質のすべてがわかるというが――」と、ある時**白**はいった。「そのことを承知しているとして、あんたは自分がいつも守勢をとることをえらんで――そして、いつも必ず負けてばかりいるということに重大な意味があると気づかないかね？」

その程度でもいい加減こたえたが、**白**が最も猛悪な様子を見せるのはルイーズがゲームの邪魔をする時――ジョージに何か詰問したり盤を片づけろと公然といい張ったりする時、だった。そういう時、**白**は顎をしっかりと据え、その目は彼女を見る時その奥に決まってもやもやいぶり出す、あの恐ろしい憎しみに燃えあがるのだった。

一度、ルイーズが本当に盤から駒を一つとり上げて、荒々しい音をたててケースの中にほうりこむところまで行った時には、**白**があまりにもすばやく、あまりにも憎しみにたえかねるように立ちあがったので、ジョージは彼が何か早まった行動にうつるのを阻止しようとしてとびあがったほどだった。

「そんなに、とびあがることはありませんよ」とルイーズはきめつけた。「わたしは何も壊しやしませんから。でも、いいこと、あなた、もしあなたが今みたいな馬鹿げた真似をやめないのだったら、わたしがやめさせてあげますからね。あなたに、またもとのようにまともな人間らしく振る舞っていただくために必要とあれば、そんなもの、一つ残らずこなごなに壊してしまいますよ！」

「返答してやれ！」と白はいった。「ぽーっとしてないで、何故思いきりやり返してやらないんだ！」そしてジョージはその両者のあいだに挟まれて進退きわまり、ただそこに突っ立ってどうしようもなく頭を振っているのがやっとのことだった。

けれどもそのささやかな事件が、白の態度に一つの新しい変化をはっきり区切る役目をつとめたのだった。つまり、一語一句のはしばしにまで、うっすらと邪悪な意図を含ませる態度がそれからはじまったのだ。

「あの女にしても、もしチェスのゲームのやり方を知っていれば、それほど粗略にはしなくなるかも知れないし、そしたらあんたにしても何ひとつ恐れることはなくなるだろう」

「あいにくだがね」とジョージは受け身がちに答えた。「ルイーズはいそがしくてチェスなんかやる暇がないんだよ」

白は椅子に坐ったまま姿勢を変えて彼女を眺め、それから凄みのある微笑を浮かべてもと向いていたほうへ向き直った。「編み物をしているな。そればかりでなく、あの女はいつも編み物ばかりしているようにわたしには見受けられるがね。それをつまりいそがしいとあんたはいうのかね？」

「あんただったら？」

「いや」と白はいった。「わたしだったら、そうはいわない。昔、ペネロペ（ギリシア神話、オデッセウスの貞節妻《な》は夫が帰ってくるまで幾年間も機《はた》を織りつづけて、しつこくいい寄る男どもを近づけなかった。その伝で、ルイーズは幾年間も編み物にばかり熱中して、死がやってくるまで生命《ライフ》を近づけまいとしているのだ。あの女は、何をやるにも喜びというものを感じることがない。それは誰にだっていとも簡単に見てとれることだ。けれども編みあがって編み棒の端からずり落ちて行く一目一目は、そのまま死へ向かって近づいて行く一刻一刻のしるしなので、しかも、あの女は自分ではそれと気づいてないが、実はそのことを喜んでいるのだ」

「で、何かね、あんたはあれがチェスをやろうとしないってだけのことから、そんな途方もない結論をでっち上げようってのかい？」とジョージは信じがたいことを聞いたものだというように叫び声を上げた。

「チェスのことばかりからじゃない」と、白はいった。「生命を根拠としていうのだ」

「で、その生命ってのはどういう意味だね、今のあんたのいい方の場合？」

「いろいろのものを意味する」と白はいった。「ものごとを学びたがる意欲、創造しようとする欲望、深い情緒を感じる能力。いやもう、いろいろたくさんのことさ」

「まったく、たくさんのことだろうとも」とジョージはあざけった。「ごたいそうないい方だが、要するにそれだけのことに過ぎん」しかし白は唇をひき歪めて、例の冷笑的な渋面をつくっただけでいった。

「ああ、たいそうなことだよ。ルイーズにとってはおそろしく大層すぎて、はかり知ることができないのじゃないかとわたしは思う」そしてそれから駒を動かし、ジョージをうながしてその注意をふたたび盤面に向けさせた。

あたかも**白**はジョージの泣きどころをみつけ、幾度となくくりかえし出かけてきてはそこへ探り針をつっこむことに嗜虐的な快楽を味わっているかのようだった。そしてチェスの駒を動かすかたわら、会話の合いの手を入れるのだった。残酷に、間違いなく、いつも必ず奔流のような傍若無人さをもって回避しがたい結論にむかって突進するのだ。ジョージは絶望的にもだえながら、ルイーズの話はそれっきり絶対にしないことにしてくれと彼に頼もうと思ったことも幾度あったか知れなかったけれども、本当にそうすることはどうしてもできなかった。ジョージの頭の奥にある何かが、**白**のその会話上の嗜好はチェスの技量と同じく本人自身の一部をなすもので、ジョージとして彼に相手をしてもらいたいなら、**白**の条件をすっかり呑みこむより仕方ないことを教えたのだ。

そしてジョージは**白**を相手として欲していたし、それも無性《むしょう》に欲していた上、家に帰ってきてルイーズに、自分はしばらく会社には出ないと報告したあの恐ろしい晩などにはことさらそうだった。むろんくびにされたのではなかったけれども、彼が自分で具合がよくなったと感じられるまで休みをとったらどうかといわれたことは、ただ何でもないことではなかった。もっとも本人のジョージは、ルイーズの顔がげんなりとして青ざめるのを目にするが早いか、一生を通じて現在ほど自分が健康に感じられることはない、とあわただしくつけ加えはしたけれども。

つづいてルイーズが彼の前に立ちはだかり、彼をうんざりさせおののかせる、彼に関することどもを熱心に弁じたてるといった情景が展開されたが、そのさなかにあってジョージは**白**が口にした言葉がはげしい奔流のように脳裡を走り流れるのを自覚した。ルイーズが消耗しきって椅子にくずおれ、うつろな視線を前面の壁に固定し、慰めの拠りどころなる編み物を膝に、そして彼はテーブルにむかってチェスの駒を並べにかかった時になって、はじめて彼は苦痛の塩気をおびた流れが退いて行くのを感じることができた。

「しかし、こういったことにすっかりけりをつけてしまう解決法がないわけではないのだよ」と**白**は穏やかにいって、その目をルイーズのほうに向けた。「思いついてみれば、実に簡単しごくな解決法さ」

ジョージは寒気が全身を走るのを覚えた。「そんな話は聞きたくないね」と彼はしゃがれ声で言った。

「気がついたことがあるかね、ジョージ？」と**白**はやめずにつづけた。「――ルイーズがおそろしく崇めまつっているグロテスクなバロック風の額縁にはいって、あそこの壁にかかっているあのつまらないうんざりするような絵は、まるで精一杯大きな音をたてて演奏しているオーケストラと張り合って自分の音を聞かせようとしているヒステリーの小さな横笛そっくりだってことに」

ジョージは、チェスの盤を指さした。「あんたが先手だ」と彼はいった。

「ああ、ゲームかい」と白はいった。「ゲームは逃げて行きやせんよ、ジョージ。それよりも今わたしはこの部屋が――いや、この立派な家全体が――すっかりあんたのものだったらどんなだろうってことを考えてみたいんだ。――あんた一人きりのものだったとしたら」

「わたしは勝負をはじめるほうがいいよ」とジョージは抗弁した。

「それにまた、こういうこともあるよ、ジョージ」と白はゆっくりいい、前に屈みかかった彼の二つの目から、そこに映ったほかならぬ自分の映像が奇妙な目つきで自分をみつめているのをみとめた。「もう一つ別の、一考を煩わすにたる面白いことだ。というのは、つまり、もしこの部屋にはあんた一人きりしかいないとしたら、いいかね、あんたにもうチェスをやめろなんていう者は誰一人いなくなるんだってことだ。あんたは朝も昼もチェスをやって、まだやりたいと思えば翌朝まで夜明かしでやったって構わないんだ！

それに、それでもまだすっかりじゃないんだぜ、ジョージ。あの絵を窓から外へほうり出して、別のちゃんとしたのを壁にかけかえることもできる。まあ、いい版画かなんぞを二、三枚といったところかな――何もそう法外な大作なんかじゃなくて、いいかね――しかし毎日あんたがこの部屋にはいってきて、それを目にするとたんにちょっと元気が湧いてくるといった、感じのいい絵を二、三枚ね。それにレコードも！　近頃のレコードはすばらしいもんだって、わたしも承知しているがね、ジョージ。部屋いっぱいにそういうのがあるとしたらどうだ。——オペラからシンフォニーからコンチェルトからカルテットから何でもござれ——その中から好きなのを選り出して心ゆくまでかけて楽しむんだ！」

絶えず徐々に近づいてくるような、その目に映った自分の映像を目にし、喜びにあふれた言葉の流れにひたり、それらの言葉に含蓄されたおそろしい意味を考えると、ジョージは頭がきりきり舞いするようだった。彼は両手で耳をふさぎ、狂気のように頭を振りたてた。

「あんたは狂ってる！」と彼は叫んだ。「やめてくれ！」しかし恐ろしいことに、そうして耳をふさいでも**白**の声は相変わらずはっきり明瞭にきこえてくることをジョージは知った。

「あんたが恐れているのは、孤独かね、ジョージ？　しかし、それは愚かなことだ。よろこんであんたの友達になり、あんたに話しかけ、もっと有難いことにはあんたの話に耳を傾けようって人間は、そこらじゅうにいくらでもいるんだよ。それどころか、お望みならあんたを愛してくれようって人たちだって多少はいるんだ」

「孤独だって？」とジョージは聞き違えではないかと疑うようにいった。「あんたは、わたしが恐れているのは孤独だなんて思っているのかい？」

「そうでなければ、何だね？」

「あんたはわたしと同じくらいよく知ってるくせに」とジョージはふるえ声で言った。

「——自分がわたしを何に向かって誘導しようとしているかを。よくもあんたはわたしに——わたしといわず誰だろうととにかく善良な男に、そんなに残酷なことができると思えるものだ！」

白は軽蔑するように歯をむきだした。「それじゃ一つ教えてもらいたいが、およそ自分は欠点だらけの愚かな女のくせに、自分より限りもなく立派な男と結婚して、それからその男を自分と同じレベルに引き下げ、それでもって自分の弱みと愚かさを隠しおおすことを生涯の執念としている女よりも残酷な存在があるかね？」

「あんたには、ルイーズのことに関して、そんないい方をする権利はない！」

「権利はことごとくそなわっている」と白はきびしい口調でいい、なぜとはなくジョージはそれが恐ろしい真実であることを心中にさとっていた。いよいようろたえて彼はテーブルの端をつかみしめた。「いやだ、そんなことをするのは！」と彼はとり乱していった。

「そんなことはしないぞ、こんりんざい！」

「しかし、やらないわけにはいかん！」と白はいい、その声に恐ろしい決意があまりにもあらわに読みとれたので、ジョージが思わず目を上げると、あたかもルイーズが鋭い小さな足音をたててテーブルのほうへ向かってくるところだった。彼女はそこに立ちはだかり、怒りに口をわななかせ、それから彼は混乱した思考の合間合間に彼女が同じ言葉をくりかえし浴びせかけるのを聞いた。「ばか、ばか！」と彼女は荒々しくわめいていた。「このチェスがいけないんだわよ！　もう、うんざりだわ！」そして不意に彼女は盤の上に手を伸ばして駒を払い落とした。

「やめろ！」とジョージはルイーズの所業に対してではなく、彼女の前に立って重い火掻き棒を振り上げている白を見て叫んだ。「やめろ！」とジョージは重ねて叫びその火掻き棒の落下をふせごうとしてとび出したが、そうしながらもすでにそれが遅きに失したことをさとっていた。

もしもルイーズが警察の死体収容箱の中の自分の遺体のぶざまなおさめられ方を目にしたとしたら、さぞかしやかましく騒ぎたてたことであろう。その収容箱が床の上を引きずって玄関の戸口から運び出される際に、磨きをかけた床板につけた目に見えぬほどの傷跡を見たとしたら、彼女はきっと大声をあげて泣き叫んだであろう（もちろん彼女がそうできる状態にあったと仮定しての話だが）、けれどもランド警部は単にその荷物の搬出にあたった部下の一小団が出て行ったあとのドアをむぞうさに閉めきり、居間に戻ってきた。

警部補は明らかにチェス・テーブルのわきの椅子に坐ったもの静かな小男の尋問をすでに完了したように見受けられたが、同時に警部補は浮かぬらしい様子でもあった。小男が黙然として身動きもせず自分のほうを見まもっている前で、彼は額に皺を寄せて手帳に書きつけたことを吟味しながら、床の中央を行ったり来たりした。

「それで?」とランド警部がいった。

「ええ」と警部補は応じた。「たった一つ腑に落ちない点があるんです。事実を総合したところでは、ここにこれまで何の異常もなく人生を送り、万事順調に暮らしてきた一人の男があって、それが不意に、もう一人別の自分、別の人格が生じていることに気がついた、ということになります。つまり二つの部分に分裂してしまった男——とでもいった状態ですかな」

「分裂か」とランド警部はいった。「べつだん珍らしいことでもない」

「かも知れません」と警部補はいった。「とにかく、そのもう一人の自分というのがまるきり悪いやつで、そいつがこの殺人事件をひきおこしやがったんですな」

「どこもかしこも辻褄が合っているじゃないか」とランド警部はいった。「腑に落ちない引っかかりというのは何だね?」

「たった一つ——」と警部補はいった。「名前の確認に関したことです」彼は眉をしかめて手帳を見つめ、それからチェス・テーブルのそばの椅子の小男のほうに向いた。「あんたの名前は何といったっけね?」

小さな男は咎め立てするような、かすかに冷笑的なしかめ面をした。「いったい、あんなに幾度も申し上げたのに、警部さん、またお忘れになるなんて」その小さな男は、楽しげに微笑した。

「わたしの名前はホワイトですよ」

君にそっくり
The Best of Everything

その連中ときたら、どいつもこいつも同じ型紙をあてて切り抜いたように、アーサーの目には映った。いずれも背丈ゆたかに、がっちりした体格だった。ほどよく日灼けした顔だちは尋常にととのって、髪はさっぱりとクルーカット。着ているものは、かけた金《かね》の重みでしっくり落ち着き、ものごしにはそつがない。いい家に生まれ、名前の通った学校を出て、しかも本人は、いかにもそんなこと何でもないじゃないかといった涼しい顔だ。蜂の巣のように混雑した市中で、金縁の有価証券の匂いがこころよく鼻をくすぐるゴシック式の建物や、未来派の絵描きの画筆になる皿小鉢にも似たガラス張りの尖塔のかげを泳ぎ廻りながら、その連中はおよそ控え目にふるまい、しかも周囲に紛れて見失われてしまうということがなかった。

就職の資格としてかれらが身につけてくるのは、家柄と出身学校と、目上の誰かから声をかけられたときに、やる気十分であるところを上品に見せられる能力である。その実かれらは自分の職業なんかというものに、他のあらゆることに対すると等しく、まるっきり身を入れているわけでないのだ。金に困る身の上ではないのだから、そんな必要はないのだ。そういったすべてのことが理由で、アーサーはかれらを憎み、同時に自分がその連中の仲間入りできるのなら、魂だって譲り渡して惜しくない心境だった。

肉体的な条件だけなら、アーサーだって合格だ。長身の、非常な好男子だった。彼と行き違って、すばしこく例の流し目をくれない女性はほとんどなかった。例のというのは、お相手はできないにしても、とにかく気を惹かれたわ、というあれだ。彼はまた主として抜け目のない観察と自制によって、いかにも生真面目らしい構えをものにしていた。けれども彼は名門の出でも有名校の出身でもなく、おまけに、さして多くもない給料のほか、これといって収入の途《みち》もなかった。両親が亡くなって（遺産は、葬式の費用を払うだけがやっとだった）高校を中途でやめて働きに出、以後そわそわとまるで追い立てられるように幾度となく職を変え、やっと最近になってホートン・アンド・サン社に尻を落ち着けたかたちだったが、もしたずねる人があれば、たちどころに彼は自分の正味の値打ちを一ペニイのつけおちもなく、銀行の預金と、財布とポケットの中の小銭まですっかり寄せ合わせていくらになるか、教えてやることができたろう。といえば、なるほど、好青年らしく闊達《かったつ》にふるまうことができない彼の性分は、そんなところにもあらわれていた。

好青年。それこそ彼が憎んでやまぬタイプを象徴する呼び名だった。いわば彼はその枠の外にいた。ある日の午前中、ミスター・ホートンのオフィスのドアが開いて、ある顧客《おとくい》の二人の息子が送られて出てきた。かれらはほんの一秒間の何分の一かアーサーに視線を投げ、瞬間にして相手が自分たちの同類でないと見きわめをつけて、そしらぬ顔でそっぽを向いた。一言も口をきいたわけではなく、何もされたわけではなかったけれども、その瞬間彼はきれいに突き放されて、憎しみと怒りを身内に煮えたぎらせながら立ちすくんでいるのだった。返報《しかえし》はできない。そこが一番腹が煮えるところでもあるのだ。指一本触れることができない。――かれらの家庭、かれらの出入りするクラブ、どこといわずかれらの生活の場へと踏み入る門は、アーサーの面前にかたく閉ざされていた。

後ろ姿を見せながら二人が乗りこんだエレベーターのドアが閉まると、はじめてミスター・ホートンはアーサーがそこにいることに気がついたようだった。「いい若い者どもだ」と彼はエレベーターのドアのほうを身ぶりで示しながら、ほとんど怨めしそうにさえ聞こえる声でいい、その言葉はぐさりとアーサーの胸に突き刺さった。ばかりでなく、ミスター・ホートンの感に堪えた口ぶりは、憎しみに燃えたアーサーの心に、なお追っかけ放言するような無残な効果を添えた。――あの二人はわたしの同類だが、おまえはそうじゃないね、と。

おまけに、言うまでもないが、その場にはアンが居合わせたのだ。……アン・ホートンが。

仕事に打ちこむと等しい熱意をもって、ロマンスに花咲かせようと心をくだき、あわよくば社長重役の娘をものにして一石二鳥の成功を企てることは、いやしくも野心満々な青年たるものの伝統的権利である。のみならず、その娘がアン・ホートンほど美しく、愛らしく、それでいて、彼女を知る人々の憧憬をまじえた表現をかりれば、「ちっともわがままなところがないおしとやかなお嬢さま」とあれば、なおさら結構に違いない。

ちっともわがままでないといっても、そこにも自《おのずか》ら程度の差があることを、アーサーは本能的に知っていた。したがって、本心では全長五十フィートの船室《キャビン》つきクルーザーが欲しくて死にそうなのだが、結局は二十フィートのスピード・ボートで我慢しておく娘がわがままでないというなら、たしかにアン・ホートンはわがままでなかった。けれどもそういう相手に、ただ燃える情熱と、悪竜も斬り伏せなんとする意気ごみばかりをもって近づこうとしても、無益というものだ。加うるに黄金の甲冑を身にまとい、純血の名馬にまたがって、町で一番評判のミュージカル・コメディの一等席券なんかを持って行くのでなければ。その上、求婚者たる旗色《はたいろ》を明らかにするつもりなら、たまにではなく頻繁に押しかけて行かなければ。

こういったこと一切と、もっといろいろの妄想をアーサーはミセス・マーシュの経営する下宿の一室のベッドに寝ころんで、くる夜ごとに心を温め、ついでに天井をつくづくと観察したものだ。彼の思考は、何か怪しげな本に出てくる蛇――自分の尻尾に嚙みついて、われとわが身を食ってしまう例のやつのようにどうどうめぐりして、気も狂わんばかりだった。アン・ホートンとても、他のあらゆるご婦人と同じ目つきで彼を眺めたことは一度や二度にとどまらなかった。かりに彼のほうから一歩踏み出して、彼女が要求する条件をみたすことができるのだという印象を押しつけてやることができるなら、どうして、必ずしも結婚なんぞもってのほかということもあるまいではないか？　けれどもその条件をみたすには金がいるし、皮肉なことに、彼の懐《ふところ》に金が転がりこむ望みといったら、彼女との結婚をあてにする以外には、ありそうになかった！　やれやれ、うまく漕ぎつけることができたら、あの憎いいい若い者どもの一人一人の面にはたきつけてやるだけの金がおれのものになるんだがと彼は思った。

かくして彼の思考は徐々にかたちを変えて、いつか知らず彼はアン・ホートンを目的としてではなく、手段として考えるようになっていた。では、目的は？　言わずと知れた、金を算《かぞ》えるなんてけちな真似をせずに、手当たりしだい何でも最上のものを我がものにできる、すばらしい身分だ。何でもとびきり上等のもの……とアーサーは夢みるように独り呟き、美しい、ふんだんに金のかかる幻想が天井にあらわれて、雲のように漂うのをまざまざと見るのだった。

チャーリー・プリンスは明らかに何でも最上のものを味わい知った青年だった。彼がアーサーの生活に侵入してきたのはある日の昼食どきのことで、折しもアーサーは目の前のテーブルの上にホートン・アンド・サン社の見積書をひろげ、実は心そこになくて、アン・ホートンと二十フィートのスピード・ボートに同乗している幻想を抱きながら、コーヒーを啜《すす》っていたのだった。

「失礼。ちょっと伺いますが――」とチャーリー・プリンスは言った。「きみ、ホートン老のところで働いてるの？」

その声は、家柄と学校の匂いがした。ごく無造作に出た〝老〟という言い方一つにしてからがそうだ。というのは、それは本当の年なんかにお構いなく誰にでも適用できる、当時かれらの流行《はやり》言葉だったから。アーサーは相手の靴から背広に、シャツに、ネクタイに、そして帽子に、つぎつぎに視線を移しながら、順を追って反射的にオリヴァー・ムーア、ブルックス、サルカ、ブロンジニ、キャヴァノー（いずれも一流商品を扱う有名店）とあたりをつけ、それから顔のところでぴたりととめた。これまたかけ値なしにほどよく日に灼け、ととのった容貌を刻み、例によって例のごときクルーカットだったけれども、以外に何かしら調和をやぶっているものがあった。目のまわりの小皺やら、唇の歪め具合やら……。

「そうですよ」とアーサーは物憂げに言った。「ホートン社に勤めています」

「ちょっとここに坐っても構いませんか？　僕の名前はチャーリー・プリンスってんですが」

チャーリー・プリンスは以前ホートン社に勤めていたことがあって、たまたまテーブルの上の見積書が目につき、もとの古巣が今どんな様子か、ちょっとたずねてみたい誘惑を抑えかねた、というのだ。

「結構うまく行っている、といっていいんじゃありませんかね」とアーサーは答え、それから思いついて口に出した。「僕は、どうも、あなたみたいな人を見かけた覚えがないんですが……」

「いや、なに、僕がいたのは、君が勤めるようになるより前だったろうし、あと会社じゃ僕の噂をすることを奨励するはずもないんだ。というのは、つまり、いってみりゃ僕はあの会社の面よごしだったのさ。あげくの果てがすっかり信用をなくして、辞めて出てきたってかたちになっているんだ。わかるだろう、僕がいわんとするところは？」

「ははあ」とアーサーはいって、とくに誰といわず、ホートンのようないわばれっきとした会社で、ただ無能というばかりでなく服従さえせず、軽い気持ちで辞めてしまえるいい身分の連中に対して、一様に覚えずにはいられない、咄嗟《とっさ》の、にがい羨望を味わった。

チャーリー・プリンスは、彼の心の動きをかなり正確に読みとったようだった。「いや、そんなのじゃないんだ」と彼はいった。「あまり能なしで居たたまれなくなったんだろうなんて、君が考えているんだったら、そいつは見当違いだよ。実は、ちょいと後ろ暗いことをやったのさ。小切手の偽造とか――それに類したことを」

アーサーは伏目がちにうつむいた。

「わかる」と、チャーリー・プリンスは嬉々としていった。「そんなのがばれて、さぞや悔恨やるかたなく、自責に身をさいなまれ身も世もなく涙にかきくれたろう、なんて思いやってくれようってんだろう？　しかし、そんなのとも違う。いや、むろん、後悔はしたさ。あのうすのろの、出しゃばりの会計のやつに尻尾をつかまえられるなんてへまをやるとはね。しかしそれはそれで、あんまり僕の責任というわけじゃないんだ」

「ですが、なぜそんなことをしでかしたんです？」

チャーリー・プリンスは眉をしかめた。「この僕が、ただスリルを味わいたいばっかりに盗みをする、ばかげた精神病質者《サイコパス》とかいう連中の仲間に見えるかね？　金のためさ、もちろん、僕のは。いつだって金のためさ」

「いつだって？」

「ああ、僕はホートン社のほかにも、幾ところかで同じようなことをやって、いつでもそれで尻がこそばゆくなって出てきちまったんだよ。実のところ、ホートン社でそいつをやるまで、一番かんじんな初歩の原則を僕は知らなかったんだ」彼はそこで上体をまえに乗り出し、意味ありげに人差し指でテーブルをたたいた。「つまり、他人の署名をなぞるなんて間抜けのやることだってことを。ぜんぜん愚の骨頂さ。にせの署名をしようと思ったら、すらすらと書いて、いつでも本物と同じに書けるようになるまで練習に練習を重ねるだけだ。方法はそれしきゃない」

「でも、それでも捕まっちまったんでしょう？」

「そいつは、うかつのせいさ。僕は小切手を現金にして面倒だからいちいちそいつを出納簿に記入したりしなかったんだ。ところが会計のやつときたら、帳簿の尻が合わないとなると——な、君だってわかるだろう？」

アーサーは自分がすっかり相手の話に釣りこまれていることに気がつくと同時に、一つ訊きたいことがあるのだが、普通の礼儀の枠をはみ出さない言葉づかいでその質問をしかけるのはとても難しいことを思い知らされた。「それで、あとどうなったんです？　会社じゃ……あなたは……？」

「逮捕されたかとか、牢屋へ入れられたかとか、そういうことかね、君が訊きたいのは？」チャーリー・プリンスはアーサーを憐れむような目つきで見た。「もちろんそんなことされるもんかね。ああいう会社が、世間の評判とか何とかってものをどれくらい気にするか、知ってるくせに。使いこんだ金の穴を僕の親父が埋めて、それきりさ」

「それで、あなたの身の上には全然なにごとも起こらなかったんですか？」アーサーは舌をまいていった。

「いや、なに」チャーリー・プリンスは一歩譲るようにいった。「もちろん、起こることは起こったさ。ことに最後のことで親父のやつ、寿命がきた茶釜みたいに、湯気をたてて破裂しやがってね。でも、そうひどいことにゃならなかったよ、実の話。ただ僕は一種の自由移民になるだけで済んだ」

「え、何ですって？」とアーサーはばかみたいにたずねた。

「自由移民のようなもの、といったんだよ。君、知らないかい、イングランドの古い名家なんかがよく打つ手を？　一族のとんでもない目ざわりな碌でなし息子を、オーストラリアかどこかとにかく目のとどかないところへ追いやって、それに金を送ってやる。そして目ざわりなところへのさばり出て来ずにおとなしくしていれば、ずっときちんきちんときまった時に金を送る、といってやるのさ。つまり、僕はそうなっちまったんだ。はじめ親父は僕を一文なしで寒い暗い街頭に叩き出すといきまいたもんだが、うちの女どもはみんな虫も殺さぬいじらしい心根で、何とか手加減をするように親父を説きつけたって次第さ。僕は月々きまった仕送りをしてもらう――だいたい僕が暮らして行くのに入り用な額の半分だってことが、その後わかったがね――そのかわり僕はうまく舵をとって、今後一生、僕の家族とその親戚知人の目につくところに姿を現わさないようにするって約束させられちまったんだ。ところがこの親戚知人の目につく範囲ってのが、やけにだだっ広いときてるんでね、まったくの話、察してくれよ」

「それじゃ、ニューヨークなんかにいちゃいけないんじゃありませんか？」

「自由移民、と僕はいったろう？　つまり僕はどこにいようが構わないんだ――僕の家族と、三百万はいようという親戚知人の目と耳に触れさえしなければ。僕はうちの顧問弁護士に居所を通知しておいて、毎月一日に給付金を受け取るのさ」

「なるほど」とアーサーはいった。「今うかがったところから判断すると、どうして、いいお父さんじゃありませんか」

チャーリー・プリンスはため息をついた。「実際、全然たちの悪い老ぼれじゃないのさ。ただ何というか、その、聖人はだしのくそ真面目ぶった若い衆を自分の息子に欲しくてたまらないんだな。それで、因果なことに、僕はそんなんじゃないときてる。わかるだろう、僕がいう意味は？　見かけも中身も、個性も面白味もなくて、精気のかけらもない気取り屋のようなやつだ。もし僕がそういうのだったら、万事めでたしめでたしってことになるんだが、あいにく僕はそうじゃない。あわれなるかな荒野のイシマエル（アブラハムが妻の侍女に生ませた子。追い出されて荒野へ行く。旧約聖書創世記第十六章参照）——金がとどくのはまだあと二週間もさきだというのに、ホテルの部屋からは締め出しを食い……」

アーサーは、ぞくぞく興奮がこみ上げてくるのを感じた。「締め出し？」

「——と、宿泊料を払わない客に対する処分は相場がきまっているらしいね。法律か憲法か何かで、そうきまってるんだろう。何せ思いやりのないやり方だよ。ところで、かくなり果つるは他人《ひと》ごとならずというやつで、どうだろう、いま僕がして聞かせた身の上話とひきかえといっちゃ何だが、何とかひとつ僕に金を貸してくれる気になっちゃくれまいかね？　いや、それも、はした金じゃ困るんで、まあ多からず少なからずといった金高にお願いしたいんだ。来月の一日にはそれ相当の利子をつけて間違いなく返すから。ねえ、頼むよ」チャーリー・プリンスの声は、今や嘆願の調子をあらわにしていた。「自分に不正直な面があるってことはみとめる。が、借金を踏み倒したことは、生まれてこのかたいっぺんもないんだ。実際――」と彼は釈明した。「もとをただせば、いろいろつまらないことになるのも、要するに借金を返すって点であまりに義理堅いからなんだよ」

アーサーは一点の非の打ちどころもないチャーリー・プリンスの服装をながめた。いかにも気易いそぶりを観察した。いかにも耳にこころよく響く、抑揚の調節のきいた声を吟味し、ぞくぞくこみ上げる興奮はにわかに現実の意味をもった。

「それはそうと――」と彼はいった。「今どこにお住まいなんです？」

「宿なしさ、もちろん――締め出しの処分を解かれないかぎりは。しかし来月の一日、約束の時間ぴったりにここへ顔を出すよ。金はきっと返す。誓ってもいい、絶対に心配なしだ。僕の話しっぷりで、欺《だま》そうとしてるんじゃないってことくらい、察してくれてもよさそうなものだがなあ」

「そういう意味じゃないんですよ」と、アーサーはいった。「僕がいいたいのは、僕の部屋に同居しませんかってことなんですがね。僕があなたのホテルの宿泊料を払い、荷物を持ち出せるだけの金を貸してあげたら、僕の部屋に引っ越してくる気がありますか？　いい部屋ですよ。古い家ですが、手入れはとてもよく行き届いていて。ミセス・マーシュ――というのはつまり家主で、少々お喋りで何かと仰々《ぎょうぎょう》しいところはありますが、家持ちのいいマダムで。それに下宿料は安いし。ずいぶん倹約になりますよ」

そこで彼はやたらに熱烈な押売り口調になりかけていること、チャーリー・プリンスが面くらったような目つきでいぶかしそうに自分をながめていることに気がつき、あわてて口をつぐんだ。

「どういうことだね、そりゃ?」とチャーリー・プリンスはいった。「君も文なしなのかい?」

「いや、金のこととは全然関係のないことです。その証拠に、お金は貸すといってるじゃありませんか」

「それじゃ何故そうむきになって同居したがるんだい? 僕なんかと?」

アーサーは勇気をふるいおこし、両の拳を握りしめていった。

「えいもう、いっちまいましょう。あなたは、僕が欲しくてたまらないあるものを身につけているんですよ」

チャーリー・プリンスは目をぱちくりさせた。「僕が?」

「こういうことなんですよ」とアーサーはいった。「――あなたがこれまで恵まれてきた環境とか、そういったいっさいのものに、僕は恵まれなかったんです。で、そいつはちゃんと外にあらわれるんです。どういうふうにかうまく説明できないけれども、とにかくあらわれるんです。僕にはそれがわかる。かりにもし相手がこの僕じゃなくて、あなたのお父さんのお好みの連中と話す時には、あなたは今みたいな喋り方はしないでしょう？　でも、それはどうでもいい。僕の望みは、何があなたをそういうふうにさせているのか、何があの連中をすべてああいうふうにさせるのか、そいつを知ることなんです。それは、良い家庭の育ちとお金があなたに塗りつけた、絶対に剝げないワックスみたいなものなんです。僕は、そいつにあやかりたいんですよ」

チャーリー・プリンスは、疑わしそうな目つきでアーサーを見た。「で、君は、もし僕が君と同居したら、その不思議なワックスだか何だか知らないが、とにかくそいつが君にもくっつくだろうと思ってるのかい？」

「その心配は僕がしますよ」とアーサーはいった。彼は小切手帳とペンをとり出し、目の前のテーブルの上に置いた。「さあ」と彼はいった。

チャーリー・プリンスは小切手帳をながめながら思案した。「君が僕から何を買うつもりでいるのか、まるで見当がつかないんだが」と彼はいった。「買うというんなら、売った！」

やがてわかったことだが、同居人としてこの二人はすばらしい組み合わせだった。というのが、熱心な喋り手と熱心な聞き手ほどうまが合う仲間は滅多にない道理で、チャーリー・プリンスときたら逸話やら思い出話やらの底なしの井戸から気前よくお喋りを汲み出して撒き散らすほど得意なことはなく、それをアーサーは熱病やみのように夢中になって傾聴するのだから、ミセス・マーシュの下宿屋の二階の表の間には、あいあいたる和気がみなぎった。

とはいえ、むろん、ごく小さな蠅が油の中にとびこむといった程度の煩わしさを味わうことが全然なかったわけではない。瑣末にいたるまでおろそかにせず、詳細な知識を追求してやまぬアーサーの熱心は、時としてチャーリー・プリンスをして、あまりにも熱心すぎる聞き手をかかえこんでしまったことを慨嘆させた。今まさにヨット乗りの話のともづなを解こうという時、ちょっと待ってくれよ、そのヨットの大きさは？　構造は？　それをどうして操るのか？　などとたずねられた上に、各種の小舟の特徴やら性能やらを一席比較講義させられ、それからあらためてもとの話にもどる面倒な手続きは、語り手の気勢をそぐことおびただしい。もしくはあるレストランで出逢った若い女性に関する仕方話にとりかかった時、給仕頭にはどんな言葉をかけるかだの、どういうふうにして注文するかだの、チップのやり方からその時その場に応じた服装だのについて、しこたま脚注をつけてやらなければならないのでは、せっかくの話の妙味というものが台なしだ。

また非凡の観察眼をそなえたチャーリー・プリンスには、アーサーがだんだん自分に似てくるのを見せつけられるのは、なんとなく気のふさぐことだった。声の抑揚、言葉の選択とその用法、坐り、歩き、たたずむ動作など、アーサーが巧みに自分のものとしてとり入れた微妙な表現は、どれをとってもまるで鏡の中に自分の姿をのぞきこむような一種不安な気分をチャーリー・プリンスに味わわせた。

アーサーのほうでは、チャーリー・プリンスとのつき合いを通じて、心から驚かされたことといったら、相手があまりにも子供っぽく、世間知らずだということだった。すべて見聞きしたところを綜合して、チャーリー・プリンス及びその同類は、幼年期から青春期に達し、そこで発育を停止してしまっているのだ、とアーサーは暗然として判定を下した。いい、なりは大きくもなろうし、みごとにもなろう。けれども頭と心はそれっきりまるで成長しないのだ。成人《おとな》っぽいせりふや態度もやがて習い覚える――が、うわべでない中身は？　もちろんその答えはアーサーとしてチャーリー・プリンスの面前で公言することをはばかる性質のものだった。

この点についての彼の感懐は、チャーリー・プリンスが月々受ける送金の一件をなかだちとして、いっそう強められた。毎月の一日、ミセス・マーシュはチャーリー・プリンスに宛てた一通の封筒をかざし、にこにこしながら部屋に入ってくる。見るからに上質の封筒で、それを明るい光にかざすと、事実チャーリー・プリンスはいつでもそうするのが習いだったが、いかにも有難そうな紙きれの輪郭が透いて見える。ジェームズ・ルウェリンという振出人署名のある五百ドルの小切手だ。「うちの顧問弁護士さ」と、ある時チャーリー・プリンスは説明して、それからやや苦いものを吐き出すようにつけ加えた。「一人きりの親父では、僕を抑えつけておくのに不足だとでも思っているのか、ルウェリンの老いぼれめ、僕が子供の時分から一人余分の親父みたいにふるまいやがるんだ」

チャーリー・プリンスにいわせると、その金額はまるで蚊の涙みたいなものだった。アーサーの目には、それは鍵と映った。然り、アーサーには立ち入ることのできない禁断の園の門の鍵だ。青髯の秘密の部屋の鍵。アン・ホートンの心を開く鍵。それで最終の目的に達するのは無理だとしても、そこへ通じる扉を開けることはできるにちがいない。

おまけに、毎月二、三時間はそれを全部自分のものにできることが、いっそうアーサーをいらいらさせた。チャーリー・プリンスはその小切手に裏書きをして、それからアーサーが自分のなけなしの預金の口座のある銀行に寄って、それを現金に換える。帰る道々、彼は下宿代のうちチャーリー・プリンスの分担分と、前の月の終わりの一、二週間チャーリー・プリンスが彼から借りた金額を差し引いて、残りを同室の友の手に渡す。そうするのはチャーリー・プリンスがそうしようと言い張ったからだった。「下宿代と君からの借金を、僕から間違いなくとりたててもらうようにするためには――」と彼は説いた。「こうするのが一番だ。それに、君なら造作なくそいつを現金にできる。僕だと面倒なことになりかねない――なにしろ以前が以前だからね」

というわけで、毎月幾時間か、アーサーは普段とまるで別人となる。チャーリー・プリンスは渋りもせずに衣裳を貸してくれるので、アーサーは小切手払い出しの日にはとくに仕立て生地ともにとびきりの背広を借りて一着におよぶことにきめていた。それはまるで本人が誂《あつら》えたかのように、彼にぴったり合った。その胸ポケットには、手の切れるような新しい紙幣で五百ドルがちゃんと納まっているという寸法だ。そうした一日、まるで日ごろ夢みていたことがついに現実になったかのような幻覚を、たまたま彼が抱くにいたったことは、すこしも驚くにたりなかった。

その日、彼が社長室に入って行くと、アン・ホートンが机の角に腰かけて、父親にむかって何やら話しかけていた。彼女は、そこにやってきたアーサーをちらりと見た。かと思うと、言いかけていたことを途中で呑みこんであからさまに彼を見上げ見下ろした。「あら」と、彼女は父親にいった。「あたくし、会社に来てこのかたをもう幾度もお見かけしてますわ。もうそろそろ、お互いに紹介してくださってもいいんじゃない？」

彼女の口のきき方は、何故とはなくミスター・ホートンを山頂に構えて雷を指呼する巨人のように恐るべきものにみなしていたアーサーを驚嘆させた。けれどもミスター・ホートンが、ためらいがちにアーサーをながめてから、彼の耳にまるで妙《たえ》なる音楽のように聞こえる口上で紹介の労をとったことは、それよりもっと驚嘆すべきだった。アーサーは——とミスター・ホートンは温かい口調でいったのだ。好青年だ、と。よろこんで紹介しよう、と。

　願ってもない、万金に価するチャンスだった。それをアーサーはむざむざ水の泡にしてしまった。まったく惨めな話だ。彼はまるでとりとめのない言葉を口走った。その言い方は、まるでそれ以上あいまいに、わかりにくく言うことはできまいと思われるほどだった。そしてアン・ホートンの顔にいったん現われた輝きが消えて行くのを、身を切られるような思いでみつめながらも、何故うまく行かないのか、その原因を彼はさとり、それゆえに全世界を呪った。

　今ポケットにある金は自分のものではない、というのがその原因だ。もしそれが自分のものなら、今夜を彼女とともに過ごし、あくる夜も、またあくる夜も彼女とともに送ることができるのだ。しかし、それは彼のものではなかった。彼の財布のふくらみは仮のものに過ぎず、ここまで押してくれたのが精一杯で、それ以上はどうにもしてくれはしないのだ。そうと自覚すると、他の一切が意味のないものとなった。服も、立居振舞いも、苦心してかれが自分のものとした一切が。金なしでは、まったくナンセンスだ。金さえあれば……。

　金さえあれば！　そう思いつくまでは、ただ何となくとまどいしていただけだった。けれどもその思いつきに打ちのめされて、今や彼はまるで本当の肉体的疾患に喘ぐように見えた。アン・ホートンの愛くるしい目に、ちらりと気がかりの色がうかんだ。明らかに、彼女は母性的衝動の強い女性だった。

「お気分が悪いんじゃなくて？」と彼女はいった。

その思いつき、輝かしい霊感が今や彼の身内をつらぬいて炎のように燃えた。それに活を得て、彼は不死鳥のように奮起した。

「ええ、ちょっと」と彼は答えたが、消え入るような声は、ほとんど自分の耳にさえ聞きとれないほどだった。

「でも、たいしたことはありません。ほんとに」

「あら、お宅にお帰りにならなくちゃいけませんわ」と彼女は断乎としていった。「あたくし、下に車を持ってきていますのよ。もし何でしたら……」

アーサーは心中われとわが拳で額をぶんなぐった。すでに一つのチャンスをむざむざ逸してしまっていた。もうこのチャンスも見送らなければならないのか？　ミセス・マーシュの素人下宿が、その時ほどみすぼらしく見えたことはかつてなかった。あんなむさくるしい家を、彼女のお目にかけるわけにはいかない。

霊感が、目の前にいる父娘《おやこ》に対して効果のある適切な応答を彼の口に吹きこんだ。「片づけなけりゃならない仕事が溜まっているもんですから」とアーサーは勇をふるうといった思い入れよろしくいった。「ほうって帰るわけにはいきません」それからまるで幾時間も稽古したせりふのように、すらすらとつけたした。「しかし、ぜひまたゆっくりお目にかかりたいものです。明日の晩、もしお差し支えがなければ……？」

　そういってしまってから、これは自分のせいじゃないんだ、何か火のようなものが身内のどこかであやしくゆらめくと、その誘惑にそそのかされて、自分で自分をどうしようもなくなってしまうんだから、と彼はおぞましく自分に向かっていいきかせた。そういう成行きになってしまった以上、むろんチャーリー・プリンスとてもはやどうしようもなかった。抑えつけられた口からかなり長いこと苦しげな抗議の呻き声を洩らしつづけ、そこらじゅうをのたうちまわったあげく、チャーリー・プリンスは死んでベッドに横たわっていた。完全に死んでいた。もっとも、アーサーの指はその後なおたっぷり一分間はその喉をしっかり締めつけつづけていたけれども、それはただ彼が完全の上にも完全を期したために過ぎなかった。

　人殺しをしてうまうまと逃げおおせようと思うなら、群衆の中で相手を狙い、そいつの土手っ腹に弾丸を射ちこんで、しかるのちにさっさと立ち去ることだ、ということがいわれている。これはそのまま真実というより、むしろあまりにも巧妙な工夫を凝らした殺人方法は、かえって犯人を縛り首にするもとだということの一つのいい廻しだろう。というほどの意味でならば、なるほどアーサーは賢明に人殺しを犯したというべきだった——本人がことさら心得てそうしたわけではなかったけれども。

事実は、アン・ホートンと別れた瞬間から、彼の指がようやくチャーリー・プリンスの喉を離れた瞬間まで、彼はただ何をなすべきかということのみを知って、それを如何になすべきかを考えるゆとりのない、一種の盲目的熱病状態にあったのだった。そして現実に起こったことへの恐れにちぢみ上がりながら目の前に転がった死体を見下ろしつつ立ちあがった時、彼はまったく途方にくれてしまった。チャーリー・プリンスの魂はどこかへ行ってしまった。それは疑う余地もなかった。が、肉体は残った。そいつを、一体全体どうしたらいいんだ？

クロゼットの中に押しこんで、すくなくとも目につかないところへやってしまうことはできるにしても、そんなことをして何になろう？　ミセス・マーシュが、毎朝部屋を掃除して屑籠をあけるためにやってくる。クロゼットの戸には鍵がないから、絶対にその戸を開けさせないというわけにはいかない。

それとも、あの隅に立てかけてあるチャーリー・プリンスのトランクはどうだ？　死体をあれに入れてどこかへ送りつけてしまったら？　だが、どこへ送りつける？　彼はしきりにその難問の解決に精神を集中したが、結局は死体を入れたトランクなんかを送りつける先はどこにもないという結論に落ち着き、殺人の仕事はまだ完全に終わったわけではないと観念させられるにとどまった。

けれどもトランクに関心を向けたことは当を得たことだったので、ついに解決の思いつきがふっと心に浮かんだ時、彼は即座にまた勢いこんでそれにとびついた。ミセス・マーシュの家の一番どん底にある、じめじめした洞窟のような物置部屋は、ついぞ鍵こそかけられたためしがないが、厚い重たいドアをたてきって季節のいかんにかかわらず、つねに荒廃と冷気に閉ざされていた。むろんそんなところへ好んで出入りする物好きがいるわけもないから、死体はそこで誰にも気づかれずに土に還ることができよう。その点は問題ない。それよりも問題は、そいつをトランクに詰めること、そしてそのトランクを物置部屋まで運んで行くことだった。

いざとりかかってみると、なかなかどうして、かなり大きなトランクなのに、ぎゅうぎゅうに押しこんでどうにか詰めこむことができるといったところで、どこもはみ出させずに綺麗に収めるのにひどく苦労した。それでもどうやらやっと錠をぴんとおろして、廊下に出た。事故が起きたのは、階段の真ん中あたりにさしかかった時だった。かれは背中からトランクがずり落ちかかっていることに気づいて、ちゃんと背負い直そうとしてうんとゆすり上げたところが、つぎの瞬間それはかれの頭を押さえつけながら滑り過ぎて、まるで落雷のように家じゅうを家鳴り震動させながら階段を転げ落ちて行った。彼は慌ててあとを追い、追いついてまだしっかり錠がかかっていることを確かめ、ほっと一息ついて顔を上げたとたん、その目はじっとこちらを見ているミセス・マーシュの目とぶつかった。

彼女は踝《くるぶし》まである長い白い夜着にくるまり、指を唇にやり、目玉を大きくみひらいて、まるで何かにおびやかされた幽霊のように立ちすくんでいた。

「まあ、まあ！」と彼女はいった。「まあ、まあ、気をつけてくださいな！」まるで彼女がトランクの中身を見通す透視力をもっているとでも思っているかのように、アーサーは大急ぎでトランクを背中の後ろにかばった。「すみません」と彼はどもりどもりいった。「ほんとにすみません。音をたてるつもりはなかったんですが、つい手もとが滑って……」

彼女はたしなみを失わない程度にはげしく首を振った。「壁に傷がつきやしませんでしたか？　それとも、あなたが怪我をなさったか？」

「いや」と彼は急いで請け合った。「どこもどうにもなりゃしませんよ。全然」

彼女は彼のわきから後ろをのぞいた。「あら、それ、ミスター・プリンスの、あの上等のトランクじゃありませんの？　こんな時間に、そんなものをどこへ持ち出すおつもり？」

アーサーは額に汗が滲みはじめるのをおぼえた。「いえ、別にどこへも」と彼はしゃがれ声でいい、その返事を聞いた相手が不審そうに眉根に皺を寄せたのを見て、すばやくつけたした。「つまり、その、物置部屋へ持って行くんです。チャーリー、いや、ミスター・プリンスが手伝ってくれるはずだったんですが、まだ帰ってこないんで、僕一人でやってみることにしたんですよ」

「でも、随分重そうじゃありませんこと？」

彼女の温かい同情的な声の調子が、彼のたかぶった神経を鎮めてくれた。彼の思考は、ふたたび上等の時計の秒針のように滑らかに動きはじめた。

「いや、まったく」と彼はいい、それからその言葉を打ち消そうとするように声をたてて笑った。「しかしミスター・プリンスが手伝いに戻ってきてくれるのを待っているよりか、一人でやっちまうほうが確実ですよ。なにしろあのとおりあてにならない男ですからね。勝手な時にとび出して行っちまって、戻りはいつになるやら、知れたもんじゃないんですから」

「困りますわよ、そういう下宿人は」とミセス・マーシュはきっぱりと断言した。

「いや、いや。ちょっと変わり者だという、それだけのことですよ。つき合ってみりゃ、とてもいい男なんです」アーサーはトランクに手をかけた。「もう、どうぞ。あとは造作なく下ろせますから——」とかれはいった。

と、そこで一つミセス・マーシュは思いついた。「あら、まあ、そうだったわ」と彼女は囀《さえず》った。「結局かえってよかったのかも知れないわ。あなたがあんな音をたてて、わたしがこうしてとび出してきたのは。あのね、こんど物置部屋に錠をつけたのよ。だから、このままじゃ中へ入れやしない。わたし、ちょっとガウンをひっかけて来て、鍵をあけてあげますからね」

彼女は先に立ってぎしぎしきしむ地下室への階段を下り、鍵をあけて、彼がトランクを運びこむあいだ、物置部屋に入って作業が終わるのを待っていてくれた。ほの暗い灯かりが一つ点いているだけで、彼がいつか見て覚えていたとおり、何もかも厚い埃の層におおわれていた。ミセス・マーシュはその辺をざっと見廻して首を振った。

「ひどいでしょ？」と彼女はいった。「でも手をつけたって仕方がないのよ。だって、一年もそれ以上も、だれ一人こんな部屋を使ったことはありゃしないんですからね。錠をつけたのは、ただ保険屋がどうしてもそうしろってきかないからそうしただけのことなのよ」

アーサーは一歩ずつ、足をはこんだ。彼は早く使命を終えて、そんな所に長居せずさっさと出て行ってしまいたくてたまらなかったのだが、そのことはミセス・マーシュの念頭にはないらしかった。

「わたし、風来坊《ふうらいぼう》は嫌い」と彼女はいった。「わたしが好きなのは、ぐずぐずいわず面倒をかけない、落ち着いたおとなしいジェントルマンの下宿人よ。さあ、そのトランクは、あそこへ」彼女は骨張った人差し指で一見灰の山かと見えるものを指さしたが、よく見直すとそれは幾年も埃の下に埋もれた一個のトランクだった。

「その人がうちに下宿するようになった時は……」

アーサーは小声のお喋りがつづくあいだ、ふらつく体をかろうじて支えながら立って聞いていた。そういう状態におかれたままで、彼は一階の裏の部屋の住人、二階の裏の部屋のジェントルマン、三階の裏の部屋の間借人のことを教えられた。まるで彼女のお喋りの流れは長いことダムに堰《せ》きとめられていて、それが一時に堰を切って、ダムの中がからからに干上がってしまうまで流れつづいたようだった。その間ずっと、彼はただ一つの思いに支えられて辛抱した。ようやく人殺しの仕事を片づけた——名実ともに完全に、きれいに片づけた、という思いに支えられて。物置部屋の扉が背中の後ろで閉ざされた時を境として、チャーリー・プリンスは世界じゅうの誰一人にも気づかれることなく、腐って消えてしまう運命におかれたのだ。小切手はこれからも毎月届くだろう。月に五百ドル。そして行く手にはアン・ホートンとの輝かしい世界がアーサーを待ち受けていた。何でも一番上等のもの、と彼は夢うつつにミセス・マーシュのいっこうに衰えをみせない声を聞きながら思い、天にものぼる気持ちだった。

手前勝手なお喋りにもいつか終わりというものはあり、重い扉には錠が下ろされて、そのままふたたび開くことなく、そしてアーサーは、満々たる自信をもって人生の新しい局面に踏み入った。そういう自信というものは、たいがい後ろ暗いところのない正しい人々のものだと考えられているが、人殺しをしてきれいに後片づけをすませ、確かにきれいに片づけたと信じることができる人々のものでもあるのだ。そしてその後二、三週間して、廊下でミセス・マーシュと話をした時を限りに、それでもかすかに彼の胸に残っていた不安は、あとかたもなく雲散霧消してしまった。

「あなたがいわれたことは本当ですよ」と彼女は同情するように唇をすぼめながらいった。

「ほら、あの、ミスター・プリンスが変わり者だってのは」

「――ですかね？」とアーサーはあいまいにいった。

「――ですとも。あの人ったら、およそ手のとどくところにあるそこらじゅうの紙きれに、自分の名前を書き散らしてるじゃありませんか。一枚終わるとまたつぎの一枚って具合にして、それが自分の名前ばっかりなんですからね！」

とたんにアーサーは自分の部屋の紙屑籠のことを思い出し、それから万事が――許すべからざる不注意さえもが、自分のためになるようにはたらく運の好さに驚嘆した。

「大の男が、あんなことをするなんて。同じ暇つぶしにしても、もっとましなことがいくらでもあるでしょうにね。あれでよくわかりましたよ、よっぽど変わり者だってことが」

「なるほど」とアーサーはいった。「なるほど、そういわれればそうですね」

かくしてミセス・マーシュの下宿屋には平穏無事な日々が続いた。もっとも、よそでも平穏無事だった。というのは、アーサーが裏書きした小切手はその度に難なく現金に換えることができたし、そうして手に入れた金を使うことは、それよりもっとたやすかったからだ。チャーリー・プリンスの洋服簞笥《だんす》の侵略を手はじめとして、彼は着々と快適な新しい生活を築いた。チャーリー・プリンスから吸収しておいた知識をもとに、かれは出歩くべき場所に出歩き、ふるまうべきようにふるまった。ミスター・ホートンは温かい目をかけてくれ、ことに寛大な伯母が仕送りしてくれる収入のことをアーサーが口にした時、彼の目は異様なまでの慈愛にうるんだかのようにさえ見えた。はじめてともに過ごした夜から、ふしぎに彼にひきつけられたらしいアン・ホートンとの交際はやがてロマンスの花を咲かせた。

知れば知るほど、アン・ホートンは彼が夢想した美質をことごとくそなえていた——情熱的で、魅力的で、ひたむきだった。ただ強いていえば、時々話の途中でふとしばらく黙りこんでしまうことがあって、どうやら彼女の身の上にも何か他人から触れられたくない、暗いかげがあることを匂わせたけれども、アーサーにして自らを省る時、どうして彼女のばかりを責めることができようか？　で、とうとう二人で結婚式のことを話し合うところに漕ぎつけるまで、彼の態度は満点だったが、そこではじめていさかいが起こった。

結婚するというそのこと自体には、なんの問題もなかった。日どりは花嫁《ブライド》を幸せにするといわれる六月《ジューン》。式が済んだら豪勢な新婚旅行。その旅行から帰ったら、アーサー・ホートン・アンド・サン社でしかるべき重要な地位につく。これにともなって、給料もまたその地位にふさわしい額にひき上げられるのはむろんのことだ。いや、結婚するという、そのことに関してはもはや疑問の余地はなく、かつてアン・ホートンに色目をつかったことのある若者たちすべての目にうかぶ羨望の色も、それを裏書きしていた。そうではなくて、問題は結婚式のやり方だった。

「でも、何故そう、式を大げさにしなけりゃいけないの？」と彼女は腹を立てたようにたずねた。「わたし、ぞっとするわ。他人が大勢寄ってきて、大騒ぎをするだけのことでしょ？　まるで昔のローマの競技大会みたいなものじゃないの」

彼はうまく説明することができなかった。なにしろ理由は複雑怪奇だ。いずれにしろ、どんな娘に向かっても、彼女の結婚式は、ただ彼と結婚するだけのためのものではなくて、小気味よい復讐の手段なのだなどということを、うまく説明できるはずがない。新聞にでかでかと広告するんだ！　そこらじゅうのいい若い者をすっかり寄せ集めて、見せつけてやるんだ！　そうでなければ、せっかくここまで漕ぎつけた甲斐がない。

「君こそ、何故こそこそと内輪ばかりのみすぼらしい式で間に合わせようなんて頑張るんだい？」と彼は反問した。「僕は、結婚式ってものは女の一生に一度の一番大事な行事だと思うがな。女としての誇りをかけた、晴れの舞台じゃないか。君のお父さんと伯母さんだけがお客なんて、式ともいえやしない」

「あなたとわたしと、二人が居さえすればいいのよ」と彼女はいった。「もともと結婚式ってものは、二人だけのためのもののはずだわ」

けれどもかれはそんな女らしい思いつきにへこまされはしない。そしてそのことを彼は彼女に思い知らせてやった。とどのつまりが、彼女はわっと泣き出し、かたくなに主張を変えない彼をその場に残して、駆け出して行ってしまった。たとえ首根っ子をへし折られても……と彼は怒りを嚙み殺しながら自分に向かっていった。――まるでお粗末な間に合わせのしろものを、これがほんものだなんて押しつけられはしないぞ！　町で一番大きい教会で、町じゅうの重要人物を集めて――何もかも、とびきり上等にするんだ！

つぎに顔を合わせた時、彼女はいい加減うちしおれて、従順に見えたので、彼のほうも適当に雅量ある態度をとった。

「あなた……」と彼女はいった。「わたしあんなに意地を張って、ばかだとお思いになって？」

「そんなこと思うもんか。君が敏感で興奮しやすいってことはよく心得ているし、このことで君がどんなに緊張しているか、僕にはよくわかっているもの」

「あなたって、なんて優しいかた！」と彼女はいった。「ほんとうに。それに、どうしても華々しい結婚式をしようってあなたがお譲りにならなかったことは、ある意味であなたがご存知にならないほど大きな結果を生むことになったかも知れないのよ」

「というと？」と彼はたずねた。

「まだ今はいえないの。でも、もしわたしの思いどおりにことが運べば、ここ幾年にもなかったほどわたしが幸せになれるだろうってことはいえるわ」

「そりゃ一体どういうことだね？」彼はその女らしい思わせぶりないい廻しに全く当惑してたずねた。

「そのお話をする前に、一つだけ答えていただきたいことがあるのよ、アーサー。そして、お願い、心から嘘いつわりなく答えて欲しいの」

「そりゃもう、もちろん」

「それなら、あなた、あなたに対してとてもいけないことをした相手を、お許しになることができて？　いけないことをして、今でもそのことで悩んでいる相手を？」

彼は心の中で渋《しか》め面をした。「もちろん、許すとも。誰が、どんなことをしかけようと、気にはしないよ。僕の性質として、根にもつなんてことはできないんだ」

誰がというところで、彼はもう少しできみがといいかけて、あやうく呑みこんだ。まあ、よかろう、この娘がこういう手順を踏んで、たわいのない懺悔《ざんげ》の告白をしたがっているのなら、なにもそれをわざわざぶちこわしにすることはあるまい。けれども告白はすぐにつづいて出てこないで——そのことは二度と口にせず、それどころかその夜のあとの話題は結婚式の計画やら打ち合わせやらに移って行って、そうして彼女のほうから持ち出したその話はそれっきりになってしまった。

翌日の午後、彼はミスター・ホートンのオフィスに呼ばれて、行ってみるとそこにはアンが同席していた。彼女とその父親の表情から、二人がそれまでどんなことを話し合っていたかを読みとり、こころよい勝利感を味わった。

「アーサー」とミスター・ホートンはいった。「まあ、おかけ」

アーサーは脚を組んで坐り、アンに向かって微笑を投げた。

「アーサー」とミスター・ホートンはもう一度いった。「ひとつ、真剣に話し合っておきたいことがあるのだが」

「どうぞ」とアーサーはいい、ミスター・ホートンが気づまりらしく三本の鉛筆とペンとペーパーナイフと覚え書きの便箋と電話器を、きちんと机の上に整頓するのを、もどかしさをこらえて待った。

「アーサー」とミスター・ホートンは、ついに三度かさねていった。「わたしがこれから話そうとしていることは、ほかにほんの二、三の人間しか知らないことだ。そして聞き終わったら、君もその二、三の者にならって、ほかの誰にも話さないで欲しい」

「はい」とアーサーはいった。

「アンから話を聞くと、君は結婚式を正式に則って盛大にやりたいといっているそうだが、そこで一つ問題が起こるのだ。ほんの内輪だけの式なら、何のこともなく、全然問題はなかっただろう。わかるね、わたしのいうことが？」

「はい」とアーサーは思いきって嘘をついた。彼はこっそりアンのほうを見やったが、そこからは何の解明の手がかりも受けとれなかった。「――もちろん」と彼はいった。

「そこで、だ。わたしは単刀直入にものをいうたちだから、はっきりいってしまおう。実はわたしには息子が一人ある。わたしの息子は、君にそっくりで――アンもわたしも、いつだったか実際それでびっくりしたことがあるんだが——残念なことに、わたしの息子はろくでなしの出来損ないだった。あまり目に余ることがあって、わたしはただきまった仕送りだけをして、それだけで一人勝手にやるようにといって家から追い出してしまった。その子のことは、それきり聞いたこともない——こまごましたことは弁護士に任せきりで——だが盛大な式をやるとなると、来る客がみんな、息子さんの姿が見えないがどうかしたのか、とたずねるだろう。わかってくれるな、それは、もちろん？」

部屋が急に縮まって自分を締めつけるようにアーサーは感じ、ミスター・ホートンの顔がにわかに壁にかかって揺れている魔王の面《めん》に変わった。

「はい」とアーサーは囁くように答えた。

「といった事情からして、いよいよわたしは年がら年じゅうアンから責めてせがまれ通しだったことを、してやらないわけにはいかなくなった。息子の居所はわかっている。これから三人でそこへ行って、本人とも会い、よく話をして、君を手本にして人生を新しく出直すことができるかどうか、今一度やらせてみようと思うのだ」

「プリンス・チャーリーって——」とアンは懐かしそうにいった。「そう呼んでいたのよ、うちでは。まるで王子さまのようにすてきな兄なの」（プリンスはむろん皇太子の意。ただしプリンス・チャーリーといえばチャーリー皇太子の意味にとれるが、逆にチャーリー・プリンスと並べれば単なる姓名となる）

四面の壁はひどく身近に迫って、黒くひしひしと彼をとりかこみ、アンの顔がついと流れて父親の顔の横に並んだ。おまけに奇怪なことに、ミセス・マーシュの顔まで……。そして気さくらしい、いかにもお喋り好きらしいミセス・マーシュの顔は、ほかの二つより大きく、大きくふくれあがって……。

それからあのトランクが――。

壁をへだてた目撃者

The Betrayers

かれらの間には壁があった。といっても、薄っぺらな安ぶしんの仕切り壁だったので、それが部屋と部屋との間の音響板の役目をして、それでロバートはその娘を知るようになったのだ。

はじめは足音だった。ハイヒールの靴で、自分の部屋の周囲を歩き廻る小さな、かたい音だった。きっと若い娘だな、と彼はぼんやり想像した。それは一つにはその頃、彼がハドソンの『緑の館』に夢中で、迷宮のようなアマゾンのジャングルの中に、あの輝かしいリーマを追いまわしていたからでもあった。やがて声ともお馴染みになった。話す時は軽く、息つく気配さえ感じとれないくらいで、ラジオから流れ出る何かの流行歌に合わせてやや張り上げたりする時には、あたたかく楽しげに聞こえた。きっと、とても愛らしい女性だろう、と彼はやがて想像するようになり、それからというものわざわざ聞き耳をたて、そうするにしたがってますます彼女に愛着するようになって行った。

女の名はエミーといい、夫もいた。単調な不愉快な声をしたヴィンスという名の男で、どことなく陰鬱なものが感じられた。時おり口論が起こって、最後は必ず男のほうが部屋のドアを荒々しくたてきり、思いきり凄まじい雷のような足音をとどろかせながら、廊下を遠ざかって行くのがきまりだった。それから女は声を忍んで泣く。すると間を隔てた壁にぴったり寄り添って立ったロバートは、まるで誰かから胸の中に手を突っ込んで心臓をつかんで捻じくられるような感じがするのだ。彼は、すんでのことにわずか二歩三歩の距離を、とんで行って女の部屋のドアをたたき、言葉をかけて、ここに彼女の味方がいて、いつ何どきでも何か——いや、彼女のためになることなら何でも、してやるつもりでいることを知らせてやりたい荒々しい衝動にかられた。

そういうふうに心はきりきり舞いをしながら、それでもロバートはどうすることもできずに、身を硬直させてその場につっ立っているばかりだった。

それに、そのことをうち明ける相手が誰一人いない。それでなお辛いのだ。この世の中に、彼が友人としてかぞえ上げることができるのはオフィスの同僚くらいのものだが、その連中には話したところでわかってはくれまい。とりたてていうべきことでもないが、彼は市内で指おりの大きな百貨店の審査部に勤めていて、そこで彼の周りにいる連中ときたら、長年のあいだに何でも冷淡に鼻で笑う癖がすっかり身についてしまっていた。他人の経歴をほじくり、税金の未納滞納、金がかかる女たちとの秘密な交渉、人間には誰しもつきもののうさんくさい臭い……そういったものをつきたてているあいだに、いつかそうなってしまうので、ロバートにしたところで、長く勤めるあいだには自分でそう思い知るにちがいない、とかれらはいうのだった。

ところでもしロバートの話を聞いたら、その連中は何という？　「隣の部屋に綺麗な女がいるって？　亭主はほとんど家に寄りつかないんだって？　そいつぁいい。——いらっしゃいませ。さあ、どうぞ！」

そんなことを考えているのではないとどうしてわからせることができようか？　自分が求めているのは、彼の恋愛を中途に迎えて受けとめてくれる相手、夜ごとの闇黒の時間中、石かなんぞのように自分の中に沈着した冷たい孤独感にけりをつけてくれる誰かなのだと。で、彼はそのことについては誰にも一言も喋らず、ただ壁に貼りついて、そこから吸いとれるだけのものを吸いとりつづけるばかりだった。そういうふうにして、彼はすでにその女を知っていた、といってもいいので、いよいよ現にその女を目にしても、まるきり驚きはしなかった。アパートへきた郵便物は全部階下の玄関にある机の上にのせておかれるので、たまたまその朝彼が勤めに出かけようとして階段を下りてきた時、彼女がそのテーブルから一通の手紙をとって、階段を上りはじめたのだった。

それがその女であることについて、彼の胸中には一点の疑念も生じなかった。か細く小柄な体に黒い髪の毛。そして、容貌には壁ごしに彼が想像していたとおりの愛らしさがそっくりそのままあった。彼女はゆるいローブを着て、階段で彼と行きちがう時には、ひとしお強く胸をかき合わせ、まるで彼を恐れるもののようにわきをすり抜けた。彼は自分がまるで図々しく相手をみつめていたことに気がついて歩き出し、赤面しながら階段の角を廻って街路に出た。けれども勤め先に着くまで、彼の頭は今の驚きでもやもやしていた。

その後も二、三度、やはりいつも同じ条件のもとに彼は女を見かけたけれども、階段の下に立ちどまって、ふり返って頭上を去って行く女の後ろ姿をみつめる勇気が出るまでには、それから幾週間もかかった。愛らしい華奢なくるぶしの線、まるいふくらはぎ、またぴったりローブに押しつけられた体の曲線。そして階段の頂上にたどりつくと、まるで彼にみつめられていることに気づいていたかのように見おろした女の目と彼の目が合った。

心臓の鼓動もとまるかと思われた瞬間、ロバートは女の表情にあらわれたものを読みとろうとした、その時彼女の部屋から夫の咎めるようなだみ声がかかった。「エミー！」とその声はいった。「何をぐずぐずしてるんだ！」そこで女は去り、彼女との出会いの瞬間も。

その夫なる人物を見た時には、彼女は何故こんな男を選んだのだろう、と彼は一驚を喫したものだ。小柄で、闘鶏のように精悍な、ドライ好みの見方からすれば一種の好男子といえないこともないが、頬骨が高く突出するほど皮膚がひきつり、唇は敵意をあらわすように薄くひき結ばれていた。すれ違う時彼は白い横目でじろりとロバートを睨み、瞬間ロバートはいつか女の表情にあらわれたものの一部を了解したように思った。その男は、どんなつもりからにせよ誰かが手を触れたら、いつでも嚙みついてやろうと気構えている、半分だけ馴らされた野獣のような危険人物なのだ。そばに寄るだけで危険がぷんと匂ってくるのだから、きっとあの女も目がさめているあいだ、ずっとその臭いを嗅ぎ続けているに違いなかった。

ある夜、その男にひそむ凶暴性が爆発して、その暴力が折からぐっすり眠っていたロバートの目をさまさせた。それは単に声の調子のせいではなかった、とロバートはまだ夢うつつでベッドの上に起き直りながら気がついた。というのは、壁の向こうの言葉はほとんど聞きとれないほど低かったからだ。恐るべきは、ただならぬ緊張したものの気配だった。彼はベッドからぬけ出して、耳を壁につけた。そうして立って、目をつぶってきれぎれに聞こえてくる会話を追っていると、境の壁が溶けてなくなってしまって、隣室で向かい合っている二人がありありと見えるようだった。

「ふん、知ってるって？」と男がいった。「だからどうだってんだ？」

「……出て行くわ！」と女はいった。

「それで、みんなに告げてまわるってのか？　広告して歩こうってのか？」

「そんなことしないわ！」はや女は叫んでいた。「しないわ、絶対に！」

「一か八《ばち》か、おれに危い橋を渡らせようってのか？」と男はいい、それから柔らかい嘲笑うような調子に変わった。「……一万ドルだぜ」と彼はいった。「ほかに、どうしてそんな大金が手に入れられる？　溝さらいをして拾ってきたとでも思ってたのか？」

「そうでもしてたほうがまだましだったわ！　こんなふうじゃ……わたし、出て行くわ！」

男の答えは言葉でなく打撃のかたちをとり、あまりひどい一撃に女がきりきり舞いして壁にぶつかった時、その衝撃はロバートの顔を打った。「ヴィンス」女は悲鳴をあげ、その声は高く恐怖にふるえていた。「やめて、ヴィンス！」

つぎの打撃が女を襲った時、その痛みのためにロバートの神経は隅々までめざめた。女が後ずさりをしながら壁の向こうで格闘する荒々しい呼吸の音に、彼の指の爪は壁に食い込んだ。

「ああ、まさか――！」女は叫び、それから耳ざわりな苦しそうな音をたてて、息を、もはや反応のない肺のなかへ吸いこみ、柔らかいものがどさりと床に倒れる音がして、突然静かになった。恐ろしい静寂。

まるで壁が女の冷たい屍でもあるかのように、ロバートはそれから跳ねのき、怖れにつつまれてそれをみつめながら立ちすくんだ。彼の思考は荒々しく悶え、幾つにも分かれて互いに格闘したが、その中の一つがしだいに大きくふくれあがって、どうしても彼はそれに直面し、それをそれとしてはっきりとみとめないわけにはいかなくなった。つまり、女は殺されたのだ、という考えだ。そして彼は彼女の傍らに立って見ていたのと同然、そのことの目撃者なのだ！　事件は、もしその壁がなかったら、手を伸ばして彼女の体に触れることができるほど身近で起こったのだ。女を助けるために、何とかしてやることもできたかも知れない。にもかかわらず、万事手遅れになってしまうまで、彼はばかみたいに突っ立っていただけだった。

しかし今からだって、何かしてやれることがあるはずだ、と彼は夢中で自分にいいきかせた。隣の部屋にいる殺人狂が、ここに目撃者がいるなどと夢にも思いつかずにいるかぎり、手を血まみれにしている現場を、何とかして押さえてやる方法があるはずだ。警察に電話をかける。そうすれば五分とたたない内に……。

感覚がなくなってしまったような足を一歩踏み出そうとした時、ロバートは隣の部屋に再びこっそり活気がよみがえった気配に、音でそれと気づいた。それはこそこそと動き廻る音、何かをどける音、それからはっきり他の音とは区別される——命を失ったものの重みをひきずり、用心深くそろそろと押し開けるドアのきしむ音……何ごとが起こっているのかをロバートに知らせ、彼を悩ませまた驚愕させたのは、その最後の音だった。

怪物じみた殺人犯人。だが、その男は馬鹿ではなかった。今この静かな夜ふけの間に、死体を事実上安全に処理してしまったら、彼は殺人なんか全然犯さなかった男になってしまうのだ！

ドアの前で、ロバートは危く踏みとどまった。廊下を用心ぶかく踏みつける足音が、重いものをひきずる音をしたがえて階段のほうへ向かって行く。なにしろ人を殺した男だ。それが、向こう見ずにも自分が手にかけた犠牲者をひきずっているところをみつかるかも知れない危険をおかしている。そんな時、誰かとぶつかったらどうするだろう？

ロバートは目をかたくつぶり、まるでその男の手がすでに喉の周りにかかったかのように、締めつけられ息づまりながら、へなへなとドアによりかかった。卑怯者！　そうでないといういいぬけはきかない。勇気を示す必要に直面させられて、彼は自分がとるにたりない卑怯者であることを思い知った。女の顔が、今や恐怖ではなく軽蔑の表情をうかべて、目の前にうかんだ。

が、しかし――と思って彼の心中を勝利感がかすめた――今からだって警察へ行ける。自分がそうするところが見えるようだったが、そう思いつくと同時に勝利感は薄れて消えてしまった。彼はある種の音を聞きとめ、それから殺人事件をつくり上げたのだ。で、死体は？　なし。犯人は？　そんなものはない。口喧嘩のあげく出てしまった女房の夫がいるだけだ。告発者は？　なに、若いひとり者が悪夢にうなされたのさ。馬鹿だよ。というのは、つまりロバートのことだ。

彼が廊下に出て、一歩一歩に気を配りながら歩きはじめたのは、階下でドアが閉まるかちりという音が聞こえてからだった。途中でみつけたものがある。一枚のハンカチ。小さい、丸められて皺くちゃになった、醜いしみがついたハンカチ。彼は気をつけてそれを拾い上げ、はらりとひろがるようにつまんで頭の上からさしかける仄暗い明かりにかざした。血しみは明るい粘粘《ねばねば》した赤で、一隅に小さく刺繡《ししゆう》したエミーという文字にかかっていた。血——彼女の血だ。それだけで、証拠は十分ではないだろうか？

「なるほど」彼は警官がからかうように答える声を聞くことができるように思った。「たしかに証拠だ——鼻血を拭いた」絶望が彼の感官をかき乱した。

自動車のエンジンの音が彼を刺激し、それからあとの階段はとぶように駆け下りたが、時すでに遅かった。玄関のドアのカーテンに顔を押しつけたとき、車は後尾灯《テールライト》を悪魔の目のように煌《きら》めかしながら、唸り声をあげて走り去り、ナンバーは暗がりで読みとれなかった。ほんの一瞬早かったら、と彼は自分を罵った。それとも犯人が車を使うということを予想するだけの分別があったら、容易に車を識別することができたものを。いまとなっては、その機会さえとり逃してしまった。機会はすべて去った。

熱に浮かされたように部屋の中を歩き廻っていると、三十分と経たないうちに、殺人犯人が帰ってきたことを知らせるひそやかな音が耳に入った。考えてみれば当たり前のことだな、とロバートは思った。もう女の死体は厄介ばらいしてしまった。だから安全だ。まるで何も起こらなかったかのように、知らん顔をしていればいいんだ。

もし自分が隣の部屋に踏み込んで行って、泥を吐かせることができるような人間だったらなあ。そう考えると、胸が煮えたぎった。それとも、どんなことを訴え出てもまともに相手にしてもらえるほど財力か地位のある人間だったら……。

しかし、そうしたことはすべて女に対する彼の情熱と同様、非現実的かつ空想的だった。自分の手の中に、いったいどんな復讐の武器が残されているだろう？　たかがしがない勤め人で、その職場というのは……。

ロバートは不意に冷たい水を浴びたように、霊感が全身を洗うのを感じた。彼は目を細めて、まるでその思いつきが一句一句細かい文字にしてそこに書きつけてでもあるかのように、じっと壁をみつめた。

つつきたてられれば、誰にだって何か身に疚《やま》しい覚えのあることがあるものさ、と、彼の勤め先の先輩たちはいつもいっているではないか。誰もかも犯罪容疑者なのだ。まして隣室の男は、いかにも暴力に走りがちな傾向といい、また何か普通でない手段で一万ドル手に入れたらしいことを匂わす言葉といい、きっとその経歴には当局者が今は知らずにいるが、わかれば動き出さないわけにはいかない黒いしみがついているに違いない。犯罪捜査に熟練した誰かが、その男の過去を隠しているおおいを一枚また一枚と剝がしてむきだしにして見せたら、正義は必ず彼を罰するだろう。それが武器だ。その中にたくわえられた暗い過去こそ、とりも直さず引き金を引かれる時を待っている武器そのものなのだ！

そろそろと、考えこみながら、ロバートは女のハンカチを封筒の中に入れて封をした。それから一句一句正確に思い出そうとつとめながら、彼は殺人犯人とその犠牲者とのあいだにとり交わされた、最後の対話を紙に書きつけた。その紙と封筒を洋服簞笥の引出しのなかにしまいこみ、それで第一歩はすでに踏み出されたわけだ。

ところで、とロバートは自分自身にたずねた——その男について、自分は何を知っているだろう？　ヴィンスという名前だということ。それっきりだ。誰かの過去に通じる暗い廊下を捜索しにかかる出発点として、ほとんど役にたちそうな見込みもない貧弱な資料だ。もうすこし何かありそうなものだった、手がかりとして役立つ何かが。

その夜はずっと眠らずに考えて、やっとアパートの女家主のことを思いついた。いつも眠たそうな目をした太った女で、部屋代をきちんきちんととりたてる以外、この世の中に何ひとつ関心をもっていないように見えたが、その男について何かしら知っていることがあるにちがいない。彼女は一階の裏手の部屋に住んでいて、ロバートは押しかける勇気を出せるかぎり朝早くそのドアを叩いた。

彼の質問を吟味しながら、彼女はふだんより一層眠たそうに見える目をしていた。「あの人たちですかね？」と彼女はようやくいった。「スナイダーさんって、何ということない、いい人たちですよ」彼女はロバートにむかって目をぱちぱちさせた。「あの人たちと、ごたごたを起こしなさったんじゃありますまいね、まさか？」

「いや、全然。しかし、それだけっきりご存知ないんですか、あの二人のことを？　つまり、もとどこに住んでたとか、そういったことは――？」

家主は肩をすくめた。「さあ、そんなこと、あたしの知ったことじゃありますまいって」と彼女は尊大にいった。「あたしが知ってるのは、お二人が毎月の一日にはきちんと家賃を入れてくれるってだけで、とにかくまともな、ちゃんとした人たちなんですよ」

彼は重苦しい気分で相手に背中を向け、とたんに街路に面したドアを閉めて出て行く郵便配達人の後ろ姿が目に入った。それはまるで奇蹟が目の前に起こるのを眺めるような感じだった。家主はもう部屋の中に引っ込んでしまって、テーブルの上に小山に積まれた郵便物の前に立っているのは彼一人きりで、その中から綺麗な筆蹟でミセス・ヴィンセント・スナイダーと宛名を書いた一通の封筒が彼の顔色をうかがっていた。

オフィスに着くまで、彼はずっとその封筒を内ポケットの中に温めつづけ、自分用の小部屋に閉じこもってはじめて用心深く封を切って内容をあらためてみた。一枚の便箋にたった二、三行、家族がみな無事でやっているというだけの文面と、セリアという署名があった。姉よりと書いてあるから姉妹だろう。あまり役にはたちそうもない――が、待てよ、封筒には差出人住所が書きつけてある。州の北部の小さな町の番地だ。

ロバートはほんの一瞬躊躇《ためら》っただけで、すぐにその封筒をポケットに突っ込み、服の着付けをなおし、部長のオフィスに入って行った。部長であるからには当然ながら最も職場の風に染まり、最も皮肉癖を身につけたスプレイグ氏は、むっつりした表情で彼を見た。

「用かい？」と彼はいった。

「まことに勝手なお願いですが」とロバートはいった。「二、三日、休暇をいただきたいんです。つまり、その——人が死んだものですから」

ミスター・スプレイグは自分が監督する職場の日常事務の滑らかな水面に放りこまれた小石に心中ため息をついたが、顔には然るべき同情の表情をつくった。

「誰か、親しい人かね？」

「ええ、とても親しい……」とロバートはいった。

鉄道の駅からその家までは、歩いてじきだった。その家自体も周囲に一種厳しい禁制的な雰囲気をただよわせていたが、ロバートのノックに応えて出て応対した若い婦人の身辺にも同じものが感じられた。

「はい」と彼女はいった。「エミー・スナイダーは、わたしの妹です。妹は結婚して姓が変わったので、わたしはセリア・トンプソンと申します」

「ちょっとうかがいたいんですが」と、ロバートはいった。「あのひとのことを。つまり、あなたの妹さんのことを」

相手の婦人はびくっとしたようだった。「何かありましたの、あの子の身の上に？」

「ええ、まあ」とロバートはいった。彼は強く咳ばらいした。「その、あのひとはアパートから姿を消しておしまいになりましてね、それをわたしは調べているんです。で、もし……」

「警察のかたですか？」

「その代理みたいなもんです」とロバートはいい、その曖昧ないい方が自己紹介として通用してくれるように、と祈った。祈りはききとどけられて、相手の婦人は彼を家の中に誘い、質素な、あまり客好きではなさそうな居間に彼と対面して坐った。

「そうなると思ってましたわ」と女はいった。「いつかきっと何か起きるだろうと」そして椅子に坐ったまま上体を悶えるように左右に揺すった。

ロバートは前にかがんで女の手に優しく触れた。「どうして、そんなことを思っておいでになったんです？」

「どうしてですって？　ほんの子供を家から追い出してぴっしゃり戸を閉めきってしまったら、ほかにどう思いようがあります！　自分ひとりの始末さえどうつけていいのかわからない子を、いきなり世のなかに放り出して！」

ロバートは慌てて手をひっこめた。「あなたが、そんなことをなさったんですか？」

「わたしの父よ。いえ、だから、あの子の父親よ」

「そりゃまた何故です？」

「ご存知かも知れませんけど」と女はいった。「父の目には、綺麗なものは何でも罪深いように見えるのです。地獄の火で焼かれるのが怖くてたまらないものだから、なんとかして地獄に落ちまいとして、かえって家族たちを一生地獄にとじこめておくのと同じ結果にしてるんですわ！

あの子が大きくなるにしたがってだんだん綺麗になって、男の子たちがしょっちゅう寄りつくようになると、たちまち父はあの子に背中を向けてしまいました。そしていよいよ男と問題を起こすと、持物をまとめて家から出て行かせてしまいました。もしもわたしがあの子に手紙を書いていることが知れたら――」と女はおそろしそうにいった。「わたしも、きっと追い出されてしまいますわ。父の前では、あの子の名前も出せないくらい、そんなふうですの」

「ちょっと――」とロバートは熱心にいった。「その、あのひとと問題を起こしたって男ですが。妹さんが結婚なさった相手ですか――ヴィンセント・スナイダーって？」

「さあ、どうですかしら」と女は曖昧にいった。「知りませんの、わたしは。エミーと父と、二人っきりしか。なにしろ、かたく秘密にされていましたから。妹が結婚していることを知ったのも、突然あの子から手紙をもらってからですの」

「お父さんがご存知ならば、お父さんにうかがってみることにしましょう」

「いいえ！　とんでもないこと！　もし父が、今みたいなことだけでも、わたしがあなたにお話ししたと知ったら……」

「しかし、わたしのほうとしても、それだけでは困るのです」と彼は哀願するようにいった。「是非その男のことをうかがわないことには。そうすれば、何もかもいっぺんにはっきりするかも知れませんので」

「それじゃ仕方ないわ」と、女は疲れたようにいった。「たずねてごらんなさい。でも父にではなく――後生ですから、わたしのためだと思って。ハイスクールの先生で、ミス・ベンソンって方がいらっしゃいます。その方におたずねになって。エミーを可愛がって下さった先生で、わたし宛ての手紙も父に知れないよう、その方のところへよこしていましたの。その方が話して下さるかも知れないわ、ほかの人たちには誰にも話しちゃいらっしゃらないでしょうけれど。わたしが手紙を書けば。それを持ってらしたら」

戸口で彼が礼をいうと、彼女は強い目で真っ直ぐ彼を見た。「綺麗でなけりゃ、厄介ごとにまきこまれることもありません」と彼女はいった。「だから、わたしには決してその心配だけはありません。でもエミーは……。きっとあの子をみつけてよくしてやってくださいましね」

「ええ」とロバートはいった。「できるだけやってみましょう」

学校へ行ってみると、ミス・ベンソンはタイプライターの打ち方を教える先生で、三時まで授業があるから面会したいならそれまで待たなければならないことがわかった。そこで彼はいらだつ気持ちをおさえて、世間の狭い田舎町の通りを、通行人たちから好奇心をむきだしにした目で見られながら、エミーのことを考えながら幾時間も歩きつづけた。それらの通りを、エミーはいつも歩いていたのだ。通りの並びの商店の窓ガラスは、彼女の姿を映したことだろう。――一人でいるところばかりでなく、と、彼は嫉妬しながら思った。男たちがつきまとったって？　そうだ、彼女の美しさに魅きつけられて、それは仕方がないが、誰一人彼女の本当の値打ちに気がつかずに、結局あんな運命をたどらせたとは。もし自分がその頃彼女を知っていたら、自分がその男たちの中の一人だったら、むざむざ……。

三時になると、彼は生徒たちがすっかり出て行ってしまうまで校舎の外で待っていて、それからもどかしい思いにかりたてられながら中へ入って行った。ミス・ベンソンは灰色の髪をした小柄の婦人で、墓石のように並んだおおいをかけたタイプライターに囲まれ、思いがけない訪客にどぎまぎしていた。ロバートが事情を説明し終わりそれからさし出したセリア・トンプソンの走り書きを読むと、彼女はすんでに泣き出さんばかりのていに見受けられた。

「困るわ、あのひと！」と彼女はいった。「あなたをわたしのところへ寄越すなんて、本当に困りますわ。それくらいのことは心得てるはずなのに」

「なぜ困るんです？」

「なぜ? だって、わたしが誰にもあのこと、、を喋りたくないって、あのひとは承知してるんですよ。もしそんなことをしたら、わたしがどんな目にあうか知ってる、それなのに!」

「ちょっと——」ロバートは辛抱づよくいった。「どんなことがあったか、わたしは、そんなことをうかがおうっていうんじゃありませんよ。わたしはただ、エミーと問題を起こしたって男の名前と、もとどこに住んでいた男なのか、そこへ行ってその男のことをもっとよく調べられるように、うかがっているだけじゃありませんか」

「だめですわ」ミス・ベンソンは身ぶるいした。「お気の毒ですけど」

「お気の毒だなんて——」ロバートは怒っていった。「人ひとり姿を消しちまったんですよ。そのことの底には、その男がいるかも知れない。だのに、済みませんってだけで済まそうってんですか?」

ミス・ベンソンは顎の筋肉をだらしなく緩めた。「すると、あの人が——何か、あの子に対してしたとおっしゃるの?」

「そうです」とロバートはいい、ふらふらと泳いだ卒倒直前の相手の腕を素早くつかんで支えてやらなければならなかった。

「はじめから承知してなけりゃいけなかったんだわ」と彼女は生きた心地もないような声でいった。「はじめから、いつかこういうことになると承知してなけりゃいけなかったんだわ。でも、その時には……」

その時には、エミーは彼女の教え子の一人だった。いい生徒——といっても、ひどく優秀というわけではないが、いつもできるだけの努力をするいい娘だった。しつけもよくて、今日《こんにち》の小生意気な女の子によくあるようなのとは大違いだった。

その騒ぎが起こった日の午後、ミス・ベンソンはその娘の口から直接、放課後、学課について注意してもらいに校長先生の部屋へ行くことになっている、と聞いた。もし何か邪念を抱いていたとしたら、そんなことをわざわざ自分の口から他人に広告したりするものだろうか？　証拠は、それだけで十分ではなかろうか？　誰に話したって。

「証拠ですって？」とロバートは当惑していった。

そうだ、証拠だ。校長室から悲鳴が聞こえてきた時、学校中で残っていたのはミス・ベンソンきりだった。彼女はその部屋へ駆けつけ、いきなりドアをひき開け、それで二人を見てしまったのだ。娘の服は破れてなかばずり落ち、エミーはしゃくりあげながら泣きむせんでいた。ミスター・プライスはその後ろに立って、開いた戸口を睨みつけ、にわかに信じられないような目つきで、ミス・ベンソンをまじまじとながめた。

「ミスター・プライスですって？」ロバートはいった。彼は何ひとつはっきり見透せないゼラチンのような半透明のぶよぶよしたものの底で、やみくもに手足を動かしているような気がした。

そう、ミスター・プライスよ、校長先生の。ミスター・プライスは顔色蒼白となり、彼女を睨みつけながら立ちすくんでいた。それからエミーは身をひるがえして戸口からとび出して行き、ミスター・プライスはつかまえようとして一歩踏み出し、そこで思いとどまった。彼はミス・ベンソンを部屋の中に引き入れ、ドアを閉ざし、それから説明しはじめた。

早い話が、彼のいうにはエミーはあばずれ女だというのだ。彼女はふらふらと校長室に舞いこんできて、彼を脅迫し、あまりのことに少しのぼせを下げてやろうとすると、わざと乱痴気場《らんちきば》をくりひろげてみせたのだ。が、彼の処置は寛大だった。実に寛大だった。その筋に訴え出て学校の名誉と、それから娘の尊敬すべき父親の名誉を二つながら傷つけるにしのびず、ただ彼女を放校に処し、父親に即刻娘を町からよそへやるように忠告しただけで済ませた。

そしてミスター・プライスは、ミス・ベンソンがちょうど折よく来合わせて現場の目撃者となってくれたことは実に幸運だった、と意味ありげにつけ加えたものだ。むろん、ミス・ベンソンが現場を目撃した証人として彼の期待を裏ぎったならば、彼女にとって極めて不幸な結果がもたらされるだろうことは目に見えていた。

「それくらいのことは、本当にありかねないんですから」とミス・ベンソンは苦々しげにいった。「この町と、この町にある一切合財を動かしてるのは、あの人の一族なんですよ。

その時わたしが本当に直感したことをそのまま喋っていたら、一言でも口から外へ出したら、もうどこにもわたしを働かしてくれるところはなくなっていたでしょう。けれども、わたしは話すべきだったのです。話すべきだということはわかってはいました——ことに、そのすぐあとで起こったことを考えれば！」

ミス・ベンソンは、廊下の反対のほうの一番はずれの自分の部屋に戻った。それでもとにかくそこまで歩く力がどこに残っていたか、不思議なくらいだった。部屋に入ったとたん、掲示板の下に転がっている娘の姿が目に入った。いつもなら、常備の鋏がその掲示板から吊りさがっているはずだった。が、その時その鋏はそこに転がった娘のわなわなふるえる拳の中に握りしめられていて、あたり一面血の海だった。

「そういうたちの子でした」とミス・ベンソンは抑揚のない声でいった。「ほんの小さなことについてでも、他人から責められたりすると、立っている床に沈みこんで消えてしまうか、その場で即座に死んでしまいたいとまで思い詰めるように見受けられました。で、その時にもその事件があってすぐあの子の頭に浮かんだのはそのことだったに違いありません。自分なんか、どこかへ片付けてしまおうか、と。その場で自殺し損なったのは、神様のお慈悲だったというほかありません」

口がかたい信用できる医者を呼び、また娘が父親に家から閉め出された後エミーの面倒をみてやったのもミス・ベンソンだった。

「そして、あの子がどうやら落ち着きをとり戻したところで——」と、ミス・ベンソンはいった。「わたしはあの子に、州庁のある町の会社に就職できるようにしてやったのです。もちろん卒業できませんでしたし、タイピストとしても一人前というところまでは行っていませんでしたけれど、ちょっとこみ入った事情があって是非助けて欲しいのだ、と手紙をつけてやり、うまく採用してもらったのです」

ミス・ベンソンは指を前髪に埋めるようにした。「本当に、はっきりものをいうべき時にいってさえいれば。あの男が安心できずに、あの子をどこまでも追いつめて……」

「ですが、その男じゃないんですよ！」とロバートは荒々しくいった。「全然ちがう男なんです！」

彼女は半信半疑の目つきで彼を見た。「でも、あなたは……」

「そうじゃないんです」とロバートは、途方にくれていった。「わたしが調べてるのは、もっと別の男のことです。全然ちがう男なんですよ」

彼女は身をのけ反らせた。「あなたは、わたしをだまして——」

「とんでもない。そんなつもりは決して……」

「でも、それはどうでもいいわ」と彼女は囁くように低い声でいった。「あなたが今のことについて何をいおうと、たった一言だって誰も信用してくれはしませんよ。わたしはみんなに、あなたは嘘をついているんだ、何もかもつくりごとだといってやりますからね！」

「そんなことしなくたって大丈夫ですよ」とロバートはいった。「ただ、あの子に仕事を世話しておやりになった、その就職先を教えてください。そうすれば、他のことはすっかりなかったことにして結構ですから」

彼女は躊躇《ためら》いながら彼をみつめ、おどろいたような目の色が急に明るくなった。「ええ、ええ」とついに彼女はいった。「いいですとも」

彼が暇《いとま》を告げようとしたとき、彼女は気がかりらしく彼の腕に手をかけた。「どうぞ――」と彼女はいった。「そんなわけなんですけれど、わたしのこと、あまり不親切な女だってお思いにならないで下さいましね？」

「もちろん」とロバートはいった。「そんな資格がわたしにあるものですか」

以後その日の残りはバスに揺られてくたくたに疲れ、その夜泊まったホテルの寝台はバスの座席よりいくらもましでなく、それからグレース社――正しくはグレース・アンド・パーディー社のパーディー氏ときては、最も我慢できかねる人物だった。声も態度もあまり大げさなのでまるでその小さなオフィスでは納まりがつかないような陽気な男だった。

彼は、ロバートがさし出した名刺を仔細らしく吟味した。「信用調査ですか？　え？」と彼は世にも感動したようにいった。「まったく、あんたがたときたら、草の根わけても何でもみつけ出しちまうんだから、おそれ入ったものですなあ。ま、さしずめ実業界の粛正にあたる北西騎馬警官隊といったところ――ですな。で、何かわたしでお役にたてることがあるなら……」

ああ、あの娘のことなら――彼はよく覚えていた。

「なにしろ、このオフィスあたりではそれまでお目にかかったこともない、とびきりの可愛らしい子でしたよ」と彼は思い入れよろしくいった。「いや、仕事のほうはあんまり心得がないようでしたがね、もちろん。しかしそこらを動き廻るのを見ているだけで、給料だけの値打ちはありましたっけ」

ロバートは歯を食いしばって、ぐっとこらえた。「誰か、とくに興味をひかれていたような男の相手はいませんでしたか？　いまはもうここに勤めていなくても？　それとも会社の外の人間でも、思い出せるような相手は？」

ミスター・パーディーは目を細くして天井を睨んだ。

「ううん」と彼はいった。「まるっきり心あたりがありませんな。そりゃ、あの子を追い廻してた男たちは大勢あったでしょうが――としても、あの子のことでは、おいそれとはいかない者にはわかりませんよ。あまりうちとけようとしないたちだったようですからな。実のところ、結局あんなふうになったのも、ひとつはそれが原因でした」

「とおっしゃいますと？」

「いや、なに、たいしたことじゃありません。誰かがあまりちょくちょく店の金をくすねているようなんで、ところへもってきて店の連中の中であの子だけがそういった態度なんで、まるであの子が犯人みたいに見えましてね。そのうえ、就職する時の付け手紙に〝こみ入った事情〟とあるんで、てっきり……で、やめてもらうより仕方なくなっちまったようなわけで。

それから後で――」とミスター・パーディーは楽しげに話しつづけた。「あの子じゃなかったってことがわかったんですが、何もかも後の祭でした。どこへどうしたら連絡がとれるかも知れず……」彼は大きな音をたてて指を鳴らした。パチッと。「行っちまったんでね、こんなふうに」

ロバートは深く息を吸いこんで、気を落ち着けた。「しかし、誰か友人といったような相手がいたでしょう」と彼は口説いた。「誰か、女の人でも」

「ああ、それなら――」とミスター・パーディーはいった。「今いったとおり、うちとけない子でしたが、時どき電話交換手のジェニー・リゾーのところへ寄って額をつき合わしてるのを見かけましたっけ。もしジェニーと話してごらんになりたいのだったら、どうぞ。もしわたしでお役に立てることがあるなら……」

けれども現実にお役に立ってくれたのはリゾーだった。けちをつけるならつけてみろといった悪趣味まるだしの服を着た愛想のない娘で、ものを見るような目で彼を観察して、エミーのことなんか何も話すことはない、と冷淡にいった。可哀そうに、あの子はここでもういい加減こづき廻された。すこしは構わず放っておいてやってもいいではないか。

「わたしは、あのひとに関心があるんじゃありません」とロバートはいった。「あのひとが結婚した男のことを調べてるんです。ヴィンス・スナイダーって男ですがね。ご存知ありませんか？」

相手の顔にあらわれた打たれたような表情から、知っているな、とロバートは直感して元気が湧いた。

「あいつ！」と彼女はいった。「それじゃ、とうとうあの子はあいつといっしょになったのね！」

「それがどうしました？」

「どうしましたって？　あたしが口を酸っぱくして、あの男はだめだっていったのに。近寄らないようにしたほうがいいって」

「何故です？」

「どんな男だかあたしは知ってるからよ。いかにも気のきいた恰好して、いつもポケットにお金をつっこんでるけど、どこでどうして稼いできたんだか知れやしない。てっきりろくな稼ぎ方はしてないんだけど、はしっこいから捕まらずに済んでる。だからよ！」

「よくご存知のようですね？」

「よく、ご存知のようですって？　あたしんちの近所に住んでた、悪たれ小僧の時分から知ってるわよ。ほら――」ジェニーは机の引出しの中にある自分のものの底をかき廻した。そこから一つかみほどの写真をとり出してロバートに突きつけた。「あたしたち、いっしょによくデートしたのよ。ヴィンスとエミーと、あたしとあたしのボーイ・フレンドと。あたしはあの子に、ヴィンスがいる目の前で、この男はだめだって幾度もいってやったのに、あの男はあの子があたしのいうことに耳も貸さないほどしっかり丸めこんでいたのね。もっとも、それでなくてもあの子はあかんぼだったけど。誰かに優しくしてもらうと、すぐ心中《しんじゅう》だってしかねないんだから」

あまりよく写った写真ではなかったけれども、ヴィンスもエミーもはっきり見わけることができた。

「これ、一枚頂戴できませんか?」とロバートはできるだけ何気なくきいた。

ジェニーは肩をすくめた。「ご勝手に、よかったら」と彼女はいい、ロバートは勝手にした。

「それからどうなりました?」と、彼はいった。「つまり、エミーとヴィンスの二人は?」

「訊かれたからいうけど、あの子が馘《くび》になってから、二人して町から出て行っちまったわ。あの子の口ぶりじゃここからちょっと行った南のほう――サットンの町にヴィンスの働き口がみつかったって話だったわ。それが、二人を見た最後よ。あの男が本当に正直に働いてるとしたら、それこそお目にかかりたいようなものだけど、あの子の口っぷりでは本気でそう思いこんでるようだったわ。とにかく、それっきり音沙汰なしよ」

「エミーと最後にお会いになったのがいつだったか、正確に思い出せますか？　その、二人がサットンに向かって行ったという時がいつだか？」

ジェニーは思い出せた。たずねればもっといろいろなことを思い出してくれたかも知れなかったが、そのとき驚いて口をあんぐり開けて見送る相手をその場に置き去りにして、早くもロバートはドアの向こう側に出ていた。

サットンまではバスで一時間たらずだったが、ロバートが大きなテーブルに向かって坐り、サットンの町の新聞の綴りこみのページを繰りはじめたのは、それよりさらに一時間ほどあとのことだった。その町の新聞社は大きくて信用がおけそうで、綴りこみはよく整理して保存してあった。そしてジェニー・リゾーが教えてくれた日付の二日後の紙面に、ロバートがみつけようと熱望していた記事があった。第一面のてっぺんに、横幅いっぱいの見出しつきで。

一万ドルの強盗、と見出しには書かれていた。大胆不敵な強盗が単身サットン信託銀行に乗り込んで、まわりの誰一人にも全然気づかれずに支配人に直接ぶつかり、一万ドルの紙幣が入った小さな手提げ鞄をぶら下げて悠々と出て行った。警察はその男の行方を追及している。逮捕はたんに時日の問題とみられる……。

ロバートは震える手でさきの日付を追って行った。警察はついに捜査を断念した。容疑者は一人も逮捕されず……。

ロバートは注意深く写真に鋏を入れて、ヴィンスが一人だけ立っているように見えるようにした。銀行の支配人はうるさそうにその写真を見て、それから何かを無理して飲み下そうとするかのような様子をした。

「こいつだ！」と彼は、とても信じられないようにいった。「この男です！　この顔を忘れるもんか。もしこの男が捕まえられれば……」

「その前に、なさって欲しいことがあるんです」とロバートはいった。

「取引は断わるよ」と支配人は抗議した。「わたしは何といってもこの男を捕まえる。それに残っている金は一銭残らずとり上げるんだ」

「取引をしようなんていうんじゃありませんよ」とロバートはいった。「して欲しいことというのは、この男がたしかに強盗犯人だ、と紙に書いていただきたいのです。そうすれば、警察は明日この男を捕まえてあなたの目の前に引き出してくれますよ」

「それだけかね？」と相手は疑わしそうにたずねた。

「それだけです」とロバートはいった。

書類と証拠を前に並べて、彼は再び自分の部屋に坐っていた。ただ一つ残っている恐れは、彼の不在中殺人犯人が何かのことで危険を感じて逃げ出してしまってはいないかということだった。隣室から聞こえてくる小さな、こそこそいう音が、状況は彼が出かけた時のままであることを初めて知らせてくれるまで、安心して息もつけなかったほどだった。

それから彼は自分が苦労して用意した書類——だれかれとの会話の記録を今一度慎重に検討した。すっかりととのった。法の正義に訴えるために必要なものは。しかし、それだけではない、と彼は痛切に自分に向かっていいきかせた。それは一人の女の一生の縮図だった。一歩一歩、つぎつぎに親しい人々から裏切られつづけた女の。彼女が関わりをもった男たちは、すべてそれぞれ裏切りの手先だった。父親、学校の校長、雇い主、そして最後には夫まで。それぞれに罪がある。ジェニー・リゾーの言葉がロバートの耳の中でがんがん鳴るようだった。

「誰かに優しくされると、すぐに心中でもしかねない」女。もし彼が話しかけていたら、もし彼のほうからはたらきかけていたら、彼に対してだってそうだったのかも知れないのだ。階段の上で立ち止まって彼のほうをふりかえった時、あるいは彼女は彼が話しかけるか、はたらきかけるのを待っていたのかも知れない。が、今となっては何もかも手遅れ——これらの紙に書きつけられたこと、彼が彼女のためにしてやったことを、彼女に知らせるすべもない……。

警察の態度は、ロバートが予期していたとおりだった。銀行の支配人の供述書を見せるまでは。それから警官たちはその書きつけを幾度もくり返して読み、写真をながめ、それから順送りにロバートを丁重に上官のところへ廻して、最後に〝カイザーリング警部〟と標記したドアのところへ連れて行き、その向こう側には、すらっとした体つきの、優しい声をした男がいた。

長い物語だった。それがどれほど長い物語で、どれほど細かい部分について説明の補足が必要であるか、その時になって初めて彼は知った。けれども初めから終わりまで、淀みなく彼は話し終えた。聞き終わると、カイザーリングは書類を、ハンカチを、それから写真を、つぎつぎにとり上げ、つくづくと見つめた。それからロバートを興味ありげに見た。

「なるほど、何もかも揃っていますな」と彼はいった。「ただひとつ、何故これほどの苦労をなさったのか、それを説明してくれませんでしたね。何です、その動機は？」

自分ひとりの胸の奥に秘めた夢を、まったくの初対面の相手に打ちあけるのは容易なことではない。ロバートは返事につまった。「女のためです。この女に対する、やむにやまれぬ気持ちからです」

「ははあ」カイザーリングは、なるほど、というようにうなずいた。

「あらかじめ頼みを受けていたんですな？」

「ちがう」とロバートは憤然としていった。「口をきき合ったこともないんですよ！」

カイザーリングに指で軽く叩いて拍子をとった。

「いや、わかりました」と彼はいった。「いずれにせよわたしどもには関係のないことです。が、みごとなお手際ですな。実にみごとな。実のところ、昨日わたしどもはあなたのお住まいから二、三ブロックさきに乗り捨てた自動車の中に死体があるのをみつけましてね。その車がひと月前に盗難にあったものだということだけで、あとは着ているものから何からもさっぱり手がかりがつかめずにいたところです。こちらの手の中にあるのは大きな傷がついた死体だけで。それこそアルファベットのAからZまで、こう順序よく整頓したお調べの結果を持ってあなたがおいでくださらなかったら、この事件は百年間も宙に迷ったままでいることになったかも知れません」

「それは結構でした」とロバートはいった。「それでわたしの目的も果たされるわけですから」

「――ですな」と、カイザーリングはいった。「いつでも、警察に勤める気が起こったら、わたしのところへおいでになってそうおっしゃって下さい」

それから彼は部屋を出て行って長いこと戻らず、戻ってきた時は陰気な微笑をうかべた大きな、頑丈そうな私服の男と一緒だった。「二人でいま一気に片づけてしまうことにしましたよ」とカイザーリングはロバートにいって、連れの男を身ぶりで促した。

かれらはそっとアパートの階段を上り、ドアのわきに立って、カイザーリングがドアに耳をつけて、聞こえてくる音で室内の人気《ひとけ》を確かめた。それから警部は私服の男に向かって小さくうなずき、はげしくドアを叩いた。

「開けろ！」と彼はどなった。「警察だ！」

耳が鳴るような静寂。そしてカイザーリングと私服の連れが肩に吊った冷たく青光りするピストルをぬき出すのを見て、ロバートは口の中がからからに乾いた。

「こんなやわな相手にゃ、こんなものいりゃせん」とカイザーリングは唸るようにいい、いきなり足をあげて、靴の踵でドアの錠のところを蹴った。ドアはけし飛ぶように開き、ロバートは階段の手すりのかげに身をちぢめた。

それから彼は彼女を見た。

女は部屋の真ん中に立って、とり乱した表情を彼のほうに向けていた。

それは彼女が一人また一人、相手が裏切り者であると思い知らされる度ごとに見せた表情であるに違いない、と彼はまるで夢を見ているような瞬間にして理解した。それから彼女は一歩後に退き、身をひるがえしざま窓に向かって走った。

「ああ、まさか――！」と、彼女はロバートが前に同じ言葉を聞いた時と同じ声で叫び、それから窓ガラスを突きぬいて下へ落ちて行った。ひと声、腸を裂くような絶叫が聞こえ、それから不意にひっそりとなった。

ロバートはそこに立ちすくんでいた。にわかに目に汗の塩が沁み、嚙みしめた唇に血の味が塩からかった。窓までは無限の距離があるように感じられたが、それでもどうやらやっと窓際にたどりつき、カイザーリングをわきへ押しのけて下を見おろした。

彼女は体をねじ曲げるように舗石の上に横たわり、乱れた豊かな黒髪が傍観者たちの好奇の目から顔を包み隠していた。

私服の男は行ってしまっていたが、カイザーリングはまだその場にいて、同情の眼差しでロバートをみまもっていた。

「僕は、男のほうが女を殺したのだと思っていた」とロバートは低い声でいった。「てっきり……まさか！」

「みつかったのは男の死体だった」とカイザーリングはいった。「女のほうが加害者なんです」

「でも、何故あのときそういってくれなかったんです？」ロバートは哀願するようにたずねた。「何故すぐに教えてくれなかったんです？」

カイザーリングは、賢そうな目で彼を見た。「どうかな、それは？」と彼はいった。

「そしたら、どうなる？　あなたはあの子にそれと知らせて逃がしてやる。そうなったら、それこそ本当に手を焼く結果になっていたでしょうよ」

返事はなかった。全然。

「あの娘は、爆発したのですよ」とカイザーリングはなだめるようにいった。「ここにこんなふうにして閉じこめられて、途方にくれて、誰一人頼る相手もなく……。はじめから、こうなることは決まっていたようなものです。あなたの罪じゃありません」

それから彼は階下へ下りて行き、ロバートだけが彼女の部屋にとり残された。彼はのろのろと周囲を見まわした。その場に残されている彼女の形見の品々を。それからおそろしく静かに椅子を一つとり上げ、頭の上に高くかざし、壁にむかって叩きつけた。渾身《こんしん》の力をこめて。

パーティーの夜
The House Party

「やあ、気がついたらしいぞ」とその声はいった。

彼は落ちて行った。石のように冷たい、真っ暗な空間に両手をつっぱり、落ちながら背をいっぱいに反《そ》って、頭を下に足を上に、それから頭を上に足を下に、展転ととんぼがえりを打った。下のほうに何があるのか、最後の激突の瞬間に、その体を受けとめようと奈落《ならく》の底に何が待ちうけているのか、それがわかるだけでもこれほどひどい恐ろしさから、いくらかは救われるかも知れない。しかし今彼は、そのまま底なしの穴をまっしぐらに飛んで行く恐怖のかたまり――体はあてどなく下方にむかって引きつけられながら、心はその抗いがたい力から逃れようともだえた。

「よかった――」その声はずっと遠みで、まるで誰かがその穴の底から、静かに、そしてよろこばしそうに彼に話しかけたように聞こえた。「よかったな」

彼は目を開いた。突然さしこんだまばゆい光が痛く沁みて、それからやや反らし気味にあたりを透かし見る目に、ぐるりをずっととりかこんで自分を見おろしている人々の姿が、顔が、一部はボッと乳色にかすんでみとめられた。

彼は背を下に、そしてそこにあたるクッションの弾力から推して、お馴染みの長椅子に寝ていることをさとった。乳色のもやはしだいにうすらぎ、同時に狼狽が襲った。……住みならわしたナイヤックのわが家、いつもながらの居間、壁にはいつもながらのユトリロの画、頭上にはいつものシャンデリアの輝き。なにもかも――そうだ、まわりをとりかこんだ顔まで、何もかもいつもどおりだ、と苦い思いが彼の胸を嚙んだ。

それにハンナも。その目は涙に濡れてキラキラ光り――この女ときたら、いつでも水道の栓をひねるように涙をふき出すことができるのだ――その手は彼の手をヒシとにぎりしめ、おかげで彼の指はばかみたいに痺れている。母性的愛情過多のハンナ――しかもその愛情をそそぎかける相手は夫ひとりときている。葉巻を嚙んでいるのはエイベル・ロッスだ――こんな時だというのに、あいも変わらずあの臭い葉巻をくわえ、心配そうな顔つきでこっちを見つめている。ここ五年来、はじめて成功した興行をここで台なしにされてはと、心配でたまらないのだ。……あれはいつまでたってもいいなか者まるだしのベン・セイヤーにハリエットのご両人……それからジェーク・ホール……トミイ・マクゴウアン……どれもこれもいつもと同じ、うんざりするような顔ぶれだ。

が、知らない顔も一つだけまじっていた。人懐《ひとなつ》こい表情をうかべ、頭は聖職者の剃髪《トンスラ》のように、頭蓋の周囲にわずかに残った白髪の部分をのぞいては、気持ちがいいくらいみごとに禿げあがった、肥えた小男だ。彼は、マイルスと目が合うと反射的に指で禿頭をさすりあげ、うなずいてみせた。

「どうですかな、気分は？」と彼はきいた。

「さあ、なんのことやら……」とマイルスはいって、ハンナに握られていた手をふりほどき、起き直ろうと焦った。が、途中で、肋骨のあいだに白熱した針を揉みこまれるような痛みを感じて、思わず呻いた。ハンナが気づかって喘いだ、と思う間もなく、見知らぬ客のぶこつな指が伸びて、その痛みのありかを探り、その指のさきから痛みが春の氷のようにとけて、消えた。

「ほら、ね？」とその男はいった。「なんでもない。なんでもありゃしませんよ」

マイルスは両脚を曲げ、うむとふんばって長椅子に起き直った。ひと息、ふた息、大きく息をついた。「ひょっとしたら心臓か、と思いましたよ」と彼はいった。「さっきやられた時は――」

「あ、いや」とその男はいった。「あなたがどう思われたか、説明してくれなくともわかっとります。が、心臓なんかとは何の関係もない、とわたしが申すからには、間違いありませんよ」それから、それで何もかも相手に通じると思っているかのように、得々としてあとの一句をつけたした。「わたしはマース――ドクター・ヴィクター・マースです」

「ほんとに、神さまの思し召しだったのよ、あなた」ハンナは息をつめていった。「マース博士がみつけて運び入れて下さったのよ、外に倒れていたあなたを。まるで天使みたいに。もしこのかたがおいでにならなかったら――」

マイルスは彼女を見た。それからまわりに立って、心配そうに自分を見つめている人々を眺めわたした。「それなら――」彼は語気を強めて説明をもとめた。「どうしたんです？　何です、わたしが卒倒した原因は？　心臓か？　脳溢血か？　それとも健忘症か？　わたしだって赤ん坊じゃないんだから、『何でもない』っていわれたからって、それで安心するわけにはいかない」

エイベルは、葉巻をくわえたまま、左の口角から右の口角へころがした。「この人があいうからって、いちがいに責めるわけにもいきますまい、先生？　とにかく寒い戸外に十五分間もころがっていたんですから、いったいどうしたのか、本人ならばどうしても知りたいところでしょうよ。どうです、気休めでもいいから、検査をしてやっていただけませんか――それ、例の血圧検査とか何とか、そういった検査を。そうすれば、多分、本人ばかりでなくわたしたち一同も安心できるでしょう」

マイルスはその言葉と、そしてさらに自分がその言葉の主エイベル・ロッスにたいしていだいている魂胆を、胸の中でこころよく嚙みしめた。「――多分、できるだろうともよ、エイベル」と、かれはいった。「多分、劇場《こや》の前売切符はこのさき十六週間分も売切れで、毎晩SRO（Standing Room Only の略語。立見席のほか満席）の札が出ているんだろうよ。僕はとうとう宝の山を掘り当てたってわけだ――なんのことはない、僕はシャベルみたいなものさ。毎週八回、僕が欠かさず芝居をすれば、お宝がぞくぞく掘り出されるって寸法か」

　エイベルは顔を真っ赤にした。「やれやれマイルス、君のその口のきき方は――」

「え？」マイルスはいいかえした。「僕の口のきき方がどうだって？」

ベン・セイヤーはゆっくり重々しく首をふった。「マイルス、その喧嘩腰をすこしひかえたまえ」彼は気取っていった。「話というものは、もっと落ち着いて――」

「お静かに！」マース博士はきびしい声でいった。「諸君、お静かに！」彼はほかの人々にむかって眉をしかめた。「ひとつ皆さんにお断わりしておきたいことがある。というのは、わたしは臨床医じゃないってことです。つまり、わたしが興味をもっているのは精神病理学の分野で、あんたがたのいわれるような検査をする資格もあるかも知れんが、本人のわたしには、そんなことをする気はちっともありません。それにせっかく正気をとり戻したオウエンさんのために申しておきますが、わたしでなくほかの誰だろうと、そんな検査をする必要は毛頭ありません。それはわたしが保証します」

「そしてわたしは――」とマイルスがいった。「マース博士のお言葉を信用しますよ」そういって彼は用心しながら膝に力をこめて立ち上がった。が、周囲の人々の顔からは、いっこう憂慮の色は消えなかった。「先生、もしよろしかったら、ご一緒にお寛ぎください。それ、あちらに何か用意してあるようです。料理のほうは保証できませんが、酒だけは請け合ってとびきり上等ですよ」

マイルスの誘いに、医師は顔いっぱいに、むくむく肥った子供のように無邪気な笑いをうかべた。「それは有難い」と彼はいって、たちまちさし示されたほうに向かって歩きだした。エイベルがそのあとを追った。そして医師がまだ食物を給仕する場所につかないうちに、その口にくわえた葉巻の火が、相手の耳にすれすれのところまで追いすがるのをマイルスはみとめた。エイベルときたら、毎週三時間はきっと精神分析医の診察をうけるほか、口さきのうまい、よく食い肥ったパーク街の開業医の診療所へでかけて、おそろしく辻つまの合わない自覚症状をとうとうとのべたてるきまりになっていた。かわいそうに、マース博士はエイベルのやつに、ものすごくくどいお喋りの相手をつとめさせられるぞ、とマイルスはなかば意地悪く、なかば同情をこめてそう考えた。

長椅子のまわりに集まっていた他の人々も、囲みをといて散り、あとにはハンナだけが残った。彼女は急に力をこめてマイルスの腕をつかんだ。

「ほんとに大丈夫なの、あなた？」彼女は念をおした。「もしどこか具合が悪かったら、すぐあたくしにおっしゃってよ！」

具合が悪かったら、だって？　彼女がそういうふうに彼をつかまえ、身辺に引き寄せようとするたんびに、彼は蜘蛛が自分にむかって糸を吐きかけ、がんじがらめに搦《から》めとろうとしているように感じて、死にもの狂いに抵抗しなければならないのだ。

馴れ初めの頃は、けっしてこうではなかった。彼女の美しさはかがやくばかりで、この女とならば、これまでに知った他の女とは全くことなる新しい関係がひらけるかと思えた。いっしょに起き、いっしょに食べ、いっしょに喋る――果てしない結婚生活のいとなみも、そのように美しい、愛らしい相手とならば堪えていけると思った。が、それから一年たった今、美貌は鼻につき、愛情は胸にもたれ、変化のない日常のいとなみは堪えがたい重荷となってしまった。

彼は十五分ほどのあいだ意識を失っていた。そのあいだにうわごとをいって、リリイとの仲を勘づかれるような言葉を洩らしはしなかっただろうか？　もしいったとしても、かまうことはない。一度にぶちまけてハンナの心を裂くより、いっそそうしたうわごとを聞きとがめ、それに応じる心構えをつくれるようにしてやるのが彼女の身のためだ、と彼は思った。それにしても、ハンナにとっては手ひどい打撃にちがいない。その時の情景がありありと心に映った。そしてそれは決してこころよい情景ではなかった。

彼は肩をすくめて、ハンナの手をふりほどいた。「どこも具合は悪くないよ」と彼はいった。が、すぐそのあとにつづけて、いい加えずにはいられなかった。「ただ僕がほんのしばらく静かに休息したいと思う時、きっときまったように、君がこうしてパーティーを開くのは困りものだがね」

「あたくしが？」ハンナは、わかりかねるように反問した。「あたくしが、こんなパーティーなんかに何の関係があるとおっしゃるおつもりですの？」

「何もかもさ。何もかも、君が女主人気どりで、八方美人になりたがる癖のおかげだよ」

「お客さまはみんなあなたのお友達ですわ」とハンナはいった。「あたくしの友達じゃなくてよ」

「それならいうが、君だって一年も僕と夫婦ぐらしをしているからには、あの連中が僕の友達でもないことを、もう悟ってもいい頃だよ。僕は今までにもう百通りもちがった言いまわしや顔つきで、あんな連中なんか大嫌いで、中にたった一人だって好きなやつなんかいないってことを、はっきり教えたつもりだよ。あんな連中は、誰の友達でもありゃしない。僕が週にたった一度、ああいう連中とのつき合いから解放されて、やれやれと思う時に、わざわざパーティーなんか開いてこちらから呼びたて、食物をふるまったり、もてなしたりする義務がどこにあるのかね？」

「あなたのおっしゃることは、よくわかりませんわ」とハンナはいった。まるで今にもワッと泣きだしそうな表情だった。「あなたがここに邸をお買いになったのが、誰からも離れて独りきりになりたかったからだってことはわかっています。けど今のあなたは――」

目に見えない蜘蛛の糸が、またじわじわと束縛を強める。「わかった」と彼はいった。

「わかったよ、もういい！」

もう何もかもどうでもいいことだ。自分が逃げ出したあとで、この女は気がすむまで、毎晩でもパーティーを開くがいい。こんな家なんか、火をつけて焼き払ってしまおうと、自分の知ったことじゃない。そんなことはいっさい、この自分には何の関係もないことだ。毎週月曜から土曜まで、なんの変化もない舞台の勤めと、帰れば帰ったで味気ない田舎紳士の日常、それにあのリリイの言葉をかりれば「セントラル・パークには、うんざりするほど木がいっぱい茂っているのね」だ。何もかも、もうたくさんだ。そして何もかも、間もなく自分が旅行鞄をさげてここから逃げ出してしまうことを考えれば、今ここでどうだこうだとやかましく議論する必要もない。

ボッブとリズ・グレゴリイのご両人は、一週六日ラジオのマイクロフォンの前で顔つき合わすだけではまだ不足だというように、うっとりお互いの顔をみつめ合っている。ベン・セイヤーはジェーク・ホールに向かって、こんどの芝居の最終場面の演技のやりにくさを、くどくどと説明している。エイベルはマース博士に、何か精神病理についての見解をのべたてている。博士は一方の手に背の高いグラスを捧げ、もう一方の手にサンドイッチをもっている。「ははあ、それは面白い現象ですな」と博士はいった。「それはまったく面白い……」マイルスはそれらの人々のわきをすりぬけて、食器戸棚に向かって歩いて行った。

彼は人々の話し声に耳をふさぐ思いで、ダブル・グラスにウイスキーを注いだ。それから苦虫を嚙みつぶした顔で、グラスを睨んだ。その内容はまるでただの水のように、舌に味気なかった。このあいだ雇い入れた土地ものの召使いが、掃除のついでに酒戸棚の鍵を見つけて、その瓶をほとんど空《から》にしてしまったあとで、飲んだ分だけ台所でそれこそ文字どおり水増ししたものに相違ない。馬鹿ものめが！　盗み飲みするならするでいい。飲んだらあとは忘れてしまえ。それをこんなふうにして、残った分まで台なしにしてしまうとは……。

エイベルが意味ありげにマイルスの脇腹をつついた。「ぼくは今、医師にそういっていたところさ――」とエイベルはいった。「もし一晩このかたに暇があったら、〝待ち伏せ〟の上等な席をとってあげる、ってね。もしマイルス・オウエン演ずるところの〝待ち伏せ〟を見なかったら、あたら古今の名優の名演技を見逃したことになるってさ。君はどう思う、マイルス？」

マイルスは別の瓶をもち上げ、その封が破れていないかどうか調べているところだ。彼はエイベルをちらりと見やり、それから酒瓶を大事そうにそっと下においた。

「せっかくだが――」と彼はいった。「どう思う、といわれても、僕には何とも答えられないね、エイベル。実はそのことで、君に話があるんだ。ことのついでだ、今こそ話を切り出す絶好のおりかもしれない」

「話があるって?」エイベルは愉快そうにいったが、そういったあとで眼に突然不安の色がうかび、気構えるような表情が顔面に走った。

「内輪の話なんだ、エイベル」とマイルスはいって、興味ありげにわきに立って観察しているマース博士にうなずきかけた。「先生、エイベル君とのお話の腰を折るようで失礼ですが――」

「いいとも、いいとも」と博士はすばやく答えた。「わたしはこれがあれば――」と盃をかざして、「オウエンさん、たしかにあんたの御自慢どおり、すばらしい酒ですわい」

「それは結構――」とマイルスはいった。「じゃ、エイベル、ちょっとこっちへきてくれ」

彼は人ごみをかきわけ、エイベルをしたがえて部屋を突っ切り、書斎のほうへ行った。書斎の扉を閉めきり、電気スタンドのスイッチを入れると、人気《ひとけ》のなかった部屋の湿っぽい冷気がにわかに骨身に沁み入り、彼は覚えず身ぶるいをした。薪と焚きつけの仕込んである暖炉にかがみこんで、かれはしきりにマッチを擦った。やがて火がついて、木がパチパチとはぜた。それから彼は煙草に火をつけ、一服ふかぶかと喫いこんだ。彼はギクリとしたようにその煙草をみつめた。まるで味がないのだ! 彼は確かめるように、舌で両唇をなめ廻した。はじめは酒で、こんどは煙草か、と彼は思った。なるほどマース博士はフロイド学派の精神分析に造詣《ぞうけい》ふかい名医かも知れないが、月曜日には何をおいても律気者の開業医に診察してもらわないことには……。こう一時にものの味がわからなくなるとは、不愉快なことだ。ばかげたことではある、が、ばかにしたところで不愉快から救われはしない……。

エイベルは窓のところに立っていた。「見たまえ、君あの霧を。いつか〝洒落者〟の興行でロンドンへ行った夜が、やはりひどい霧で、その時僕はこれこそほんものの霧だ、と思ったものだ。が、今夜の霧にくらべたら、あんなのはかすみでもありゃしないな。ほら、シャベルで削りとれそうな感じだよ」

霧はかたちあるもののように窓際に押しよせ、ゆっくり波うち渦まき、窓ガラスにむかってあとからあとからどす黒い煙の襞を打ちつけてよこした。その襞にあふれた部分からは、水滴がガラスにあとをひいて伝った。

「そのくらいの霧は、ここでは一年に幾度かあるよ」とマイルスはいらいらした声でいった。「僕は、霧の話をするために、きみにここへ来てもらったのじゃない」

エイベルは窓際から離れ、気まずそうにマイルスの前の肘かけ椅子に坐った。「そりゃ、そうじゃなかろうとも。さ、マイルス、何が気に入らないんだ？」

「〝待ち伏せ〟だよ」とマイルスはいった。「〝待ち伏せ〟が気に入らないんだ」

エイベルはがっかりしたようにうなずいた。

「ほら、おいでなすった、おいでなすった。どこが気に入らないんだね？　プログラムか？　君の名前は、一番大きい活字で組んでいるんだぜ。宣伝が不足だというのか？　君がいつと時間を指定しさえすれば、テレビでもラジオでも、お好みの番組に出演させてやる。初日の夜に僕がそういったろ——君はただ時間を指定する、そしたら僕の力のおよぶかぎり、その契約をまとめてやる、って？」

マイルスはふと、自分がその場の成行きを享楽していることに気がついた。いつもなら、こういう場合にはきっとゾッとするような不愉快を感じるのに……。「おかしなことだ——」と彼はいった。「君は今、金という文句をひと言も口にしなかったね？　それとも僕が聞きもらしたのかな？　まさか今の君の短い台詞《せりふ》を、いくら頓馬でも聞きおとすはずはないと思うが……」

エイベルはがっくり椅子の背にもたれかかり、病人のようなため息をついた。「ああ、やっぱり話はそこへ来るのか。これまでに僕と契約したスターに払った最大金額の、その二倍を払ったところで、君はきっとその話をもち出すと思っていたよ。わかった、条件をいいたまえ！」

「せっかくだが——」とマイルスはいった。「条件はないんだ」

「ない？」

「全然なしだよ」

「君は何が欲しいんだ？」エイベルは詰問した。「いったい何の話があるんだね？」

マイルスは微笑した。「僕は何も欲しくはないんだよエイベル。ただ、逃げ出したいのだ。今の芝居から、抜けさせてくれ」


　マイルスは、エイベルが慌てるところを前にも幾度か見たことがあった。かれがどんな動作をするか、一挙手一投足まで予言することができる。顔は仮面のように無表情になり、片手でマッチを探り、擦りつけたマッチの火に親指の爪が光り、吸いつける葉巻の先が赤く燃え、暗い壁にあたったマッチの光が大きくゆらめく……。エイベルはまだ自分をなめてかかっているのだ。と、マッチはエイベルの手の大きな一振りでパッと消え、その燃えかすをエイベルはまだ捨てずに、指のはらのあいだで前後にころがす。

「がんらい君は聞き分けのいい男だ、マイルス」とエイベルはいった。「このばかげたいたずらは、君の腹から出た趣向じゃあるまい？」

「僕は抜ける、といったんだよ、エイベル。今夜は無理してつとめたんだ。明日は日曜だから、月曜の夜の開幕まで、たっぷり一日かけて代わりの役者に稽古をつければよかろう」

「誰が代わりになるね？」

「ふん、さしずめジェイ・ウェルカーなんか二つ返事でとびつくぜ。やつはもともとその気で、ここ五カ月間も僕の役の台詞《せりふ》を稽古して、毎晩僕が足でも挫《くじ》きゃいいと祈ってやがる」

「ジェイにゃ〝待ち伏せ〟の役は一週間だってつとめられるものかね。それは本人の君がいちばん承知のはずだ。君のほかに、あの役をやりこなせる役者はいない。そして君はそれも承知している」

エイベルはひと膝のり出し、とうてい信じられぬというように頭をゆっくり左右にふった。「それを承知しながら、君はそういうことをいうのだ。君は米国の演劇史上最大のショウを、そんなふうにして台なしにして、あとは野となれ山となれ、っていうつもりなのか？」

マイルスは心臓がはげしく動悸《どうき》し、喉がつまるような気がした。

「ちょっと待った、エイベル。悪態をつくのはあとにしてくれ。今までの話で、一つだけはっきりわかったことがある。君はまだ、僕がなぜ抜けたがっているか、そのわけをひと言も訊こうとしないね。僕はさっき卒倒した。あるいは、僕は今後一時間以内に死んでしまうような状態にあるのかも知れないんだ。それでも君は、そんなことより君のショウを続演することのほうが大事だと思っているのだろう！　君はものごとを、そういう見方でながめたことがあるのか？」

「どういう見方だね？　僕はあのお医者さんが、もう大丈夫だというのをはっきりこの耳で聞いたぜ。それ以上僕にどうしろというんだ？　全国医師会のお偉方《えらがた》の宣誓供述書でもとってこいというのか？」

か？」

「では、君は、僕がいい加減の気紛れで仲間割れしたいといい出したとでも思っているのか？」

「おたがいに、冗談はよしにしようぜ、マイルス。君は五年前、バロウにたいして今と同じ仕打ちをした。それからゴールドシュミットに、つづいてたった一年前にはハウィー・フリーマンに対しても同じことをした。僕はよく知ってる。というのは、そのことがあったればこそ、君を今度の〝待ち伏せ〟の主役につかまえることができたのだからね。が、僕は、君に逃げられた連中は君を操縦する方法を知らなかったからだ、君がいなければ芝居が成り立たないんだってことを、しっかり腹にすえていなかったからそういうことになったのだ、と考えた。が、やはり僕の誤算だったよ。僕は大間抜けだ。君に逃げられたことのある連中は、口をそろえて僕に忠告した――『よしたほうがいい。あの男はたしかに役をやりこなして、当分はうまく行く。ところが突然、わがままになっちまうんだ』ってね。わがままだよ、マイルス。君は気まぐれっていったが、僕流《りゅう》の下品な言葉でいえばわがままだ。そうとよりほか、いいようがないじゃないか！」

エイベルは息をついた。「ただ、僕とあの連中との違いは、僕にそれまで大した芽が出たことがなかったからというのでたかをくくった君と『続演中は、降板をみとめず』の条件で出演契約をとっておいたことだ。その契約をふみつけにして、あくまでここで抜けようというのかい？　もう一度よく考えてくれないか？」

マイルスはうなずいた。「わかった」と彼は苦しそうにいった。「考えているよ。僕の考えていることを聞いてくれるかい？」

「聞かなくってどうする？　是非、お願いだ」

「僕は毎週八回の舞台のことを考えているんだよ、エイベル。一週間に八回、僕は同じ台詞をしゃべり、同じ動作をし、同じ表情をつくる。それをもうここ五ヵ月もつづけてきた。それだけつづいたことでも、君にとってはこれまで最大の成功なんだが、もしずっとこの調子で押していけるとなったら、君は五年間でもこのまま続けさせるつもりだろう。同じことをとめどもなく繰り返しつづける——まるで悪夢のような恐ろしさだ。それを我慢できるのは、君が陳腐《ちんぷ》な俗人だからだよ！　僕はそうじゃないんだ！　一時の興奮が冷めると、あとは牢獄のような苦しみだ。牢獄から逃げ出したいと思う囚人に、逃げ出したがっちゃいけないっていうのか？『一生牢屋にいろ！　そのうち好きになる』っていうつもりか？」

「牢屋だって！」エイベルは叫んだ。「今この国に、君が入れられている牢屋にはいるためなら、右の眼を抉《えぐ》ってさし出してもいい、と思わない人間があったらお目にかかりたいね！　贅沢にもほどがあるぞ」

「まあ、聞きたまえ」とマイルスはいった。彼は椅子から身を乗り出し、真剣に訴える口調だった。「初日にかかる前の、あの台所の場《ば》の舞台稽古を、君は覚えているかい？　あの夜、十回、十五回、いや二十ぺんも繰り返し稽古したことを忘れてはいまい？　あの時ぼくがどういうふうに感じていたか、君にわかるかね？　僕にはまるで地獄の責苦だった。未来永劫、あの台詞《せりふ》と所作《ふり》を繰り返させられるような気がした。僕がいう牢屋とはそのことなんだよ、エイベル。同じことを、背景も同じ舞台の上で、幾度となく繰り返させられる。それをやらされる当人は、『くそッ！』と悪態をつくことも許されない。観客のご機嫌を損じるからだ。わかってくれるかね？　それがわかるなら、僕が〝待ち伏せ〟をどう感じているか、わかってくれるはずだ！」

「わかったよ」とエイベルはいった。「ところで僕の金庫の中には、例の『続演中は、降板をみとめず』の契約書が大事にしまってあるんだ。舞台稽古の繰り返しが地獄の責苦だ、と君はいうが、その見解が俳優組合《イクイティ》の前でも通るかどうか、試してみるといいよ。たぶん組合の審判委員の考えは、君とは多少ちがうと思うがな」

「おどかしてもだめだよ、エイベル」

「おどかしだって？　ばかな。僕は契約違反で君を訴えてやるよ。本気だぜ、マイルス」

「それもよかろう。だが、病人を相手に俳優組合の訴訟に勝つのは難しいぜ」

エイベルは冷酷な表情でうなずいた。「君は、きっとそこへ逃げるだろうと思ったよ。するとと僕は病人を酷使する人でなしだってことになる」彼は目を細くした。「ということはまた、別の見方も成立つということだ。玄関のまえで君がほんのしばらく気を失っていたということ、そこへうまく医者が通りかかって君を家に運び入れ、それを目にした証人は二十人も揃っている。うまくこしらえたな、マイルス。だが君のわがままを通すためには、そんな見えすいた小細工と、そこいらのインチキ藪医者じゃちょいと不足だろうよ」

マイルスはこみ上げてくる憤怒で呼吸がつまりそうだった。「これをぼくのトリックだと思うのはきみの勝手だが――！」

「あら、何がトリックですの？」ハリエット・セイヤーの愉しそうな声が背後に聞こえた。ハリエットとベンの二人が扉口に立って、好奇心に浮きたった態度でマイルスのほうを見ていた。痩せこけてノッポのベンがなよなよと小娘めかしたハリエットに寄り添ったところは、いかにも不釣合な一組だが、それにもまして二人の詮索好きな、田舎者じみた馴れなれしさは、まるで指の爪が石板を掻きむしるように、マイルスの神経をいらだたせた。

「なんですか、とても興奮なすって、面白いお話のようですわね」とハリエットはいった。

「どうぞ、ご遠慮なくおつづけあそばして」

エイベルは震える指でマイルスをさした。「そういわれても、君たちだって二の句がつげなかろうよ」と彼はいった。「二度とはいわない、よく聞きたまえ。ここにいるこの男は、二度と〝待ち伏せ〟の舞台に出たくないというのだ。君たち二人で、できるものならこの男の気を変えさせてごらんよ！」

ベンはわが耳をいぶかしむように、疑わしそうにマイルスをみつめた。マイルスはその様子に、いつもながら驚嘆せずにはいられなかった。ともかく〝待ち伏せ〟の台本にもあるような、気のきいた台詞《せりふ》の幾行かは思いつけるベンともあろう才人が、いざ自分が事件の渦にはいると、なぜこうも反応がのろいのだろう？

「だが、そりゃできないぜ、君」とベンはいった。「だって君の出演契約は『続演中は、降板をみとめず』だったろう？」

「そうさ」とエイベルは嘲った。「だが、この男は病人なんだ。ひっくり返って気を失った——君だって見たろう？」

ハリエットはぼう然としてうなずいた。「ええ。ですけどまさか——」

「そうだとも」とエイベルはいった。「この男はいいかげんな芝居を打とうとしているんだ。金はたんまり入ったし、大々的な宣伝のおかげで名前は売った——だからもうあとはどうでもいいというつもりなのだ。それだけのことだよ。結構なご身分さ」

マイルスはその手ではげしくエイベルの椅子の肘かけを叩いた。「よかろう——」と彼はいった。「君はもうだいたい言いたいことを言いつくしたらしいから、こんどは僕のほうから訊こう。もし〝待ち伏せ〟が本当にいい芝居だったら、僕というたった一人の役者がやめたからって、それでだめになっちまうといったものではなかろう？　君は、お客のうちたった一人だって、君のケチな芝居を見にくるんじゃないってことを考えたことがあるのかい？　お客はただ、あの芝居の中の僕の演技を見にくるんだよ。〝待ち伏せ〟だろうと〝ちんぷんかんぷんのたわごと〟だろうと、僕が舞台に出さえすればお客はくるんだ！　もともと一人芝居の主人公の立役者がいやだというものを、無理にやらせる権利が誰にあるものか！」

「いいえ、〝待ち伏せ〟はいいお芝居だわ！」とハリエットが叫んだ。「あなたが主役をお演《や》りになった中で、いちばんすてきなお芝居だわよ。もしそれがおわかりにならないなら――」

マイルスはもう、われを忘れてどなりたてた。「そんなら、誰かほかの者をひっぱってきて演らせたらよかろう！　僕にしてみりゃ、そのほうがずっと気が楽だ！」

ベンは両手をつき出し、相手に掌をむけて、弁解するようにいった。「だがマイルス、たまたま君が最初にあの役をやったために、観客の頭の中ではきみ即ちあの芝居の主人公という固定観念ができて、今さら取り代えはきかなくなっているのだよ」と彼はいった。「それに、僕の身にもなってみてくれよ、マイルス。僕は十五年間も芝居を書きつづけてきて、今度が初めての当たりなんだ……」

マイルスは立ちあがって、ゆっくり相手の前に歩み寄った。「ばかだな――」彼は柔らかい声でいった。「君には、ひとかけらほどの自尊心もないのかい？」

彼は書斎を出ると、荒々しい音をたてて背後に扉を閉めきり、それ以上どんな言葉にも耳をかすまいとした。

パーティーに集った人々はいくつかの小さな群れにわかれ、口々に何か喋り合って、その声が波のように高まったり、低くなったりしているが内容は聞きとれない。そして煙草の紫煙が、床と天井の中間に一面にわたした透明の敷物のようにただよっていた。誰かピアノの上で盃をひっくりかえしたな、とマイルスはみてとった。その雫《しずく》はピアノのマホガニーの側板に糸をひき、下まで垂れてウィルトン絨毯に汚点をつけていた。トミイ・マクゴウアンと、その最近の情婦——いずれノーマとかアルマとかいう名の、熟れすぎた金髪女は、床の上に坐りこんで蓄音器のレコードを選りながら、いまにも崩れそうな高い山に積みあげ、あるいはひと目見て気にいらぬ分をポイとわきへ放り出したりしている。食卓はそれこそつむじ風《サイクロン》に襲われたようなありさまだ。からになった皿が幾枚か置き放しになって、残っているのはパンのかけらくらいのものだ。ふん、今夜のパーティーも大盛会だったな、とマイルスは心中に毒づいた。

が、その部屋にこもった熱気と興奮も、どうやらマイルスが書斎から身につけてきた寒気を消し去ることはできないようだった。彼は両手をゴシゴシこすり合わした。けれども効果はなかった。そして彼は、そのことに気がつくと同時に、ちくりと胸に痛みを感じた。自分の肉体に、ほんとうに故障ができたのだったらどうなるだろう？　リリイは病人の男にかかずらわって、子守りの真似ごとをするような殊勝な人間ではない。だからといって彼女を咎めるべき筋合いはなかった。いや、相手がリリイでなく他の誰であろうと、そうするいわれはない。とすれば、医者に診察なんかさせるのは考えものだ。もしどこかに故障があるとしても、そうと知らされるのは真っ平ごめんだ！

「何かお気にかかることがあるようですな？」

その声の主はマース博士だった。博士は壁からわずかに離れたところで、よりかかるともなく反った姿勢をとって、両手をポケットにつっこみ、しげしげとマイルスを観察していた。まるでこいつは、ろくでもない学者が顕微鏡で虫を検《しら》べるような目つきをしやがる、とマイルスは腹だたしく思った。

「いや」とマイルスは打ち消した。が、もっといい思案を思いついて言い直した。「実は、おっしゃるとおりなのです」

「ははあ？」

「どうもまともでない感じなのです。あなたはさっき大丈夫といわれましたが、どうも本調子でありません」

「おからだのほうですか？」

「むろん、からだですとも！　あなたは何をおっしゃろうというんです？　精神が異常だとか何とか、でまかせを押し付けるつもりなんですか？」

「わたしは何も申すつもりはありませんよ、オウエンさん。あなたのほうからわたしに話しておいでなのです」

「なるほど。では伺いますが、あなたはなぜそう自信満々なのです？　診察もせず、X線もかけず、なんにもしないのになぜそう無造作に『大丈夫だ』と安うけあいをなさるのです？　あなたはどんな立場からものをおっしゃっておられるのですか？　今のところは体に別条がないというところに落ち着いていますが、もしわたしがあなたの仕掛けた罠にひっかかって、結構な、こみ入った、金のかかる精神分析をお願いしたら、あるいは——」

「おやめなさい、オウエンさん——」マース博士は冷たい声でいった。「あなたは何かの困難にひしがれておいでになって、それで礼儀作法をかえりみる余裕がないのだ、として我慢しておきましょう。けれども、あまり空想をたくましくなさってはいけませんな。わたしは精神分析はやりません。やる、と申した覚えもありません。わたしは病気の治療なんぞこれっぽっちでも職業にしているわけではありません。わたしが常づね相手にするのは、お気の毒に、もはやどんな治療も受け付けない状態におちいってしまった人々で、その人々にたいするわたしの関心は、まったく学究的なものに限られています」

「あ、いや」マイルスは切迫した声でいった。「ご免ください。まったく申し訳ありません。どうしてこんなふうになるのか、自分でもわけがわかりません。たぶん原因はこのパーティーです。わたしはこのパーティーというやつが大嫌いなんです。いつもいやなことだらけです。いや、原因が何であれ、あなたにその結果の不機嫌をぶちまけるなんて、このとおり心からお詫びします」

博士は重々しくうなずいた。「かまいません――」と彼はいった。「わかってさえいただければそれで結構」それからかれは神経質らしくその指で禿頭を撫でまわした。「そのほかに、もう一つ申し上げたいことがあるのです。が、あなたを非難するように受けとられるかも知れないので――」

マイルスは声をたてて笑った。「どうぞ。今の借りがありますから、そうなってもあいこですよ」

博士はしばらくためらい、それから書斎のほうを目でさした。

「いいにくいことですが、オウエンさん、あの部屋でのお話の成り行きを立ち聞きしてしまったのですよ。わたしはわざわざ盗み聞きするようなはしたない真似はしません。が、あなたがたの議論は――なんというか、その、かなり激しいお声でしたからな。ここにいても、しぜんに耳に入らずには済まなかったのです」

「それで？」とマイルスは用心ぶかく訊いた。

「あなたの現在の状態を解く鍵は、オウエンさん、あの議論の中にあるのです。一言にしていえば、あなたは逃げようとしておいでになる。あなたは、あなたのいわゆる陳腐なことの繰り返しに堪えきれないと感じ、そこから逃げ出そうとしておいでになる」

マイルスはむりに笑顔をつくった。「わたしのいわゆる、とおことわりになるのはどういう意味です？　ほかに言い方がありますか？」

「わたしはあると思います。わたしにいわせれば、それは責任というものです。そしてある人の一つの行為は、たいていその人のそれまでの生涯を象徴しているものですから、今の例で判断すれば、あなたはこれまでもいろいろな種類の責任から逃れることで一生の大半を費やしてこられた、と申すことができます。けれども、オウエンさん、どんなに遠くへ、またどれほど速く逃げ出して行っても、あなたは遠からずまた同じ問題に繰り返し悩まされるだろう、と申しあげたら、あなたはびっくりなさいますか？」

マイルスはその拳を、握ったり開いたりした。「なるほど」と彼はいった。「しかし他人に迷惑はかけませんよ」

「そこがあなたの間違っておいでの点です、オウエンさん。あなたが芝居の中のご自分の役を放り出されたら、その芝居に関係のあるあらゆる人々に影響をあたえ、ひいてはその人々と関係のあるまた別の人々に影響せずにはすみません。たとえばご婦人との交渉にしても、あなたはいろいろ遍歴を重ねておいででしょう。けれども相手のご婦人とて、魂のぬけた人形ではありません。そのご婦人がたも、それぞれ異なった動き方をします。そしてその動き方いかんによっては自分自身を傷つけ、あるいは他人を傷つける結果になりかねません。お気にさわったら勘弁してください、オウエンさん。ただ申しあげたいのは、石を水の中に放りこんだら、波紋をたてずにはすまない、ということです。

つまり、あなたのいわゆる陳腐なこととの繰り返しとおっしゃる言葉は、ある状況に、ご自分だけをあてはめて考えるところから出てきます。そしてわたしが責任という場合、それにあらゆる人々をひっくるめて考えているのです」

「それで、処方箋には何と書いてあるんです、先生？」マイルスは問いただした。「自分が逃げ出す途中で、誰かの足を踏むかも知れないというので、呼吸もできないほど狭苦しい檻にとじこめられたまま、海の底へ沈んでしまえといわれるのですか？」

「逃げ出す、って？」と博士はあきれたようにいった。「あなたは、本当に逃げおおせると思っておいでなのですか？」

「世の中には、あなたのご存知ないこともあるものですよ、先生。ま、わたしのすることを見ていてごらんなさい」

「わたしはしっかり目をみはって見ていますよ、オウエンさん。といっても、さきほども申したとおり、純粋な学問的な見地からですがね。狭苦しい檻、と本人が勝手に名付けたその檻から、逃げ出そうともがいている男を眺めているのは、おそろしくも興味をそそられることです。実は本人は、その檻をあちこち自分で担《かつ》ぎ廻っているだけなのですがね」

マイルスは思わず手をあげかけて、また力なくわきに垂らした。「つまり先生は――」とかれはあざ笑うようにいった。「硫黄の壁で畳まれた昔ながらの底なし地獄に、もっと住みよい、すばらしい場所を求めて逃げ出す望みなんか捨てて、安住せよとおっしゃるのですね？」

博士は肩をすくめた。「そのとおり。だがそういってもあなたは信用なさいますまいが……」

「信用するもんですか」とマイルスはいった。「絶対に！」

「実をいうと、オウエンさん——」といって博士は微笑した。するとその顔は、また福々しい、無邪気な子供のようになった。「わたしは、あなたがとうていわたしのいうことなんかきくまいと知っていたのですよ。だからこそ、お話ししてみる気にもなったのです」

「なるほど、純粋に学問的な興味からですな？」

「さよう」

マイルスは哄笑した。「いやはや、あなたも相当なお方だ。もっと深いお近付きになりたいもので」

「なりましょうとも。ところで、オウエンさん、どなたか先刻からあなたの気を惹こうとしておいでのようですよ。それ、あそこのドアのところで」

マイルスは博士が指で示したほうに目をやったとたん、心臓がとまるほどの驚愕におそわれた。彼はただ、ほかに誰も気がつかずにいてくれるように、と祈りながら大急ぎで部屋を横切り、玄関へ通じる廊下からその部屋にはいってこようとしていた女を、自分の体でさえぎって押し戻した。彼は女の背中を壁に押しつけるように詰めより、怒りに任せてその両肩をつかんではげしくゆすぶった。「気でも狂ったのか？」と彼は叱責した。「その風体をこんなところまで見せつけにやってくるほど、考えなしなのか?」

彼女は身を捻って相手の手をかわし、今つかまれた襟のあたりを、指さきで丹念につくろった。そのコートは、マイルスがひと月分の収入を投げ出して買ってやったものだった。

「まあ、随分お優しいご挨拶だこと。それがお宅でお客さまをお迎えになる礼儀ですの?」

廊下のほの暗い明かりに透かしても、彼女の容姿は人目をうばうに足りた。梔子《くちなし》にもまがう蒼白の顔に、頬骨高く、唇をすねるようにゆがめて、怒りのこもった流し目で彼を射た。彼はへなへなとなった。

「わかった。僕が悪かった。あやまるよ。だが、リリイ、考えてみてもくれないか、あの部屋にはブロードウェイきってのお喋りが、二ダースほども集まっているんだぜ。君が僕との仲を宣伝したいと本気で思うんだったら本職の宣伝屋に頼むがいいさ!」

彼女はすでに自分が勝ったことを自覚していた。「そんなこと思ってやしなくてよ、あなた。ちっともそんなこと思ってやしないわ。下卑《げび》た蔭口のたねになるなんて、ご免だわ。本当にわたしたちはそんな汚らわしい間柄じゃないんですものね?」

「――じゃないことは、君が誰よりも一番よく知ってるはずだろう、リリイ。だが、もうすこし頭をはたらかしたまえ。人の口に戸は立てられないんだから」

「でも、あなた、一つ言《こと》をうんざりするほどいわされる身にもなって頂戴な。ここふた月というもの、わたしに同じことばかりいわして、ちっとも実行してくださらないじゃないの」

マイルスは怒った声でいった。「それはいつもいうとおり、何もかもきちんとことを運びたいと思うからだよ。たった今エイベルに、仲間から抜けるってことをいってやったところだ。ハンナにも話すつもりだったが、このとおりパーティーの混乱でその暇がなかったのだ。明日あれと二人きりになれたら、きっと――」

「そう？　でも明日って日は、なかなか来ないかも知れないわよ――あなたが思ってらっしゃるようには」

「それはどういう意味だね？」

彼女は財布をさぐって、中から一通の封筒をぬき出した。そして相手の鼻さきで、あきらかに勝利の色をみせてそれを前後にひらひらさせて見せた。

「意味は、この中にあるわ。外国向け航路の、予約切符が二枚よ。出帆は明日の朝。どう？　あなたが思っておいでになるほど、たんと時間はなくってよ」

「明日だと！　船室予約係は、ここひと月ほどはとうてい乗船できる見込みはないといったじゃないか！」

「あの新米は、他の人の予約取消しがあるかも知れないってことを勘定に入れていなかったのよ。これだってたった二時間前についたばかり、受け取ってすぐここまでとんでくるのに、ちょうどそれだけ時間がかかったのよ——霧がこんなにひどくなければ、それだけ早く来られたはずなんだけれど。わたし車を外にとめてあるのよ、マイルス。何でもいいから、当座の手廻り品だけを鞄に詰めて、あと要るものは船に乗ってから都合なさればいいわ。わたし、どうしてもあなたを連れて行かなくちゃ。だってあなたがおいでになっても、ならなくても、わたしは明日の船で発つことにきめているのよ。でも、わたしがそう決心したからって、お責めになれて、あなた？　だって二人とも、こうしてる間にも年とって行ってるんですからね」

彼は乱れた心をひきしめようともがいた。彼はハンナの投げかける蜘蛛の糸の束縛から逃れようとした、が。どうやらつぎの束縛が、すでにその前途に網を張って待ち構えているようではないか。逃げる——と博士はいったっけ？　いつも逃げ廻り、それでいて決して安住の場所はみつからない、と。彼はその腕に、足に、体全体にたまらない疲労の重みを感じた。あまり逃げ廻ったその疲れが出てきたのだ。

「さあ——」とリリイはせきたてた。「心をおきめなさいな、あなた」

彼は額の冷汗を拭った。「車はどこにある？」

「道の、このちょうど真向かいよ」

「よかろう」とマイルスはいった。「君は車の中で待っていたまえ。ただ、じっと乗って待ち、警笛を鳴らして呼びたてるとか、そうしたことはいっさい禁物だよ。十分もしたら出てくる。いくら長くても、十五分以上かかることはあるまい。いずれにせよ、僕のものはあらかた町に置いてあるんだ。波止場へ行く途中で拾えばよかろう」

彼は玄関の扉をあけ、おだやかに女をそちらへ押しやった。

「車までは、手さぐりで来なければならないわよ。こんなひどい霧は、あとにもさきにも初めてだわ」

「大丈夫だよ」と彼はいった。「君はただ、おとなしくして待っているんだ」

彼は扉を閉め、それにもたれかかって、相変わらず喉もとに向かってこみ上げてくる不快感とたたかった、つぎの間《ま》からは騒々しい話し声に、時折ばか笑いの金切り声がまじり、おまけに音量をいっぱいに上げた蓄音器の音楽が響いてくる。なにもかもわざと彼の意志にさからい、彼を独りきりにしてくれず、思考の統一をさまたげようとしているかのようだった。

彼は酔いどれたような足どりで二階に上り、寝室に入った。旅行鞄を引き出し、手あたりしだいにあたりの物をつかんで詰めこみはじめた。シャツ、靴下、簞笥の上の宝石箱の中身……。彼は全身の重みをかけて上から押さえつけ、できるだけ余分に詰めこもうとして格闘した。

「何をなさっていらっしゃるの、マイルス？」

彼は目を上げなかった。そういった相手の顔に、どんな表情がうかんでいるか、彼には見なくてもわかっていた。見たくなかった。いや、見るにたえないのだった。

「僕は出て行くんだよ、ハンナ」

「あの女のかたと？」ぼんやりした、それと聞き分けられないほどの囁きだった。

いきおい彼は相手を見上げなければならなくなった。透きとおるように白い皮膚に対照して、いっぱいにみひらいた青い瞳がかれを見つめた。その手は無意識に、胸もとの装身《オーナメ》具《ント》をもてあそんでいた。それは彼女と結婚する一週間前、五番街の店で彼が買って贈った、銀製の喜劇仮面の雛型だった。

彼女はいぶかしげにいった。「あたくし、あなたがあのひととといっしょに、廊下にいらっしゃるのを見ましたの。何もせんさくする気じゃなかったのよ、マイルス。ただ先生に、あなたはどこにいるのかって訊いたら――」

「おやめ！」とマイルスは叫んだ。「君は、なにも僕に弁解する必要はないじゃないか！」

「でも、やはりあのひとなのね？」

「ああ、そうだ」

「で、あなたは、あのひとといっしょに行っておしまいになるの？」

彼は両手を鞄の蓋の上においた。頭を垂れ、目を閉じ体重をそこにかけながら、思いきって吐き出した。

「そうだ。そういうことになるんだよ」

「いいえ！」彼女は突然熱した声でさけんだ。「あなたは本当にそうなさりたいんじゃないんだわ。あんなひとなんか、あなたといっしょに暮らす値打ちがあるもんですか。ご自分でもよくご存知のくせに。この世のなかで、あなたにふさわしい女は、このあたくしをおいてほかにありません！」

彼は力をこめて、鞄の蓋を押さえた。カチリと音をたてて錠がかかった。

「ハンナ、こんなところへ上がってこなければよかったのに。いずれ手紙で、よくわけを書いて説明するつもりだった――」

「説明なさるって？　何もかも万事手遅れになってしまってからね？　ご自分のなさったことが、とりかえしのつかない間違いだったとおわかりになってからね？　あたくしのいうことをお聞きになって、ね、マイルス。聞いてよ、お願い。あたくし、あなたを愛していればこそ、心底から真剣に申し上げるのよ。あなたは今たいへんな間違いをなさろうとしているのよ」

「身をもってそれを試すよりほかないのだ、僕は」

彼は立ちあがった。彼女は彼の前につめより、その指で食い入るように彼の腕を握りしめた。「あなた」と彼女は囁いた。「あたくしの目を見て、あなた、あたくしの気持ちがおわかりにならないの？　こんなふうにしてあなたに行かれてしまって、なんの生き甲斐もない世界にひとりぼっちで置き去りにされるより、いっそ二人とも死んでしまったほうがましだ、とあたくしが思うことがおわかりにならないの？」

たまらない。これだ、まごまごしていると、逃げ出す力を搾りとられてしまう、がんじがらめの蜘蛛の糸に。が、彼は力をふるいおこした。けだものじみた力をふるって相手をつき放し、その拍子に彼女がよろよろと箪笥によろめきかかるのを惑乱した視覚のうちにとらえた。その時だ、彼女はくるりと向き直り、ふたたび男に直面した。その手には拳銃を構えていた。それは女の手の中で、冷たく、青く光った。そして彼は、その手がぶるぶるとふるえているのをみとめ、彼女もまた彼に劣らずその拳銃を怖がっているのだということを知った。なんたる滑稽な、みじめな、グロテスクな猿芝居！　この思いが彼を打ちのめし、それが恐怖をうちけして、黒い憤怒をかきたてた。

「そいつを下ろせ」と彼はいった。

「いやよ」その声は、かろうじて聞きとれるばかりだった。「あなたが、行くのをやめるとおっしゃらないかぎりは」

彼は女に向かって一歩ふみ出し、相手はそれにつれて同じく一歩箪笥のほうへ後退《あとずさ》りした。その手には、依然として拳銃が構えられていた。彼女はまるで、だまして玩具をとりあげられまいと抗う子供のようだった。彼はそこで立ちどまり、誇張した無関心をよそおって肩をすくめた。

「ばかな真似はおやめ、ハンナ。役者が舞台の上でそういう芝居をすれば、報酬をもらえる。だが、内輪どうしの芝居は一文にもならないよ」

彼女の頭は、のろのろとあてのない動きで左右に揺れた。「あなたは、まだあたくしが本気だと思っていらっしゃらないのね。マイルス？」

「ああ、思わないね」

彼は相手に背中を向けた。その瞬間、背後で轟然と銃声が鳴ることをなかば予期しながら、肩甲骨のあいだに戦慄が走った。が、何事も起こらなかった。彼は鞄をとりあげ、扉口に向かって歩いた。「さようなら、ハンナ」と彼はいった。ふり向いてもう一度彼女を見ることはしなかった。

膝ががくがくして、一歩ずつ足もとをたしかめながら進まなければならなかった。階段の下で、鞄を片方の手から別の手に持ち替えようと立ちどまり、そこに帽子を片手に、コートを腕にかけてマース博士が立っているのに気がついた。

「ははあ？」と博士は問いかけるようにいった。「あなたも、いよいよこのパーティーにおさらばなさるおつもりらしいですな、オウエンさん？」

「パーティーにおさらば、ですと？」彼は、短く、痛烈な笑い声をあげた。「いや、悪夢におさらば、と言い直して下さい、先生。お客であるあなたにこんなことを申し上げるのは憚《はばか》られますが、あなたならばこの一時間がわたしにとって、一歩一歩泥濘に深くはまりこんで行くような悪夢だった、と申し上げてもわかってくださるでしょう。わたしがおさらばしようとしているのは、その悪夢なのです。だから、そのためにわたしが嬉しい解放感に酔っているからといって、あなたはお咎めになりますまい、ね、先生？」

「いや、いや」と博士はいった。「お気持ちはよくわかりますよ」

「外で車が待っています。もしどちらかへおいでなら、お送りを――」

「いや、ご心配なく」と博士はいった。「わたしはそう遠くへは参りませんから」

二人はいっしょに玄関を出て戸外に足をふみ出した。霧がどっと押し寄せ、つめたく、湿っぽく二人を包みこみ、マイルスはコートの襟をたてた。

「いやらしい天気だ」と彼はいった。

「まったく」と博士はあいづちを打った。彼はちらりと腕時計をながめ、ひと足さきに立って、まるで海象《セイウチ》が雪の吹き溜りの中にもぐりこむように、のしのしと階段を下りた。

「では、いずれまた、オウエンさん」と彼は呼びかけた。

マイルスは彼が霧の中に姿を没するのを見送ってから鞄を持ちあげ、鼻の周囲に押し寄せてくる湿気に襟を立てて、階段を下りかかった。最後の段を踏みしめた時、彼は背後でドアの開く音と骨まで凍りつくような恐ろしい囁き声を聞きとめた。

彼はふりかえった。予期したとおり、それはハンナだった。未だに拳銃を握りしめて、扉口に立ちはだかっている。が、こんどは両手でしっかりと構え、その構えにはほんものの、動かしがたい敵意がこもっていた。

「あなた、あれほどいったのに、わかってくださいませんでしたのね、マイルス」彼女は子供が読本でも暗誦するかのように、一句ずつ区切っていった。「あなた、とうとうわかってくださいませんでしたのね」

彼は絶望したように両手をつっぱった。

「やめろ！」彼は憑かれたように叫んだ。「待ってくれ！」

それから彼は耳を聾する銃声を聞いた。煙硝の匂いがさっと面《おもて》を刷き、重い衝撃を胸に受けると、見るみる世界が視野の中にかすんで行った。その中にただ一つ、それと見分けられるものの形が映っていた。まぼろしのようなその影はおもむろに近づき、そこに倒れたマイルスの上におおいかぶさるようにかがみかかった——その顔には冷酷な無関心をあらわす悪魔的な表情をうかべて……マース博士！

その瞬間、マイルスはすべてを諒解した。自分は前にもここにこうしていたことがある。これまでに幾百回となく同じことを繰り返してきた。そしてこれからもかぎりなく同じことを繰り返して行くことだろう。舞台の幕ははや下りかかっていた。が、それがもう一度上がる時には、舞台装置はまたもとのパーティーの場に組み直されている。悲劇はまさに彼が真実この生きながらの地獄に幽閉されており、幕が下りるこの瞬間、それをみずからの演技によって痛切に味わい知るとともに、未来永劫おなじ絶望の歯車の踏み板を踏みなからのたち廻る、おのれの運命の姿をまざまざと見せつけられることにあった。が、やがて喝采が静まるとともに真の暗黒がとざし、せっかく明らかになった芝居ともつかず、現実ともつかぬからくりを、またうっかりぬぐい去ってしまう――つぎの開幕まで。

「やあ、気がついたらしいぞ」とその声はいった。

彼は落ちて行った。石のように冷たい、真っ暗な空間に両手をつっぱり……。

専用列車
Broker's Special

ウォール街の株式仲買人コーネリウスが帰宅するのに〝株屋の専用列車《ブローカーズ・スペシャル》〟で通る例の列車以外の列車を利用することは幾年来に初めてのことだった。〝専用列車〟は彼の性に合った列車だった。その乗客は彼の同類だった。会社の重役や、いずれその道の玄人や紹介されなくてもお互いに相手が何者であるかを知り、口をきかなくても理解し合える、実力と威厳とを兼ねそなえた男たちだった。

もし上院議員閣下の晩餐会に招かれたのでなかったら——と、コーネリウスはひるがえって思いをめぐらせた。けれども議員閣下はどうしても来てくれと言ってきかなかったので、およそ忌むべきものの最たるもの——週なかばの晩餐会というやつから逃れるすべはなかったのである。そしてもちろん例によってうんざりさせられる着替えをしに、いつもより早い列車で帰宅する必要からも、過食と飲み過ぎの一夜からも、はたまたその結果たる翌朝の苦悩の一切からも、逃れるすべはなかったのだ。

かかる悲観を胸にいだいてコーネリウスは列車からのろくさとお馴染みのプラットフォームに下り立ち、自分の車のほうへ歩いて行った。二台ある車のうちクレアはステーション・ワゴンのほうがお気に入りなので、駅と家との往復に彼はセダンを使うことにしていた。二年前に二人が結婚した当初、彼女は彼を駅まで送り迎えする運転手の役をつとめたがったものだが、その思いつきは何となく彼の気持ちにぴったりこなかった。毎朝、駅の前で公然と妻に行ってきますのキスをする他の連中の様子に、そこはかとなくみだりがわしいものがつきまとっているように、いつも彼には感じられてならず、その連中と同じ立場にわが身をおくことを考えると、背筋が冷たくなるような当惑に襲われたからだ。けれどもクレアに向かっては、そうは言わなかった。彼はただ、自分は家政婦や運転手が欲しくて彼女と結婚したのではない、と言っただけだ。彼女は自らの人生を享楽すべきであって、それをいたずらに不必要な義務でなしくずしにしてしまってはいけない、と。

普通だったら、田舎道を家まで車で十五分たらずの道のりだった。けれどもそれまでですでにいい加減腹がたつその日の出来事の進行に歩調を合わせるかのように、彼は今一つ思いがけない邪魔にぶつかった。公道から外れた枝道を一マイルかそこら行くと鉄道の幹線に交差する。遮断器もなく番人も立っていない踏切だが、赤い灯がついていて、コーネリウスの車がそこにさしかかった折も折、警報器がしつこく鳴りしきっていたのだ。彼はブレーキをかけ、なかなかおしまいにならない一連なりの貨車の列がごっとんごっとん通り過ぎる間、いらいらしてハンドルを指で叩きながら坐っていた。それから、ふたたび発車させようという矢先に、その二人が目にはいったのだ。

クレアと、それから一人の男だった。彼の妻と誰か一人の男がステーション・ワゴンに同乗して、彼の車と擦れちがって町にむかって驀進して行ったのだ。男のほうが運転していて、大きな、金髪の男で、海賊のように威張ってハンドルの前にふんぞりかえって、片腕をクレアの体にまわし、そのクレアはといえば目をつぶって頭をその男の肩にもたせかけている。また彼女の顔には、コーネリウスは一度も見たことがないけれども、見たいものだと時おり夢想したことがある、一種の表情がうかんでいた。二人はまるで閃くように通り過ぎてしまったのだが、その残像はまるでフィルムに写る写真のように鮮やかに彼の脳裡に焼きつけられた。

信じまいぞ、と、彼はまるで信じられぬもののように自分に向かって言った。絶対に信じてやらんぞ！　けれども残像はすぐ目の前にあって、のみならず刻々にして鮮明の度を加え、見れば見るほど、おそろしいばかり生き生きとしてくるのだ。クレアを我がもの顔に占有した男の腕。それを受け入れる表情の彼女。あるまいことか官能的な受け入れの表情だった。

今やどうしようもなく怒りにふるえ、血がこめかみで鳴る音を聞きながら、彼は車をかえして二人のあとをつけて行こうとしかけた。ところがそこで力が抜けた。二人をつけて、どこへ行く？　むろん町へだ。そしてきっと駅で男はつぎのニューヨーク市内行きの列車を待つという段取りになるにちがいない。そして、それから？　はなばなしく一揉めか？　痴話喧嘩か？　あの二人もだが、自分もまたもろともに、人のもの笑いになるか？

どんなことにもたじろぎはしないが、そういう不面目ばかりは我慢がならなかった。そもそも彼がクレアと結婚して、そのことで友達仲間が彼を指さして笑っていることを知っただけでも、恥かきはもう十分だった。彼ほどの身分の男が、自分のつかっていた女秘書と結婚するとは！——自分の半分ほどしか年端《としは》のいかない小娘と！　今はもう彼はみんなが何を笑っていたのかを悟っていたけれども、その当時には目がくらんでいた。オフィスで用事をとりはこぶ彼女は、いかにも冷やかな他人行儀な雰囲気を身辺にただよわしていた。坐って彼の口述を筆記しながら、とり澄ました威厳を崩さなかった。服装も地味で——彼が初めて晩餐に誘った時、彼女はまるで生まれて初めてのデイトに誘われた娘のように、うぶらしくどぎまぎしてみせたものだ！　まったくうぶらしく！　それなのに、あの女はきっと腹の中で始終おれを笑っていたに違いないのだ、と彼は憤然として思った。あの女も！　ほかのやつらと一緒に！

彼はゆっくり車を走らせて家に戻った。怒りのあまりほとんど何一つ目にはいらないほどだった。家はからっぽで、もちろん、今日は木曜日だったっけ、と彼は合点した。木曜日は使用人に暇を出す休日で、つまりクレアの目的に完全に合致する日ということになるわけだった。彼はまっすぐ書斎へ行き、そこの机に向かって坐り、一番上の引出しの中には彼の拳銃――銃身の短い三八口径の拳銃がはいっていて、それを彼はゆっくりとり上げ、その冷たい重量を手のうちにはかりながら、それから伝わってくる力の感じをゆっくりと味わった。それから不意に彼の思考はいつかヒリカー判事から聞いたあること――その老人が〝株屋の専用列車〟で彼の隣席に乗り合わした時に聞かせてくれた、奇妙に興味深いあることにもどって行った。

「ピストルだって？」ヒリカーはいったものだ。「それとも短刀か？　あるいは鈍器で殴りつけるか？　そんなものはみんな窓から捨ててしまうがいい。わたしにいわせりゃ、完全な凶器はたった一つきり――というのは、自動車だよ。調子よく動きさえすりゃ、どんな種類のでもいい。何故かって？　勢いよく走っている車というものは、誰といわず衝突した相手を殺すことができるからさ。そしてその車からおりてきた運転者が申し訳なさそうな顔さえしていれば、みんなの同情はすっかり彼にあつまり、そもそも車の鼻先なんかに居合わせるべきでなかった、地べたにころがっている厄介そのものの死骸なんかにはちっとも向けられない。酔っぱらい運転か、それとも華々しい暴走中の事故というのででもない限り、自動車の運転者はこの国じゅうの誰でも自分の望みの相手を殺害することができ、その報いとして科せられるものといったら、ほんのしばらくの間の当惑と、気にかけるにもたりないような微罪に過ぎない。

いや、まったく、考えてみると——」と判事はつづけた。「たいていの人間にとって、自動車というものは一種の神のような存在で、もし神様がたまたま自分をお打ち倒しになったとすれば、それは運が悪かったのだと諦めるほかはないのさ。だからわたしは、街路を横ぎる時にはいつも短いお祈りをとなえることにしている」

ヒリカー判事の皮肉調の長談義には、もっといろいろのことが含まれていたが、そんなことはコーネリウスとしては思い出す必要がなかった。必要なことはもう思い出してしまったので、彼は極めて用心深くその拳銃を引出しにしまい、引出しを閉めて鍵をかけた。

彼がまだ机に向かって考えこんでいるところへクレアがはいってきたので、彼はつとめて冷たい第三者的な目で彼女をながめた。彼をばかにしつづけてきた輝くばかり美しいその女は、今ばかでかい買物の袋を胸にかかえ大きな目をみはってドアのところに立っていた。

「車が車庫にあるのが目についたものですから——」と彼女は息もつかずにいった。「何か間違いでもあったのかしらと思って。このところお体の加減もよくありませんでしたし……」

「体の具合はいいよ」

「でも、こんなに早くお帰りになって。こんなに早いお帰りは初めてじゃありませんの」

「これまでは、週なかばの宴会なんぞ受けつけないように、うまくあしらってこられたのだよ」

「あら、まあ――」と彼女は喘いだ。「宴会！　どうして思い浮かばなかったのかしら。今日は一日じゅうとても忙しくて……」

「ほう？」と彼はいった。「どんなことで忙しかったんだね？」

「あの……今日は一人も手助けがいないので、家の中のことをすっかり自分でやって、それから調理場をのぞくと入り用な食料品が揃っていないことに気がついたものですから、大急ぎで町へ買物に出かけましたの」彼女はふくらんだ紙袋を顎でさした。「これを片づけてしまいましたら、すぐにお風呂の支度をして、お出かけのご用意をととのえますわ」

立ち去って行く彼女を見送りながら、彼は衷心《ちゅうしん》からの驚嘆を禁じ得なかった。ほかの女だったら、友達を訪ねたとか口実をつけて、いつかあとでぼろが出るようなことにしかねないところだ。また、ほかの女だったら、町へ出かけた理由を根拠づけるために用もない袋をかかえて戻るところまでは、なかなか気が廻るまい。けれどもクレアに限っては――まぎれもなく美しいのと同じくらい賢かった。

いや、まったく、彼女はいまいましいほど魅力的だった。彼の男の友達仲間は蔭でこそ笑ったかも知れないけれども、夫婦連れで訪問する先々で彼女はいつもその連中に大もてだった。彼が彼女を連れて人の大勢いる部屋にはいって行く時、男という男の目がどれほど隠しようもなく物欲しそうに彼女をつけまわすのが見てとれたろう。いや、彼女の身の上には何事もおこってはならぬ。何事も、全然。ほろぼすべきは男のほうだ。禁猟区の管理人が密猟者を屠《ほふ》るように、斧を手にした密猟者がわが家を血なまぐさい修羅場と化する時のように。クレアもすこしは痛手をこうむらなければならない。すこしは思い知らねばならない。が、それはきっと男の身の上におこることを通じて最も効果的になし遂げられるだろう。

コーネリウスは、彼の計画がただ目ざす男を轢き殺すという単純な行為だけでは済まないことを迅速にさとった。ものごとには手順というものがある。肝腎の事件の前後には、当然踏むべき無数の細かい手続きがあって、それを嵌《は》め絵のように一つ一つ正しく位置すべきところに嵌めこんで、それではじめて完全な全体ができあがるのだ。

その観点において、本人としては皮肉な軽口のつもりだったヒリカー判事のお説法は、皮肉であるよりもはるかに有益なものだった。自動車による殺人は完全殺人である。というのは、適切な手順を踏むならば、それはまるきり殺人ですらないのだから！　被害者はその場に倒れ、加害者はそれを見下ろして立ち、しかも万事は機械的に第三者間の事件として扱われるのだ。とどのつまり毎年三万人の交通事故の犠牲者の一人に過ぎない。舌打ちと、やれやれといった肩をすくめる一動作によって葬り去られる一つの統計数字にすぎないのだ。

クレアにとっては、むろん違う。偶然というものはかなり誇張しても通用するものであるが、ある女の夫がその妻の愛人を轢き殺すといった事件にまで拡張適用するのは無理だ。そして、そこが一番すばらしい点でもあるのだ。クレアはそれとさとる。けれども何もいいたてることはできない。もし何かいえば、それは自分の非行を暴露することになるからだ。かくて彼女は来る日ごと、自分の隠しごとが見つけられていたのだと知り、正義の復讐が遂行されたのだと知りつつ、いつかまた再会するかも知れないそのような誘惑に二度と身を任せないように暗黙の警告に縛られて一生を送るのだ。

けれども、滅多にありそうもないことではあるが、彼女が口を開いて真相を暴露する挙に出たらどうする？　そうなれば……とコーネリウスは嵌め絵の別の一断片を正しくあるべきところに嵌めこみながら考えた。——偶然というものがただちに味方としてはたらき出してくれるに違いない。もし彼がかりそめにも彼女の情事を嗅ぎつけたらしい証拠が、もしくは彼がいつかその男に会ったことがあるという証拠が一片だになければ、その事故は法律によって偶然とみなされるにちがいない。いずれにしても彼の立場には難くせのつけようがなかった。

このことを念頭にとどめながら、彼は辛抱づよく、そのことばかりを思いつめて計画の実施に着手した。はじめ彼は自分の求める情報を即座に無駄な手数なしにもたらしてくれる玄人の探偵の助けをかりたい誘惑に誘われたけれども、深謀遠慮の結果その誘惑をしりぞけた。頭のはたらく探偵ならば、事件のあとで二に二を足して四という答えを出すのは易々たることだろう。もしその探偵が誠実な男だったら、疑惑を土産がわりにその筋へ告げて出るだろう。もし不正な男だったら、それをたねに強請《ゆす》ってみようという気をおこすかも知れない。明らかに、いずれかの危険をおかすことなしに第三者を仲間に入れる方法というものはなかった。そしてこの場合、どんな危険をも、全然どんな危険をも、おかしてはならなかった。

そういうわけで、コーネリウスは入用な情報を収集するのに貴重な幾週間かを費し、そして彼みずから認めたことだが、クレアとその男がそれほど狂いのない慣習的な関係を維持しなかったならば、あるいはもっと長くかかりさえしたかも知れなかったのだ。木曜日は、その男が毎週きっと訪問してくるきまりの日だった。それから、ニューヨーク市内行きの列車が駅に着くすこし前になると、クレアがステーション・ワゴンに相乗りで、駅前の広場から一区画はなれたほとんど人通りのない脇道まで送って行く。車中、二人はきまってコーネリウスを身もだえさせるほどの熱烈さでキスを交わすのだった。

その男が出るとすぐにクレアはすみやかに車を運転し去り、男はせかせかした足どりで広場に向かって歩き、そこの歩道の縁石に沿って駐めてある車の間を抜けて、明らかに黙想にふけるあまりに、行き来する車の交通はほとんど目にはいらないような危なっかしさで広場を突っ切って駅にはいる。その段どりを三度目撃するにおよんで、コーネリウスはその男がはこぶ足どりの一歩一歩まで寸分の狂いもなく正確に予言することができるほどになった。

この期間中、時おりクレアは何かの買物をしに市内へ出かけるとことわることがあって、そこもコーネリウスのつけ目だった。彼女が乗った列車が着く時、彼は終点の駅の待合室の物陰にたたずんでいて、安全な距離をおいて彼女のあとをつけ、彼が乗ったタクシーは彼女の乗ったタクシーを尾行して、男が住んでいるみすぼらしいアパートのすぐ門前まで行った。男は明らかに彼女を待ち顔に、そのアパートの汚ならしい階段に腰をおろしていた。コーネリウスが苦々しくも観察したところでは、二人してアパートにはいって行く時、男と女とは小学校の生徒のように手に手をとって、それから彼は長いこと待たなければならなかった。その日の午後の大部分はそれで埋まってしまうほど長くだったが、コーネリウスはクレアが再び姿をあらわさないうちに見切りをつけてしまった。

その情景の後におぼえた勃然たる憤怒は、コーネリウスに、その翌日すぐにその現場たる市内で事故の芝居を仕組もうという思いつきをおこさせたほどだった。けれども彼はすばやくその考えを払いのけた。それを実行するとなると、車を市内に乗り入れることになり、それは彼の日常的慣習からの危険な逸脱を意味する。のみならず、市のタブロイド紙は彼が住む土地の穏健な地方新聞と違って、時によると自動車事故をただ活字の記事としてばかりでなく、被害者と加害者の写真をつき合わせて紙面にかざって大げさに扱うことがあった。そういうことは、彼の好むところではなかった。それは私事として見過ごされるべきことなのだから。あくまで私事として。

いや、事の決着をつけるべき場所は駅前広場そのものを措いてないということについては、一点の疑いの余地もなく、その行為の準備計画を吟味すればするほど、それが非の打ちどころもないものであることにコーネリウスは驚嘆を新たにするのだった。

考えられる限り、何一つつまずく行きそうなことはなかった。もしひょんな間違いで相手の男が死ななかったとしても、彼の犠牲たるべき男もクレアと同じ立場におかれるだろう。つまり、自己を暴露することなしには公然と文句をつけることができないのである。たとえ全然やり損なったとしても、彼の身辺には暗殺に失敗してピストルやナイフを手にしたまま捕えられた凶漢ほどの危険は及びそうになかった。自動車は凶器ではない。単に不注意な歩行者が際どいところで命拾いしたという事例の一つに過ぎない。

けれども相手の際どい命拾いなどということは彼の望むところではなかったので、その目的のために彼は車を普段の置き場所よりも駅からやや遠目のところに駐めることにした。その余分な距離は、車が弧を描いて広場を横ぎり、街路に駐めた車の間から出てきたところで目ざす男にぶつかることを可能ならしめてくれる、と彼は胸算用した。駐車した車の間から出てくる男は、その男に衝突した車の運転者以上に交通規則をおかしていることになる！

ただ単に駅の出入口から適当な間合いをとって車を位置させるようによく念を入れたばかりでなく、コーネリウスはまたそれを他の車の持ち主たちの一部のやり方にならって、バックさせて程よい方位においた。それで車の鼻先は正しく広場に向かうこととなり、いつ何時でも望むままのスピードで突進することができるわけだ。そればかりか、相手が視界に入った瞬間から彼はその男に対してまともに直面していることになるはずだった。

いよいよ最後の幕を演出する期日ときめた日の前日、コーネリウスはあたりの交通がとだえるまで待ってから家に向かって車を走らせ、それから途中の淋しい路上でゆるくエンジンをかけたまま一旦停車した。それから彼は前方の路傍にある一本の立木まで、ほぼ三十ヤードの距離を目測した。だいたい駅前広場を横断するにひとしい距離だ、と見当をつけたのだ。彼は車をスタートさせて、スピードがあがるにつれて猛然とエンジンを吠えさせながら、その木を通り過ぎるまで全速力でとばした。木のところを過ぎざまぐっと急ブレーキを踏み、滑りながらけたたましい音をたてて車がとまると同時に胸にあたったハンドルの圧力をこころよく味わった。

これだ。これですっかり片がつくのだ。

翌日、彼は自分で定めた時刻きっかりにオフィスを退出した。女性秘書に上着を着せかけてもらってから、彼はかねてこうしようと予定したとおり、彼女をかえりみてしかめ面をつくった。

「どうも少々気分がすぐれないのだが」と彼はいった。「一体どこが悪いのか、自分ではさっぱりわからんのだよ、ミス・ワイナント」

そして優秀な秘書たるものはかくあるべしとしつけられていることを先刻承知の彼の案にたがわず、彼女は憂わしげに眉をひそめていった。「お仕事にあまり精をお出しになり過ぎるからじゃありませんかしら、ミスター・ボリンガー……」

それを彼は無造作に一蹴した。「早目に家に帰ってゆっくり休養すれば、どんな病気だってきっと治ること請け合いさね。そうそう――」彼は上着のポケットを上から平手でたたいた。「忘れるところだった、いつもの薬を、ミス・ワイナント。そこの机の一番上の引出しにある」

それは封筒にはいったアスピリンの二粒三粒にすぎなかった。けれども要はその印象だ。気分のよくない男は運転中の事故についてそれだけ多分に弁明の根拠をもつことになるわけだ。

早い時間の列車は今や彼にとって珍しくもないものになっていた。過去幾週間かに、彼は幾度かそれに乗っていたけれども、いつも用心深くひろげた新聞の蔭に隠れるようにしていた。が、今回はその限りに非ず、だった。車掌が検札にまわってきた時、コーネリウスは明らかに苦痛な状態にある男のていで座席にぐったりと腰かけていた。

「車掌さん」と彼は頼んだ。「まことに恐縮だが、水を一杯汲んできてくださらんかな?」

車掌は彼を一目ちらりと見て、そそくさとその場をはずした。やがて水の滴が垂れるコップを手にして車掌が戻ってくると、コーネリウスはゆっくりと慎重にアスピリンを封筒から出して、やれ有難いといった風情でそれを水とともに喉に流しこんだ。

「もしほかに何かございましたら」と、車掌はいった。「ちょっと一言そうおっしゃってください」

「いや」とコーネリウスはいった。「いやいや、ちょっと陽気にあてられただけでね、それだけのことだよ」

けれども駅につくと車掌はやってきて助けの手をさしのべ、「常連のお客さんじゃありませんね?」といった。「とにかく、この列車には」

コーネリウスは嬉しさがこみ上げてくるのを感じた。「ああ」と彼はいった。「この列車には、前に一度乗ったことがあるきりだ。いつも乗るのは、〝株屋の専用列車〟でね」

「ははあ」車掌は彼を見上げ見下ろして、歯をみせてにっこり笑った。「なるほど、それで合点がいきましたよ」彼はいった。「この列車のサービスも〝専用列車〟のと同様お気に沿えるといいんですが」

その小さな駅でコーネリウスはベンチに腰をおろし、その背に頭をもたせかけ、出札口の窓のあたりに目を向けていた。一度か二度、彼は出札係が気づかわしげに窓ごしに自分に流し目をくれるのをみとめ、それはそれで結構なことだった。あまり結構でないのは、彼の中に盛りあがってくる感じ――胃の腑が千鳥足を踏んでいるような神経的な感じ、重すぎる胸の動悸だった。そこで彼は十分間成り行きのままに任せた。その一分ごとに、ますます自分にのしかかるような感じが強まってくるのがわかった。時計の分針がそれ行けの合図にあたる黒点に接するまで、自分をおさえ、今にも立ち上がって自分の車に向かって駆け出しそうな自分をひきとめるのは一苦労だった。

それからその時間きっかりに彼は腰を上げ、そうするのに努力が必要であることに一驚を喫し、出札係の目がずっと自分を追っているのを感じながらゆっくり歩いて駅を出て、車のほうに向かって行った。彼はハンドルを前にして乗車し、後ろ手にドアをしっかり閉めきりエンジンを始動させた。足もとのエンジンの柔らかい喉声は彼の体をつらぬいて新しい力を送ってよこした。彼はエンジンをふかしながらそこに坐って、広場の向こうにかけて視線を据えていた。

目ざす男が初めてあらわれ、彼のほうに向かって速足でやってきた時、その長身の金髪の人影がまるで舞台上の定めの場所に向かって目に見えない糸で操られている操り人形でもあるかのような一種奇妙な感じがコーネリウスを襲った。やがてもっと近づいてくるにおよんで、その男は屈託なく微笑し、若さと力に——そして勝利に——溢れて声高く歌を歌っていることが明白となった。それがあらゆる麻痺状態を解く鍵の役をつとめ、エンジンに憤然たる生気を吹きこんだ。

それまでずっとその時の光景を心眼に見つめながら毎日を送ってきはしたものの、それが現実におこるスピードを受け入れる心構えはコーネリウスにもできていなかった。目ざす相手の男は、まだ何も知らずに、車の間から出てこようとしている。コーネリウスの手はクラクションにかかって、決定的な最後の信号を、避くべからざる警報を、そして何よりもまず成功の保証であるところのものを送り出そうとしている。男はくるりと身をひるがえしてその音のほうに向き、あたかもこれからおころうとしていることを押しのけようとでもするかのように両手をつき出した。高調子な悲鳴が、コーネリウスが夢想だにしなかったほど荒々しい衝突のショックによってだしぬけにとぎれ、それから何もかもブレーキのきしる音の中に溶けこんでしまった。

そのことがおこる前、広場には人気《ひとけ》がなかった。今やあらゆる方角から人々が走りあつまり、コーネリウスは死体を一目垣間《かいま》見るためにその人々を掻き分けなければならなかった。

「見ないほうがいい」と誰かがいった。けれども彼は見た。ぐしゃりとなった人の形を、断ち切られて不自然な位置にある両脚を、見る見る青ざめて行く顔をみとめた。彼は、ふらふらとよろめき一ダースもの助けの手が彼を支えようとして差し出されたけれども、今や彼を浸しているのは弱々しさではなく、圧倒的な、目がくらむような勝利の感覚、周囲にむらがりおこる声に鼓舞された勝利の感覚だった。

「大目玉をあけていながら、まるで自分のほうから災難を買って出るんだからな」

「あの警笛なら、一ブロックも離れていたって聞こえただろうに」

「酔っぱらってたんだろうぜ、たぶん。こいつがここに立っていた時の様子じゃ……」

今、唯一の危険はあまり調子に乗りすぎることにあった。その点、彼は気をつける必要があった。当初からの計画の嵌《は》め絵の一片一片を、着々と継ぎ合わせるのだ。そうすれば危険はない。職業的な重々しさをもってする警官の訊問を彼は車中に坐って受け、その警官の声にしだいに高まってくる同情の響きに、自分が所期の印象を与えつつあることを感じとった。

いや、帰りたければ帰宅して構わない。もちろん告発は自動的におこなわれることになるが、なにしろ事情がこんなふうだとあれば……。いいとも、奥さんに電話をかけるくらいはお易い御用。家まで車で送ってあげてもいいけれども、奥さんが運転する車で帰るほうがいいというなら……。

電話が通じると彼はたっぷり時間をかけて彼女を安心させ、それからの十五分間を病的な同情的な好奇心をもって窓ごしに彼をみつめている群集とともにすごした。ステーション・ワゴンが近くにやってきて停車すると、人垣の中に魔術のように一筋の細道があらわれ、クレアが彼のそばまでくるとひとりでにまた消えてなくなった。驚愕し当惑してさえ、クレアは美しい女だ、とコーネリウスは思い、まやかしではあれ、いかにも妻らしい気づかいと深い愛情を女優のように演じてみせる術を彼女は心得ている、と認めざるを得なかった。けれども、あるいは、それは彼女がまだ知らないからかも知れず、今こそ知らせるべき時だった。

彼は彼女が自分をステーション・ワゴンの車内に助け入れてくれるまで待ち、彼女が運転席の座に落ち着くと片方の腕をしっかり彼女の体にまわした。

「ええと、ところでお巡りさん」と彼は開けた窓ごしにひどく心配らしくたずねた。「君、相手の身元はわかったかね？　何か身元を明らかにするようなものがみつかったかね」

警官はうなずいた。「市からやってきた若い男ですよ」と彼はいった。「で、あっちに照会してみなけりゃなりません。ロバート・ラングレンって名前でしてね。ラングレンです。もし名刺が本人のものだとすれば」

コーネリウスは、息を呑んで喘ぐ気配を聞くというよりも腕に感じ、おさえかねた身ぶるいを感じとった。彼女の顔は外の路上にころがっている男の顔と同じくらい白っぽかった。「さあ、クレア」と彼はやさしい声でいった。「家に帰ろう」

彼女は無意識に車を操縦して町の通りを抜けて外に向かって行った。彼女の顔は無表情で、その目は見開いたきりだった。公道に出た時、彼はほとんど感謝したかったほどで、そこでようやく彼女は静かな、いぶかしむような声で話しはじめた。「ご存知だったのね」と彼女はいった。「ご存知で、それであの人を殺したのね」

「ああ」とコーネリウスはいった。「知っていた」

「それじゃ、あなたはまともじゃないわ」と彼女は前方にひたと目を据えたまま、感情のこもらない調子でいった。「誰かを、あんなふうにして殺すなんて、気が狂ってるのよ」

平らかな、教えさとすような彼女の口調は、彼女がいっていることの内容に劣らず彼の怒りに火をつけた。

「正義の裁きだ」と彼は押し殺した声でいった。「あの男は裁かれたのだ」

彼女は依然として他人事のような態度を変えなかった。「あなたは、おわかりになっていないわ」

「何がわからない?」

彼女は彼のほうに向き、彼は彼女の双の眼が濡れてかすかに光っているのをみとめた。「わたし、あの人を、あなたを知るより前から、お勤めというものをはじめる前から知っていましたのよ。わたしたちは、どこへ行くにも一緒でした。まるで一緒にいなければ生き甲斐がないみたいでしたわ」彼女は、ほんの一瞬の間をおいた。「でも、ものごとはうまく行かないものです。あの人はお金にならない大きな夢にとりつかれていて、わたしはそれに辛抱がなりませんでした。わたしは貧乏人の娘に生まれて、貧乏人と結婚して貧乏のうちに死ぬことに堪えられませんでした。……だから、あなたと結婚したのです。そしてわたしは良い妻になろうとつとめました——ご存知ないでしょう、どんなにわたしがつとめたか！——けれども、あなたのお望みはそういうところにはなかったのです。あなたがお求めになったのは、妻ではなくて、見せびらかしのたねでした。人の前に見せびらかして歩いて、ちょうどほかにあなたがお持ちのものを人々が讃嘆するように、それを自分のものにしていることでみんなから崇められたかったのです」

「たわいのないことをいう」と、彼はきびしい声でいった。「道に気をつけて。ここで曲がるんじゃないか」

「聞いてちょうだい！」と彼女はいった。「何もかも洗いざらいお話しするわ。わたし離婚させていただくように、あなたにお願いするつもりでいましたの。慰謝料とか何とか、そんなものはびた一文なしに——ただ離婚させていただくことだけを、それで今までむだに捨てた時間のとり返しをつけられるように！　今日という今日そのことをあの人にいったばかりなので、あなたがたずねてくださりさえしたら——はっきり話してくださりさえすれば——」

この衝撃を彼女は乗り切ってくれるだろう、と彼は思った。思ったよりも深刻な危機ではあった、が、諺にもいうとおり、行くものはすべて水のごとし、だ。もはや彼女には現在の結婚と引きかえにすべきものは何もなくなってしまった。そのことを彼女がはっきりと理解したとき、二人はあらためてスタートを切り直すのだ。彼が持てる凶器を利用することを思いついたこと、そしてそれほど有効にそれを使用したことは、思えば奇蹟だった。完全な凶器だと判事はいった。どれほど完全であるか、いった当人は決して知ることがなかろう。

コーネリウスの幻想を遮断したのは、踏切の警報器の鳴りしきる音——それと、車がまるきり速度を落とそうとしていないという驚くべき発見だった。その時、あらゆるものは猛け猛けしいディーゼル機関車の警笛の下に押し沈められ、まるで信じられぬような目つきで彼が振り仰いだのは聳《そび》えながら迫る鋼鉄の山——すぐ前の踏切に驀進してくる〝株屋の専用列車〟だった。

「あぶない！」と彼は夢中で叫んだ。「おい、いったい何をするつもりだ！」

その最後の瞬間、彼女の足が強くアクセルを踏みつけた時、彼は自らの発した問いの答えをさとった。

決断の時

The Moment of Decision

あまりに徹底的な自信家は他人から好かれないという原則から、ヒュー・ロジャーは例外だった。もちろん、われわれは誰しもそうした確信家――抑えの利いた、しかしよくとおる声で列座の人々ことごとくを押し切り、急所をうがった意見をピンと伸ばした人差し指さしながら相手の胸もとにつきつけ、問題の如何を問わず最後の断案の化身《けしん》といった人物――にぶつかったことがあり、そうした人物に対しては誰しも不快と羨望のまざりあった気持ちを禁じ得ないのではなかろうか。不快というのは、誰でも他人から一喝のもとにしりぞけられたり、胸をつつかれたりしたくないからで、羨望というのは、自分のほうがそうして自信たっぷり他人をどなりつけたり、こづきまわしたりする側にまわりたいと思うものだからだ。

私はといえば、この原子力時代にあって混沌たる状態ばかりが支配し、いつも変わらぬものといえば、瑣末な政治的論議ばかりといった場所に身を処しつけているので、絶対的な判断というものはなかなかつけられないものだという思いがつのるばかりだった。ヒューはある時この状態を評して、私の役所の上長者たちが、まるで同じ布地から裁断した服のように画一的でないのは結構なことだといったものだ。もしそんなふうだったら、われわれの国はどんなことになるやら知れたものではない、というのだ。そんな意見にさほど感服したわけではないが——ここで私はまたしてもいまいましく思うのだ——なるほど、そう言われてみればそんなものかと思わないわけにはいかないのだ。

こうしたことにもかかわらず、またヒューが私の義兄だという事実——考えてみると奇妙な関係ではある——にもかかわらず、私は彼の知り合いの他の誰でもがそうであるように、ひどく彼が好きだった。血色のいい顔に明るい青い目をした大柄の好男子で、何にらず相手の差し出すものを正しく判断しようとする機敏な積極性をそなえていた。また彼は圧倒的なばかり気前がよく、しかもそれを受け入れる相手は、そうすることによってかえって彼に好意を施しているような気持ちにさせられるといった、稀にみるみごとな種類のものだった。

私は、彼が特にすぐれたユーモアの感覚を持ち合わせていたなどという気はないが、飾りけのない善良な気質で結構その埋め合わせがつく場合は間々あるもので、ヒューの場合はまさにそれだった。彼の性格の激発的な面は、たとえば誰かが何か彼の助けを必要としていたかも知れないのだが、つい言い出しそびれたと気どったような場合のために多分に温存されていた。ということは、つまり、もしヒューが誰かと知り合って十分後にその人物を気に入ったとしたら、その人は彼に対してどんなものでも――それが彼の提供できるものである限り――要求して構わないということだ。私の姉エリザベスが彼と結婚してひと月かそこら経った時分、姉は私がヒルトップの彼の邸の画廊にかかっていたコプリーの名作にひどく執心していると彼に洩らしたことがあった。そして私は、それが厳重に荷作りされ、彼の署名のはいった献呈のカードを添えて、不意に私の殺風景なアパートに届けられてきた時の恐怖にも似た驚きを、今でも生き生きと思い出すことができる。かなりの努力を要しはしたが、結局私はその絵が私の居住する建物そっくりよりも間違いなく高価だと前置きし、私の部屋の壁にかけたところで見栄えがしないという口実をつけて、ようやくそれを返すことができた。たぶん彼は私が嘘をついていることを察していただろうが、それならそれでくどくどしくそんなことを咎めだてたりしようとは夢にも思いつかないところがまたヒューたる所以《ゆえん》だった。

もちろん、ヒューをそうした人物に仕立て上げるについては、ヒルトップと、二百年になんなんとするロジャー家の伝統が大いにあずかって力あった。ロジャー家の祖先は川を見下ろす高地に荘園を切り開き、精励刻苦して非常な繁栄を招いた。以後の諸代は利殖の道に長け、かくして蓄積された富と地位とはヒルトップと外の世界とのあいだに高く聳《そび》え立つ壁を築き上げたかの観を呈するにいたった。実のところ、ヒューはもともと十八世紀の人間なのだが、どうしたわけか偶然二十世紀に生まれ合わして、やむをえず我慢しているといった趣きがあった。

ヒルトップそのものはつい近くの高名な、しかし長らく住人のないデーン館《やかた》の複製のようなもので、その偉容は一目で見る者を瞠目《どうもく》させるにたりた。邸は風雨にさらされた石造りで、その大きさにもかかわらず優雅で、川の岸辺まで茂った広大な芝生は長年狂熱にちかい丹精を込めてよく手入れされ、かすかな風のそよぎにも魔術のように光沢を変える純緑の絨毯を敷きのべていた。母屋を挟んでその反対側から、厩舎と付属建築物をなかば隠している森にかけて庭園がひろがり、森の向こう側に町へ通じる細い道路が走っていた。その道路は、その道筋の地主がおのおの所有地に接した部分の維持を分担する共用道路で、ヒューはそれに砕石を敷きつめて管理の責任は十分に果たしてはいたものの、その道路を使用することは隣人たちの誰よりもずっと少なかったといっても、さして誤りはないと思う。

ヒューの生活はヒルトップにつなぎとめられていた。彼がそこを離れるのはよくよくの必要に迫られた場合に限り、そうした状態にある時に彼に会ったりすると、彼がまたそこへ帰って行けるまで、ただもう時間が過ぎて行くのを待ちかねていることに、いやでも気づかされてしまう。そしてあなたが引っ込み思案でなければやがて帰って行く彼に同道し、みすみす大事な幾週間かが過ぎて行くのに、その場所からどうしても自分を引き離すことができなくなっているのに気がつくだろう。私にも覚えがある。たしかこの私も、姉のお蔭でヒューが身内の一員となってこのかた、自分のアパートでよりも多くの時間をヒルトップで過ごしてきたと思う。

ある時、私は結婚生活をエリザベスはどう受け取っているだろうといぶかったことがあった——というのは姉がヒューに会う前のことを考えると、美人は美人だが、ちっともじっとしていない、落ち着かないタイプの女性だったからだ。それで本人にじかに質問をぶつけてみると、姉はいった。「すばらしいわ。ちょうど初めて会った時、結婚したらこうだろうなあって想像したとおり」

聞いてみると二人が初めて会ったのはどこかの美術展の会場で、それもなにか超現代的とでもいった作品ばかり並べたててあって、中でもわけのわからない作品をつくづく眺めていると、背の高い様子のいい男が自分を見つめていることに姉は気づいた。それで、本人のいいかたを借りれば、その男をたしなめてやろうとした時、先方から不意に口をきいたというのだ。「あなたはその絵に感心してるんですか?」と。

あんまり意外な質問に姉は完全に虚をつかれてしまった。「さあ、どうですかしら」と姉は弱々しくいった。「感心しなくちゃいけないんですの?」

「いや」と、その男はいった。「全然ナンセンスですからね。僕と一緒にいらっしゃい。

見て時間の浪費にならないものをお目にかけますから」

「それで」とエリザベスは私にいった。「わたしは犬ころみたいにあの人のあとについて行ったのよ。あの人はあっちへ行きこっちへ行き、どの作品のどこが良くてどこが悪いか、朗々とした声で解説してくれたので、行く先々にちょっとした人だかりができたくらい。ねえ、その様子が想像できて？」

「ああ」と私はいった。「できるよ」今はもう私も似たような場合を経験し、鋳鉄のような彼の自信はなにものをもってしてもへこますことができないことを直接の体験から知っていた。

「それでね」とエリザベスはつづけた。「たしかに初めのうちはわたしもすこし迷惑な気にさせられたけど、そのうちにだんだんあの人が自分の喋ることは正確に知っていて、おそろしく真面目なんだってことがわかってきたの。自意識なんてものはこれっぽっちもなくて、ただいろいろな物事を、自分が理解しているようにわたしにも理解させたくて一生懸命なだけなのよ。同じことは、何につけてもいえることだけれど。ほかの人たちはいつでも何一つ——晩のお食事に何を注文するか、仕事をどう処理したらいいか、誰に投票しようとか——決断しかねてもじもじしてばかりいるけど、ヒューはいつだってちゃんと心得ているのよ。神経がイライラするとかコンプレックスに悩まされるとかって、よく聞くけど、そういうのはみんなその逆、つまり無知からくるんじゃないかしら？　とにかく、あたしはヒューのほうをとるわ。ほかの人たちはみんな精神科のお医者さんに任しとけばいい」

と、ざっと右のような次第であった。——しみ一つない芝生を敷きのべ、神経衰弱ともコンプレックスとも無縁で、奸悪な蛇などあたりにちらりとも姿を見せないエデンの園。というのは、つまりレイモンドが登場してくるまではという意味だが。

その日、われわれ——ヒューとエリザベスと私の三人——はテラスに出ていたのだが、いずれも八月の陽ざしにトロリとした一種の陶酔状態におちこみ、口をきくことさえひどく億劫《おっくう》になっていた。私はリネンの帽子を顔にのせ、身辺の夏の物音に耳を澄ましながら、完全に満ちたりた気持ちで寝ころんでいた。

近くの白楊《ポプラ》の木立を透かして絶えず微風が低く囁きかけ、下の川からは櫂《かい》の水を打つ音、滴のしたたる音、そして折々は芝生に遊ぶ羊のどれかがたてる鈴のうら悲しい音がチリンチリン響いてきた。その羊群はヒューの思いつきだった。幾頭かの羊が草を食《は》む姿ほど芝生によくうつるものはないというのが彼の断固とした意見で、毎夏五頭か六頭のよく肥えた見るからにものうげな牝羊がこの目的のために、かつは風景にこころよい牧歌的な音色を添えるために、草の上に放されるのだった。

何か異変がおこったなという徴候はまずその羊たちから——その鈴が不意にけたたましく鳴りたて、ついで狼の群れにでも襲われたかのようにメエメエ鳴きたてる声で——感じとれた。ヒューが腹を立てた大声で「畜生！」というのがきこえ、目をあけた私が見たのは、ある意味では狼よりもその場に不似合いなものだった。それはおどけた毛の刈り方をされ、赤い首輪をはめた大きな黒いプードル犬で、驚愕して芝生を逃げまどう羊を、興奮にわれを忘れて追いまわしているのだった。その犬が羊を傷つけようとしているのでないことは明らかだった――たぶん世にもすばらしい遊び相手を見つけたつもりでいるのだろう――が、恐慌に襲われた牝羊たちにそんなことはわかりっこなく、その犬の慰みが果てるより先に羊たちは川にとびこんで溺れてしまいそうな見込みも同じくらいはっきりしていた。

私が一目にそれと見てとる寸秒の間に、ヒューは早くも低いテラスの壁をとび下りて羊たちの間にとびこみ、水際から遠ざからせるように追いたてながら、彼とは違う考えをもっている犬を大声で制止していた。

「すわれ、こら！」と彼は叫んだ。「すわれ！」それから自分の猟犬に向かって命令する調子で、きびしく命じた。「伏せ！」

棒か石ころでもひろって脅す身振りをすればもっとうまくいっただろうに、と私は思った。というのは、その犬はヒューの言葉にはまるきり注意を払わなかったからだ。それどころか、犬はなおも愉快そうに吠えたてながら、また羊に向かってとびかかりかけ、ヒューは無益にそのあとを追いかけた。芝生のはずれに近い白楊《ポプラ》の木立の間からかかった声で、犬が凍りついたようにハタと静止したのはその一瞬後だった。

「すわれ《アシー》！」とその声はフランス語で息を切らしていった。「すわれ《アシー・トゥ》！」

それからその男が、小柄ではしこそうな姿が、草地を小走りに駆けながらあらわれた。

私たちが見ていると、ヒューは顔色を暗くしながら立って待ち受けた。

エリザベスが私の腕をつかんだ。「行きましょう、私たちも」と彼女は小声でいった。

「ヒューは他人からばかにされることに我慢ができないたちだから」

近づいて行くと、ちょうどヒューが癇癪玉を爆発させるのがきこえた。「誰といわず」と彼はいった。「自分の飼う動物をちゃんとしつけられない人間には、そんなものを飼う資格はない」

相手の男の顔はどこまでも礼儀正しく傾聴する表情をあらわしていた。細おもてで、教養のありそうな、そして目尻を細かい皺の網目で縁どられた、感じのいい顔だった。しかし同時にその目の奥には、完全にはおおいがたいあるもの――かすかな嘲り、もしくは外界に対してカメラのレンズのように向けられた辛辣な知覚のきらめきとでもいったもの――が隠されていた。ヒューのような性格の人間には気どられないものだが、それでもそれはちゃんとそこにあって、それに対して私は即座に心がなごんで行くのを自覚した。またその新来者の顔、その秀でた額、薄くなりかかった白髪などには、何か人をもどかしくさせるような親しさがあって、ヒューの長いしかつめらしいお説教の間、私はそれがなんであるのかつきとめようとして記憶の中をさぐりつづけたが、どうしても答えをつかみ出すことができなかった。お説教は犬の最上の訓練法についての一くさりで終わりを告げ、その時にはもうヒューが許そうという気になりかかっていることがありありと感じとれた。

「とにかく何も損害がなかったことだし――」と彼はいった。

男は慇懃にうなずいた。「それにしても新しく近所づきあいさせていただくにしては、どうもまずい仕方でお近づきになったもので――」

ヒューはびっくりした顔をした。「近所づきあい？」と彼はほとんどぶしつけに近いいい方をした。「この辺にお住まいだといわれるのですか？」

相手は白楊《ポプラ》のほうに向かって手を振った。「あの森の向こう側です」

「デーン館《やかた》ですか？」その邸はヒューにとってヒルトップと同じく神聖なもので、もしそれを買わないかというような話が自分のところにもちこまれたら、二つ返事でとびつくだろう、とある時私に話したことがあったくらいだった。ヒューの調子は今や傷つけられたというよりも信じ難いといった感じが勝ってきた。「まさか！」と彼は大声でいった。

「しかし、そうなのですよ」と相手は請け合った。「デーン館です。私はもう幾年も昔にあそこでパーティーを催したことがありまして、いつか自分のものにしたいとつねづね念願するようになったのです」

私に解明の手がかりを与えたのは〝催す《パフォーム》〟という言葉（performには演技するという意味がある）――それと、正確な英語のはしばしに辛うじて聞きとれる外国訛りだった。たしかその男はマルセイユで生まれ育ち——そのことが訛りの由来を説明する——そして私が成人するよりずっと前にすでに伝説的存在となっていた人物だった。

「あなたはレイモンドですね？」と私はいった。「チャールズ・レイモンド」

「ただレイモンドと呼んでいただくほうが結構なのですが」彼は自分のちっぽけな虚栄を却下するように微笑した。「ともかく、私を覚えていていただいて、光栄ですな」

彼が本当に光栄に思ったとは、私は信じなかった。魔術師レイモンド、奇術王レイモンドならば、どこへ行っても誰にでも覚えられているはずだったから。また手練の見事さにおいてサーストンの栄光を褪《あ》せしめ、脱出奇術家としてはほとんどフーディニを凌いだレイモンドが、自己を過小評価するはずもなかった。

彼はたいていの職業的奇術家のレパートリィをなしている標準的な上演種目をもってスタートを切った。そしてそれを遙かに越えて、今ではわれわれにあまねく知られている——と、これは私が思うのだが——ああいった脱出の至芸に到達したのだ。湖に深く張った氷の下に封じこめられた鉛の柩《ひつぎ》のような容器、熔接された鋼鉄の拘束衣、イングランド銀行の大金庫。まず喉に、それから両脚に輪をかけて縛り、脚を動かすと喉の輪索《わなわ》がそれだけきつくなる仕掛けの巧妙な〝自殺縛り〟——レイモンドはそれらをことごとく知悉《ちしつ》して、それから脱出してみせたのだ。そして名声の頂点にあった折も折、不意に彼は姿を消して、その名は過去へと繰り入れられてしまったのだ。

何故そんなことをしたのかと私がたずねると、彼は肩をすくめた。

「人間は金か、それとも仕事への愛情のために働くものです。必要なだけの富を手に入れ、もはや仕事に対して愛情もなくなったとしたら、どうしてそれ以上つづけることがありましょう？」

「しかし偉大な経歴をむざむざなげうってまで――」と私は反論しかけた。

「それには、ここにあの家が自分を待っていると考えるだけで十分な反対理由でしたよ」

「すると、あなたは」とエリザベスがいった。「ここ以外どこにも住みつくおつもりはありませんでしたの？」

「ええ、全然――もう幾年このかた」彼は鼻に指をあて、大げさにウィンクしてみせた。「むろん私はそのことをデーン館の持ち主に隠しだてしたりしませんでしたので、いよいよ売るという時になっても、まず私に、そして私だけに話がもちかけられたというわけです」

「あなたはいったん何かを思いつくと、なかなか断念なさらない性格なんですね」とヒューが険のある声でいった。

レイモンドは声をたてて笑った。「思いつく？　思いつきどころか、もう執念になってしまっていました。多年私は世界じゅうのいろいろな場所へ旅してきましたが、どんなにその場所が美しかろうとも、足もとに川を控え、向こうに丘を負うたあの森のはずれにある、あの館の美しさには及ばないことを私は承知していました。いつか旅が終わったら、私はきっとここへ帰ってきてカンディード（一七五九年に発表されたヴォルテール作の同名の有名な小説の主人公）のように自分の庭園を耕そう、と私は自分に誓ったものです」

彼は無意識のように手でプードル犬の頭を撫で、すっかり満ちたりた態度であたりを見まわした。「そして、今、ごらんのとおり」と彼はいった。「私はここにやってきました」

まさしく彼はそこにやってきたに相違なかった。そして彼の到来がヒルトップにある変化をもたらそうとしていることも、間もなく明らかとなった。それとも、いわばヒルトップは完全にヒューの反映だったので、ヒューにある変化を及ぼそうとしていることが明らかになったといったほうがいいかも知れない。ヒューはいらいらして落ち着かず、過去のいつにもまして自信を誇示するようになった。優しさや気だてのよさはまだ残っていた――それらは傲慢さとひとしく彼の血肉の一部をなしていたのだ――が、それを維持するのに前よりもっとつとめてそう努力しなければならなくなった。彼は目にとびこんだ小さなごみのために悩まされながら、それを見つけてとり除くことができず、それを入れたままで何とか我慢してやって行くより仕方がないといった状態にある男を連想させた。

むろんそのごみというのはレイモンドだったが、彼のほうではむしろごみの役割を演ずることを楽しんでいるのではないか……と、そんな印象を時おり私は受けた。レイモンドにとっては、自分の館に引き籠って庭を手入れし、あるいはアルバムを整理したり、その他何によらず隠退した芸人がするようなことをして過ごすのは容易なことだったろうに、そんなことはしていられないとはっきりはねつけたようなところがあった。彼はよく時ならぬ場合にふらりとヒルトップにやってくる。そしてヒューのほうでもちょうどそれと逆に、われにもあらずデーン館に引きつけられて、わざわざ長い面白くもない談話をしに出かけて行くのだった。

二人とも、自分たちの性格や見解がひどく食い違っていて、安全かつ論理的な解決はただお互いに近づかないようにする以外にはないということは、きっと承知していたに違いない。しかし二人のあいだにはいわば正と負のエネルギーの親和力とでもいったような関係があって、二人が同じ部屋にいるのをはたで見ていると、拮抗する力の流れが両者のあいだに火花を散らして激突するのがほとんど目に見えるように感じられるほどだった。

どんな問題でも二人のあいだでは論争の原因となり、そしてどちらもそれをめぐってははげしく相闘った。ヒューはその絶大な確信を鎧とも武器とも恃《たの》んで猛然と襲いかかる。するとレイモンドは細身の剣を手にしてひらりと体《たい》をかわし、相手の鎧に剣を刺しこむひび、、を見つけようとする。そしてレイモンドを何よりもいらだたせたのは、その鎧にひび、、が一つもなかったことだったろうと私は思う。あらゆる問題をあらゆる角度から精査し、深く動機や原因を求めようという明白な熱情を抱く一人として、彼は絶えず自分の法をもって君臨しようとするヒューのひたむきなやり方に激怒させられた。

また、そのことをヒューにわからせることを躊躇《ためら》いはしなかった。「あなたはどうみても中世的ですな」と彼はいった。「ところで、中世以降に人間が学んだあらゆることのなかで最大なことといえば、どんな問題にたいしても人はまるで指をパチッとはじくように簡単に答えや解決を出せるものではないという事実なのですよ。私としては、ただ、あながいつか完全なジレンマ、答えることのできない疑問にぶつかることを祈るばかりです。それはあなたに対して啓示のはたらきをするでしょう。その時あなたはかつて夢見もしなかったほど多くのことを学ぶに違いありません」

ところでヒューはこれに対して、こんなふうに冷たく答えるのだから始末が悪い。「そんなら私もいいますがね、まともな頭脳をそなえ、それを使う勇気をもった人間にとっては、完全なジレンマなんてものは存在しませんよ」

これは後におこったような事件を予言するといった種類の挿話《エピソード》であったかも知れないし、あるいはレイモンドとしてはただ何の邪心もなく純な動機からそういっただけのことかも知れない。しかし動機はともあれ、結果は避け難く危険なものとしてあらわれた。

直接のことのおこりは、ある日レイモンドが私たちに詳しく説明して聞かせたある計画だった。それというのが、住んでみるとデーン館は大き過ぎるっとうし過ぎる、と彼はいうのだ。「まるで博物館みたいでしてね」と彼は説明した。「私は自分が幽霊になって、果てしもなくつづく陳列室をさすらい歩いているような気がします」

敷地にも手を入れて眺望をよくする必要がある。年輪を重ねた大木は確かに美しいが、しかしレイモンドにいわせれば、なにぶん数が多過ぎた。「誇張ではなしに」と彼はいった。「木立のおかげで川が見えません。そこへもってきて私は水の流れを眺めるのが無上の楽しみときているのです」

とにかく思い切って手を入れなければどうにもならない。館の両翼は取り壊し、木々は川にかけて幅広い林道をつくるように伐り開き、全体に活気がつくようにする。そうすればもはやそれは博物館ではなく、彼が年来夢見てきた完全な家らしい家になるだろう。

この叙唱調の説明が始まった時には、ヒューはうつむきがちに楽々と椅子に腰かけていた。ところがレイモンドが将来の館の構図を生き生きとくり拡げてみせるにしたがって、ヒューは次第に姿勢を真っ直ぐに立て、ついには鞍《くら》にまたがった騎兵さながらの恰好になった。唇はかたく引き結ばれた。顔は血の色そのままの赤さとなった。両手は緩慢な強いリズムで握り締められ、また開かれした。彼がやにわに爆発しないのは奇蹟のようなものではあったが、その奇蹟はしょせん長もちする性質のものではなかった。私はエリザベスの表情から、彼女もまたそのことに気づいてはいるのだが、私と同じで、どう手の打ちようもないのだということを見てとった。そしてレイモンドがその描写の輝かしい最後の一《ひと》刷毛《はけ》をふるいおわって、いとも満足げに「さて、皆さんのご感想はいかがですかな？」と問いかけるにいたって、もはやヒューは抑えがきかなかった。

彼はやおら身を乗り出していった。「あなたは本当に私がどう思っているか知りたいんですか？」

「ねえ、ヒュー」とエリザベスが慌てていった。「お願いですから、あなた——」

ヒューはそれには耳も貸さなかった。

「本当に知りたいんですか？」と彼はレイモンドに問い迫った。

レイモンドは眉をひそめた。「もちろん」

「それならいいましょう」とヒューはいった。そして深く息を吸いこんだ。「よほどの破壊主義者でもなければ、あなたがやろうとしているような無謀なことは思いつきもしますまい。あなたは伝統や不易の刻印を刻まれているものは何によらずばらばらに壊してしまわないと気が済まない連中の一人らしい。できるなら、この全世界をしっかり支えている支柱まで蹴とばしてしまいたいんだ！」

「失礼だが」とレイモンドはいった。彼は怒りにひどく蒼ざめていた。「あなたは変化と破壊とを混同しておいでのようだ。当然のことながら、私は何も破壊するつもりはなく、ただ多少必要な変化を求めようとしているだけだということを理解して下さらねば」

「必要？」とヒューは嘲った。「幾百年も生い育ってきたみごとな木立を根こぎにすることが？　巌《いわお》のように牢固とした館をばらばらに解体することが？　私にいわせるなら、それこそ無謀な破壊行為だ」

「はて、合点がいきませんな。ただ風景に活気を吹きこみ、それを構成し直して――」

「議論する気はない」とヒューは遮った。「私はただ、あなたなんかにあの館にみだりに手を触れる権利があってたまるもんかといってるんだ！」

二人はもはや席を蹴って立ち、猛然と向かい合っていた。その時私が心から脅えずに済んだのは、ヒューはまさか暴力をふるいはすまいし、レイモンドとて我を忘れるにはあまりにも分別のある人間だからという確信があったからに過ぎなかった。やがて脅威を孕《はら》んだ瞬間が魔法のように過ぎた。レイモンドの唇が不意に面白げにほぐれて、彼は礼儀を失わぬ興味をこめてヒューを観察した。

「なるほど」と彼はいった。「すぐに気がついていいことを、私としたことが全く愚かしくもなおざりにしていましたな。私にいわせれば少々博物館じみているあの館は、あなたのお考えでは当然そのままにさしおき、私はその管理人たるに甘んずべきだといわれるのですね。――いわば過去の番人、もしくはその遺物の管理者といったところか」

彼は微笑しながら頭を振った。「しかし、どうやら私にその役目は向かないのではないかと思いますよ。なるほど私も過去に敬意を表しはしますが、それよりも現在に奉仕するほうが私の好みです。ですからして私はこのまま自分の計画を推し進めるつもりですが、どうかそれが私どもの友情の障害にならないことを祈ります」

翌日、私は長い暑い一週間を机に向かって過ごすべく市に帰って行くにあたって、レイモンドが非常に手際よく事を処理し、お蔭でどうにかあの程度で治まってくれてまずはやれやれ……と安堵の溜め息をついたことを覚えている。だからその週末、エリザベスからの電話に対しては全く心の準備ができていなかった。

大変なのよ、と彼女はいった。もちろんヒューとレイモンドとデーン館に関係したことだが、いまだかつてないほど状況険悪だという。で、翌日、私がヒルトップへ来てくれることをあてにしている、と彼女はいうのだ。——決めかねている場合ではない、と。ことを解決するについて彼女にも一つ計画があるのだが、是が非でも私に応援に来てもらわなければならない。何といっても私はヒューがいうことをきく数少ない相手の一人だし、頼りにしている、というのだ。

「頼りにするって、どう——?」と私はいった。私にはどうも剣呑《けんのん》な話のような気がした。

「それにヒューが僕のいうことをきくって、それは随分誇張したいい方じゃないか? 彼が自分の私事に僕の忠告を聞きたがるとは思えないね」

「いいわよ、そんなに手こずらせるつもりなら——」

「そんなことじゃない」と私はいい返した。「ただ僕はそんなことの渦中に巻き込まれたくないだけだ。ヒューには、自分のことを自分で始末できるくらいの才覚はあるはずだ」

「あり過ぎるかも知れないわよ」

「というと？」

「そんな——今は説明できないのよ」彼女は泣き声をたてた。「明日、何もかも打ち明けるわ。でもね、お願い、もしわたしにすこしでも姉弟《きょうだい》らしい気持ちをもっていてくれるんだったら、きっと朝の列車で来てちょうだい。ねえ、本当に大変なの」

朝の列車で着いた私の気分は重かった。私はきわめて些細な材料からでも宇宙が今にも滅びるかといった災厄をでっち上げかねない苦労性だったので、ヒルトップに到着した時にはもうたいていのことなら受け入れる気構えができていた。

しかし少なくとも表面上はすべてが平穏無事だった。ヒューは温かく私を迎え、エリザベスも嬉々として、私たちは楽しく昼食を共にし、レイモンドやデーン館のことには全然触れずに長いこと話をした。エリザベスが電話をかけてよこしたことについても私は一言も触れずにいたが、ようやく彼女と二人きりになるまで、心の中では絶えず怒りが高まってくるのをどうしようもなかった。

「さあ」と私はいった。「この謎をすっかり説明してもらおう。一体どんなことになってるのかと、どれほど心配させられたことか。だのに、これまで僕の見た限りじゃ、何のことも無いじゃないか。何とか説明してもらわなくちゃ、あの電話がかかってから味わわされた心配の埋め合わせがつかない」

「いいわ」と、彼女はきびしくいった。「そうしましょう。ついていらっしゃい」

　彼女は庭園を抜け、厩舎や納屋などを過ぎて長い距離を案内して行った。一番はずれの森の向こうを走る私道の近くに来ると、姉は不意にいった。「車で邸に乗りつける時、何かこの道路におかしなところがあるのに気がつかなかった？」

「いや、いっこうに」

「でしょうね。車廻しの道は、ここより随分手前で分かれているから。でも、今、自分の目で見るといいわ」

　私は見た。一脚の椅子が道路の真ん中にどっかり据えられ、椅子には頑丈そうな男が一人坐って余念なげに雑誌に読みふけっていた。誰なのか、私にはすぐに見分けがついた。その男はヒューの厩番《うまやばん》の一人で、もうこれまでにかなり長い時間坐りつづけ、これからも相当長いこと坐り続けるつもりでいるらしい、忍耐強い表情をしていた。何のためにそんな所に坐りこんでいるのか、私には瞬時にして諒解できたけれども、エリザベスは何一つ私の推理力に任せきりにしようとはしなかった。私たちが近づくと、その男は立ち上がってにやりと笑いかけた。

「ウィリアム」とエリザベスがいった。「ミスター・ロジャーがあなたにどんなことをいいつけたか、弟に教えてやってくださる?」

「ようがす」と男は快活にいった。「ミスター・ロジャーがおっしゃるには、いつもわしらの中の誰かがここに坐っていて、デーン館の工事材料みたいなものを積んでるトラックが通りかかったら、止めて追い返せってんで。――わしらはただ相手に、ここは私有地だから不法侵入だぞっていってやりゃいい。それでもし、相手がわしらに指一本でもさわったら、こっちはすぐ警察にいいつける。それだけのこって」

「もう今までに追い返したトラックがあるの?」とエリザベスは私に聞かせるために訊いた。

男は驚いた顔をした。「おや、ご存知のはずじゃなかっただかね、奥様」と彼はいった。「わしらがここに立って初めての日に、二台ばかり追い返して、それっきりでさ。なあに、いざこざはありゃしませんでした」と彼は説明してくれた。「運転手だって、みんな、不法侵入なんぞのかかり合いにゃなりたかねえで」

またもと来たほうへとって返す道すがら、私は手を額にあてた。「途方もないことだ!」私はいった。「ヒューともあろうものが、こんなことをして、そのまま済みっこないってことくらい、心得ていてよかりそうなものだがなあ。あの道はデーン館へ通じるたったひとつの道路だし、それにもう長いこと、公共のものとして使われてきて、今さら私道だなんて主張も通るまいに!」

エリザベスはうなずいた。「二、三日前にレイモンドがヒューに言ったのもつまりそれなのよ。かんかんに怒ってやってきて、二人で相当ひどい言い合いをしたわ。それでレイモンドがヒューを法廷へ引き出してやるとか何とかいったら、ヒューは、この問題の訴訟にならら喜んで余生を捧げるなんて返答する始末。それぱかりか、まだおまけがあるのよ。レイモンドは最後に、暴力はただ暴力を呼ぶばかりだってことをヒューはさとるべきだ、と捨てぜりふみたいにいって帰ったのよ。それからってもの、いつ戦争の火蓋が切られるかって、わたしは気が気じゃないの。だって、そうでしょう？　ああしてこれ見よがしに番人に道路を塞がせてるのは、いつでもこいって喧嘩を吹っかけてるみたいなものですもの。わたしはもう心配で心配で……」

それはわたしにもわかった。考えれば考えるほど、一層危険なことのように思われてくるばかりだった。

「でもね、わたしには計画があるの」とエリザベスは熱をこめていった。「だからあなたに来てもらったのよ。わたし、今晩ディナー・パーティーを開くつもりなの――ごくささやかな、内輪の晩餐会を。いわば一種の講和会議ってところね。出席者はあなたと、ワイナント博士と――どちらもヒューの大好きな人だから――それと」彼女は口ごもって、

「レイモンドと」

「まさか！」私はいった。「本気でいってるのかい、それは？」

「わたしは昨日あの人のところへ出かけて、二人で長いことお話ししたの。わたしはよく、よくことをわけて説明して——近所同士だからには、胸襟を開いて話し合えばわからないはずはないだろうとか、同胞愛だとか——きっとまるでお説教めいた、面白くもないお喋りだったに違いないんだけれど、うまく行ったの。あの人、来るって約束してくれたわ」

私は不吉な予感を覚えた。「ヒューはそのことを知ってるのかい？」

「パーティーのこと？　ええ、知ってるわ」

「いや、僕が訊いてるのはレイモンドが来るってことのほうさ」

「いいえ、知りません」それから自分に私がきびしい視線をそそいでいるのに気がつくと、肩をそびやかしていった。「だって、誰かが何とかしなくちゃならないし、だからわたしがその役を引き受けた——だけよ！　ただじっと坐って成り行きにまかすよりましじゃなくって？」

その晩、一同が揃って食堂のテーブルを囲んで腰をおろすまでは、私もそのいい分を認める気になっていたといってもいいかも知れない。ヒューはレイモンドがやって来たのを見て明らかに驚きをあらわしたが、以後はただ文字に書いたら幾冊もの書物になりそうな意味を込めた横目でエリザベスを見たことを除いては、自分の感情をみごとに隠しおおせた。彼は集まった人々を作法どおりにひき合わせ、自分に向けられた会話にはそつなく応答し、全体としてその夜のパーティーの主人役を立派につとめた。

皮肉なことだが、それだけにしろともかくエリザベスの計画が成功し、それから今度は失敗に転じたのは、どちらもワイナント博士の臨席が原因だった。博士はずんぐりした体つきで、頭はもう白髪の高名な外科医だったが、態度はいかにも率直で人見知りをしなかった。身分柄にもかかわらず、レイモンドに会ったのが小学生のように嬉しくてたまらない様子で、たちまち二人は百年の知己のようにうちとけた。

ヒューがかぶっていた〝よき主人役〟の衣がずり落ちエリザベスの計画の致命的なミスが露呈しはじめたのは、食事中にほとんど全員の注意がレイモンドに向けられ、自分にはほとんどそそがれていないことにヒューが気づいた時だった。世の中には人気者をもてなし、自分もその余福にあずかることに喜びを感じるといった人々もあるが、ヒューはそういった人柄ではなかった。のみならず彼は博士を自分の最も親しい知人の一人とみなしていたし、最も自信のある人物は反面友情に関して最も嫉妬深いやきもちやきでもあり得ることは、私もすでに気がついていた。ところで貴重な友情が、およそ世の中で最も忌み嫌う人物によって侵害されようとしているとなったら――！　あれやこれやを綜合して、自分をヒューの立場に置き換えて考え、同時にテーブル越しに楽しげに洒々落々として思うがままにふるまっているレイモンドを眺めるだけで、私は最悪の事態を覚悟させられた。

そのきっかけは、レイモンドが脱出奇術に応用されるさまざまの道具のことを弁じたてている最中に、ヒューを見舞った。道具は無数にあるとレイモンドはいった。ほとんどその辺にあり合わせのどんなものでも道具として利用できる。一筋の針金、一かけらの金属、一片の紙きれでさえも――一度やそこら利用した覚えのないものはない。

「しかしその中で――」と彼は不意に荘重な口調でいった。「私が安んじて生命を託する気になれる道具はたった一つしかありません。奇妙ではありますが、それは目にも見えず手にとることもできないもの――実際、多くの人々にとっては全く存在すらしないものです。にもかかわらず、それこそ私がこれまで最も頻繁に用い、しかもそれは一度として私を裏切ったことがありません」

博士は興味に目を輝かして身を乗り出した。「それは――？」

「人間についての知識ですよ、先生。あるいはこう言い換えてもよろしいかも知れませんな――人間の性質についての知識、と。私にとって、それは、あなたがたにとってのメスにもひとしい不可欠の道具なのです」

「ほう？」とヒューがいい、その声があまりにも鋭かったので、みんなの目が一時に彼に向けられた。「まるで奇術が心理学の一部門だとでもおっしゃるような口ぶりですな」

「あるいは」とレイモンドはいい、気がつくと今や彼はじっとヒューを鑑定でもするように見つめていた。「なにも大した秘密はありません。私の職業は――それを一つの技術というふうに考えるのが私は好きですが――錯誤誘導の技術以上のものではなく、私はその技術を専門とする数多くの技術者の一人に過ぎないのです」

「しかし当節は、脱出専門の技術者がそう数多くいるとは申せますまい」と博士が口を挿んだ。

「仰せのとおり」とレイモンドはいった。「しかし私が錯誤誘導の技術と申し上げたことにお気づきでしょう。手品の博士――脱出奇術師は、その技術の中でも最も風変わりなものの専門家です。が、政治とか広告とかセールスとかを専門にしている人たちはどうです？」彼はいつもの癖で指を鼻にあて、ウインクしてみせた。「みんな私と同じ技術を職業にしている人たちだと私は思いますがね」

　博士は微笑した。「あなたは、医学をその中にひっくるめられなかったから、まずは賛成としておきましょうか」と博士はいった。「しかしわたしが知りたいのは――その〝人間の性質についての知識〟とやらは、あなたの職業にどう応用されるんです？」

「それはこうです」とレイモンドはいった。「まず相手の人間を慎重に判定します。それでもしその人間に特定の弱点を発見することができたら、それをもとにして、その人物には問題なく受け入れられるあるまやかしの前提を呑みこませることができます。それさえできれば、あとは簡単です。そうなったらもうその相手は、手品師がその相手に見させたいと思うものしか見ず、術を施した政治家に投票し、広告に釣られて商品を買うということになります」彼は肩をすくめた。「要するにそれだけのことですよ」

「そうですかね？」とヒューがいった。「しかし多少とも知能があって、あなたのまやかしの前提を受けつけない相手にぶつかったらどうなるんです？　そういう場合にはどうトリックを仕組むんですか？　それとも、あなたのトリックは要するに野蛮人にガラス玉を売りつける程度のごまかしなのですか？」

「それはいいがかりだよ、ヒュー」と、博士がいった。それをいちいち咎めだてする法はない」

「この人はただ自分の考えを述べているだけだ。ヒューは目をレイモンドに据えたままでいった。

「さあ、あるかも知れませんよ」と、ヒューは目をレイモンドに据えたままでいった。

「私の見るところでは、この人はいろいろと興味ある考えをおもちのようですからね。ついては、その考えをどこまで固執するつもりでいるのか、私には気になるのです」

レイモンドは無駄のないこまかい動作で唇をナプキンで拭き、それからそっと自分の前のテーブルの上に置いた。「つまり」と、彼ははっきりヒューをめざしていった。「ちょっとその技術を実演してみせろとおっしゃるのですな」

「ものによりけり、ですよ」とヒューはいった。「シガレット・ケースを使ったり、帽子から兎を出したりといったばかげたナンセンスは願い下げだ。見甲斐のあるものでなくちゃ」

「見甲斐のあるもの」レイモンドは復唱するようにいった。彼は室内を見廻し、よく観察し、それからヒューのほうに向き直って、その食堂と、私たちが食事の前に落ち合った居間との境をとざした巨大な樫材のドアを指さした。

「あのドアに、鍵はかかっていませんね？」

「かかっていません」とヒューは答えた。「もう何年も鍵をかけたことはありません」

「しかし、鍵そのものはおありになる？」

ヒューは鍵を束にしてつないだ鎖を引き出し、ちょっと骨折って、その中からどっしりした古風な鍵を一つはずした。「あります。食器室でつかっているのと同じ鍵です」彼はわれにもなく興味をそそられ始めていた。

「結構。いや、私には渡さないで。先生にお渡ししてください。もちろん、あなたは先生の名誉心を信用なさっておいででしょうな？」

「ええ」と、ヒューは冷淡にいった。「信用していますよ」

「よろしい。では、先生、あのドアのところへいらして、鍵をおかけください」

博士はしっかりした足どりでドアに歩み寄り、鍵を鍵穴にさしこんで廻した。ピシリと錠のかかる音が室内の静けさを破ってはっきり聞こえた。博士はその鍵を差し出しながらテーブルに戻ってきたが、レイモンドは手を振って鍵はいらないという意思を示した。

「それはあなたがしっかりお持ちになっていらしてください。さもないと何もかもぶちこわしになりますから」と彼はいましめた。

「さて」とレイモンドはいった。「最後の手続きといたしまして、私はこれなるドアに近づき、ここにハンカチをあてて――」ハンカチはかすかに鍵穴を掠《かす》めた。「そーれ！　鍵

「はあきました」

博士が寄って行った。そしてドアの把手をつかみ、疑わしそうに捻り、それからドアが音もなく開くのを心から驚きの目で見つめた。

「いや、これは驚きましたな」と彼はいった。

「どうしたのかしら」エリザベスが笑い出した。「まやかしの前提は牡蠣《かき》みたいにツルッと喉を通ったみたいですわね」

ただヒューだけが自分一人の怒りの感情をあらわしていた。「よろしい」と彼はすこしもよろしくない口調でいった。「どうやったんです？　どんな手を使ったんです？」

「私が？」レイモンドは咎めるように言い、明らかに楽しんでいる微笑を私たちの全部に向けた。「あなたがたですよ、おやりになったのは、何もかも。私はただ人間の性質についてのささやかな知識を使って、あなたがたがそうなさるように仕向けただけです」

私はいった。「一部は僕にもわかるような気がします。ドアには初めから鍵がかかっていた。そして先生は鍵をかけたつもりでおいでになったが、そうじゃなかった。実際には、先生は鍵をおあけになったのです。そうじゃありませんか？」

レイモンドはうなずいた。「ほとんどそのとおり、と申し上げましょう。ドアには前もって鍵をかけておいたのです。その点は確実を期しました。というのは、今夜はきっとこんな挑戦をしかけられるのではないかという予感がありましたし、それに対抗するにはこれが一番簡単な方法でしたからね。ただ私はみなさんの一番あとについてこの部屋にはいるように心がけ、はいりがけにこれを使ったまでです」彼は手をかざして、指先につまんだ一片の金属が私たちの目にはいるようにした。「いうまでもない、ごくありきたりの万能鍵ですが、古い簡単な錠には十分に合います」

一瞬レイモンドは暗い顔つきになったが、すぐに明るい調子でつづけた。「ドアには鍵がかかっていない、と、間違った前提を仕掛けられたのは他ならぬ当家のご主人でした。ご自分をお信じになるあまりに、そんなにわかりきったことを、あらためて確かめてみようとは思いつかれなかったというわけです。そして先生も疑うことをなさらない方ですから、同じ罠に落ちられた。つまり、いつでもあまり確信をもち過ぎるということは少々危険なことなのですよ」

「認めましょう」と博士は口惜しそうにいった。「――わたしのような職業にたずさわる者にとっては、本当は異端ですがね」博士はそれまで持っていた鍵を、ふざけるようにテーブル越しにヒューのほうへ軽く放ったが、彼はそれが自分の前に落ちるにまかせて、拾おうとはしなかった。「ともかく、ヒュー、この人が自分の論点を証明してみせたことは君だって認めなくちゃいかんよ」

「そうかな？」とヒューはそっといった。彼はかすかに微笑しながら腰かけていたが、頭の中で何かの考えをくり返しくり返し吟味していることは一見明瞭だった。

「おいおい、いい加減にしたまえ」と博士はややしびれを切らしかけた口調でいった。「君だってわれわれ同様ひっかかった口じゃないか。自分でもそれは承知のくせに」

「そうよ、あなた」とエリザベスが賛同した。

ははあ、今夜のパーティーの狙いの講和会談のほうへ話をもって行く機会を摑むつもりだな、と私は思ったが、それなら失敗だ、と私は判断せざるを得なかった。ヒューの目には、私の気に入らない表情――いつもの彼らしくない底意を秘めた表情――が浮かんでいた。普段なら彼は本当に腹を立てると雷か嵐のように爆発するが、いったん疾風迅雷の発作が過ぎてしまえば、あとは心から詫びる態度になるのがいつもの例だった。しかし今はそうではなかった。彼の物腰にはどこか眠そうな感じがあって、それは私の警戒心をかき立てた。

彼は片腕を椅子の背にかけ、もう一方の腕をテーブルの上に休めて、目をレイモンドから離さないためになかばそのほうに体を向けて坐っていた。

「どうやら私はたった一人の少数派らしい」と彼はいった。「しかし残念ながら今のあたの小細工には失望したと申し上げざるを得ませんな。上手でないというのではありません――その点は認めましょう――が、要するに腕のいい鍛冶屋の手なぐさみ以上のものではないという点で」

「それはどうも負け惜しみの気味があるぞ」と博士がからかった。

ヒューはかぶりを振った。「いや、私はただ、ドアに鍵があり、それをあける鍵が手中にあるなら、そのドアを開けるくらい大した術ではないといっているだけですよ。あちらの名声を考えれば、もっとそれ以上のものを見せてもらえるだろうと私はあてにしていたのです」

レイモンドは眉をひそめた。「私は座興を添えるつもりでやったので」と彼はいった。

「ご期待に沿えなかったとしたらお詫びせずばなりますまい」

「いや、座興であるかぎりにおいては、文句はありません。しかし本当のテストだったというのなら――」

「本当のテスト？」

「そうです。だったら事情は、ちょっとかわってきますね。たとえば錠も、それに合わせる鍵もないドアがあるとしましょう。指でちょっとさわれば開くドアだが、それでも開くことができない――というのはどうです？」

レイモンドは自分の前に差し出されたのが何の絵なのか思案するように目を細めた。

「それは面白そうだ」と彼はようやくいった。「もうすこし説明してみてください」

「いや」とヒューがいい、その声に不意にこもった力に、これこそ彼が狙いすましていた瞬間なのだなと私は直感した。「それよりもっといいことがある。実物をお目にかけましょう」

彼はすっくと立ち上がり、残りの私たちもそれにならった。ただエリザベスだけは例外で、席に着いたままだった。一緒に来て見ないかと私が勧めても、彼女はただ頭を振って、部屋を出て行く私たちを絶望したように坐って見送った。

ヒューが途中で懐中電灯を用意したのを見て、地下室へ行くのだな、と私はさとったが、同じ地下室でも私がまだ足を踏み入れたことがない場所を目指しているのだった。私は棚から葡萄酒の瓶を選びとるのを手伝いに幾度か地下室へ下りたことがあったけれども、私たちは葡萄酒蔵を過ぎて、そのさきの細長い、薄暗い灯のついた部屋に歩み入った。あらい石の床を擦る足音が大きく響き壁には漏水のしみが見え、戸外の夜気と同じくらい暖かいのに、私は胸のあたりが鳥肌だつような、じっとりした冷気を感じた。「まるでこれはアトランティス（神罰によって海底に沈んだと伝えられる伝説の楽土）の墳墓というところだね」と、博士が身ぶるいしてうつろな声でいったので、私はそれが自分だけの感じではないことを知って多少の慰めをおぼえた。

私たちはその室《むろ》の行きどまりで、突き当たりの壁面に床から天井まで造りつけられた石の押入れと形容するのが一番ふさわしいものを前にして立ち止まった。間口は約四フィート、高さはその二倍たらずといったところで、戸口は開いていたが、内部は真っ暗闇だった。ヒューはその暗闇の中に手を差し入れて重いドアを引き閉ざした。

「これです」と彼は唐突にいった。「厚さ四インチの頑丈な素木《しらき》づくりで、閉めるとほとんど空気が通わないほどぴったり枠に合うようにできています。二百年前の大工の腕前をしめすみごとな作品でもあります。錠も閂《かんぬき》もありません。ただ両面に把手がわりの環が一つずつついているだけで」彼がそのドアをそっと押すと、触れると同時に音もなく開いた。「ごらんになりましたか？　全体の重みのバランスが完全にとれて蝶番にかかっているので、まるで羽根みたいに軽く動くのです」

「しかし、何のために作られたんです？」と私はたずねた。「何か理由があったればこそ作られたんでしょう」

ヒューは、短い笑い声をたてた。「あったとも。ひどいことが平気でおこなわれた昔の時代に、召使が罪を犯すと――といってもせいぜいロジャー家の先祖の誰かに口ごたえをするといった程度の罪だったろうが――その召使は悔い改めのためにこの中へ入れられたのさ。で、中の空気はたかだか二、三時間しかもたないので、すぐに悔い改めるか、さもなくば悔い改めないまま最期を遂げるという寸法だったのだよ」

「で、そのドアは？」と博士が用心深くいった。「その恐ろしげなドアは、ちょっとさわればすぐ開いて、いくらでも空気を送りこんでくれたろうに――どうしてその召使はそれを開くことができなかったのかね？」

「ごらんなさい」とヒューはいった。彼は懐中電灯の光をその部屋の中に向け、私たちは彼の背後からのぞきこんだ。光の輪はその密室の突き当たりの壁にぶつかり、頭よりもやや高いところに垂れた短いずっしりした鎖とその下端の環に連結したU字型の首枷《くびかせ》を照らし出した。

「なるほど」とレイモンドがいい、それが食堂を出てから初めて彼の唇を洩れた言葉だった。「まことに巧妙なものですな。刑を受ける男は壁を背に、ドアに面して立つ。首枷がはめられ、それから——錠仕掛けでないのは明らかですから——U字の両頂点を合わせるようにしてかたくハンマーで締めつけられる。ドアが閉ざされ、男はちょうどぎりぎりのところで絶対に届かないドアの環を足さぐりしながら、目に見えない拷問台にかけられたような状態でそれからの幾時間かを過ごす。幸い、足でもすべらして鉄の首枷で絞め殺されずに済めば、どなた様かが恭《うやうや》しくもドアを開けてやろうとの慈悲心をご発起あそばされるまで、どうにか生きながらえられるというわけですな」

「やれやれ」と博士がいった。「あなたのお話を聞いていると、自分が現にそんな目に遭わされているような気がしてきますよ」

レイモンドはかすかに微笑した。「私は幾度もそうした目に遭ってきました。それに、嘘も掛け値もなく、現実は必ず最悪の予想をいささか上廻るものときまっているのです。いつでも必ず恐怖と狼狽の極限の時がやってきます。そうなると心臓は肋骨を破ってとび出すのではないかと思われるほど荒々しく脈打ち、一呼吸する間に体内がからになるほど冷汗が搾り出されます。その時こそ自分というものをしっかり手中に握り、あらゆる弱さを追いはらって、それまでに自分が習い覚えたことの一切を思いおこさなければなりません。それができなかったら——！」彼は手を横にして痩せた喉を挽き切るような手つきをした。「往々にしてこういう道具にかかって果てる犠牲者には残酷ないい方ですが、結局自分を救うためになくてはならない勇気と知識を欠くばかりに、圧倒されて斃《たお》れるのです」

「しかしあなたならそうはならない？」とヒューが言った。

「そうなると考えなければならぬ理由はありませんからね」

「とおっしゃると——」ヒューの声にはまたあの熱っぽい調子が、以前のいつよりも強く忍びこんできた。「あなたは二百年前にあそこに繋がれた誰かと全く同じ状態におかれても、あのドアにとどくことができるといわれるのですね？」

その言葉にこもる挑戦の調子は、軽くかわしてしまうにはあまりにも強かった。レイモンドは精神の集中に顔面を緊張させ、わずかに、しかしひどく長く感じられる沈黙の間をおいて答えた。

「さよう」と彼は言った。「容易ではありますまい——問題はひどく単純なだけに、鵜の毛で突いたほどの隙もありません——が、解けるでしょう」

「どれくらい時間がかかりますか？」

「最大限一時間」

そこへ漕ぎつけるためにこそ、ヒューは長い廻り道をしてきたのだった。彼はゆっくりと味わいながらとっておきの質問をした。「お賭けになりますか？」

「おい、待ちたまえ」と、博士がいった。「そんな賭けは、どだいわたしには気にくわんぞ」

「僕も、ここらで中止して一杯やる案に一票を投じますね」と私は加勢した。「遊びは遊びとして、とにかくこんな所ではみんな肺炎にかかってしまいますよ」

ヒューもレイモンドも、そんな文句はひと言も耳にはいらないようだった。二人は互いに睨み合って——ヒューは刺激に疼きながら、レイモンドは必死に熟考しながら——立っていたが、ついにレイモンドがいった。「何を賭けるのです？」

「こうです。もしあなたが負けたら、あなたはひと月以内にデーン館を引き払って、あの邸を私に売り渡すこと」

「それで、もし私が勝ったら？」

その答えを口にするのはヒューには容易なことではなかったが、とうとういい切った。

「その時は、私のほうが出て行きましょう。そしてもしあなたにヒルトップをお買いになる気がなければ、最初に名乗り出た希望者に売り渡す手続きをとります」

ヒューを知るほどの者にとってそれは彼の口から出る言葉としてはあまりにも非現実的で虚をついたものだったから、とっさには誰もいうべき言葉がみつからなかった。一番早く立ち直ったのは博士だった。

「君一人でそんなことをいっていいのか、ヒュー」と博士はいましめた。「君には奥さんがある。エリザベスがどう考えるかも考慮に入れてやらなければ」

「賭けは成立ですか？」ヒューはレイモンドに迫った。「おやりになりますか？」

「それにお答えする前に、ちょっと説明しておかなければならないことがあります」レイモンドはそこで言葉を切り、それからまたゆっくりつづけた。「私はみなさんに、私が仕事から引退したのは退屈からで、それに興味がなくなったからだという印象を——虚栄心からでしょう、おそらく——与えていたかも知れません。しかしそれは全然事実ではなかったのです。実は幾年か前に私は医者の診断を受ける必要に迫られ、その医者は私の心臓を診察して、それからというもの急に心臓のことが私の最大の関心事となったという次第なのです。こんなことを告白するのは、あなたの挑戦は隣人同士が不和を解決する方法として滅多にない奇抜な着想だと感心させられながらも、健康上の理由から私はお断わりしなければならないからです」

「さっきまでは健康そのものだったのにね」とヒューは強い声でいった。

「あなたはそうお思いになりたいでしょうな、たぶん」

「言い換えれば」とヒューは辛辣にいった。「身近に誰も助手はいないし、ポケットの中に鍵はなし、実際にはないものを誰かに見せるペテンの方法も仕掛けられないから、というわけですか！　だから敗北を認めなければならないのですね」

レイモンドはきっとなった。「そんなことは認めません。たとえ今もち出されているこというテストだとて、立ち向かうのに必要な道具はすっかりそろっています。嘘はいいません、道具に不足はありません」

ヒューは大声で笑い、その声は砕けて私たちの背後の通廊いっぱいに小さなこだまとなって響きわたった。思うに、その音が――私たちの周囲の壁から壁へと撥ねかえるその音にこもるなまなましい侮辱が――レイモンドをその密室に追いこんだのだ。

ヒューは、柄は短いが、重い大鎚をふるい、壁の鉄砧《かなとこ》にあてた首枷を強く力を均分した打ち方で打って、レイモンドの首のまわりに輪になるように締めつけた。それが終わると、レイモンドが漆黒の闇の中で見透かす腕時計の夜光塗料を塗った数字が青白く私の目にうつった。

「今、十一時です」と彼は静かにいった。「賭けは、真夜中十二時までにこのドアを開けること――それにはどんな手段をもちいても構いません。条件はそれだけで、このお二人が証人になります」

それからドアが閉ざされ、私たちは歩きはじめた。

行きつ戻りつ、私たち三人はまるで足跡でその石の床の表面にありとあらゆる幾何学模様を描くよう強制されたもののように――博士は小刻みな性急な歩調で、私はヒューの大股の落ち着かない足どりに合わせながら——歩きつづけた。自分の影を踏み踏み、前へ後ろへ、めいめい過ぎ去って行く秒刻を数えながら、しかも最初に腕時計をのぞきこむのを互いに憚《はばか》りながら、愚かしい無意味な行進をつづけた。

しばらくの間、私たちのひきずる足音に応えるような物音が密室の中からきこえていた。それは短い規則正しい間隔をおいて、ほとんど聞きとれるか聞きとれないかに、かすかに鎖が触れ合う音だった。やがてひとしきり長い静寂の間があって、それからまたあらためて同じ音がつづいた。二度目にそれが休止した時、私はもう我慢しきれなくなった。私は頭上の電球の薄暗い黄色っぽい光に向けて腕時計をかざし、まだわずかに二十分たらずしか経っていないのを見て失望した。

その後はもう、ほかの二人も時間を見るのを躊躇しなくなったが、そうなればなったで、時間を見ずにただ疑惑にとらえられているよりもむしろ堪え難くなった。私が見ていると博士は小刻みにせかせか腕時計のネジを巻き、それから幾分も経たぬうちにまた竜頭に触れて、そこでたった今しがた巻いたばかりだと気がつき、うんざりしたように急に手を下ろした。ヒューは、まるで専心それを睨みつけていれば、蝸牛《かたつむり》のようにのろのろと文字盤を這う分針の動きをそれだけ早められるとでも思っているかのように、腕時計をすぐ目の前にかざした姿勢で歩き廻った。

三十分が過ぎた。

四十分。

四十五分。

私は時計を見てもうあと十五分たらずしかないことをたしかめながら、その短い時間さえ、果たして自分にもちこたえきれるかどうか、心細く思ったことを覚えている。冷気は体の髄まで沁み透り、痛みを催させた。ヒューの顔が汗でびっしょり濡れ、見る間にそれが凝集し、滴となって滴り落ちるのを目にとめて私は衝撃に打たれた。

それがおこったのも、そうして私が憑かれたように彼の顔を見つめている間の出来事だった。その音は遠くから聞こえてくる苦痛の慟哭のように密室の壁をつらぬき、何か意味のある語句を綴り出そうと抗《あらが》うように、ふるえながら私たちの耳にとどいた。

「先生！」と叫んでいるのだ。「空気を！」それはレイモンドの声だったが、あいだを遮る壁の厚みのために、高いかぼそい音にかわってきこえた。ただはっきりと読みとれたのは純粋な恐怖、そしてその恐怖から発する哀願の調子だった。

「空気を！」と、それは金切り声で訴え、たちまちぶくぶく泡立ち、何の意味もなさない長く尾を引く音となって消えた。

それから静寂がとざした。

私たちはドアをめがけて殺到したが、ヒューが一番早く、ドアに背を向けて行く手を塞いだ。振りかざしたその手の中には、レイモンドの首輪を締めつけるのに使ったハンマーが握られていた。

「さがっていろ！」と、彼は叫んだ。「それより近寄るな、いいか！」

恐ろしい凶器にありありとうかがわれる彼の憤怒が私たちの足をとめた。

「ヒュー」博士が説いた。「君が何を考えているかはわかる。だがもうそんなことは忘れてしまうんだ。賭けは中止だ。わたしはわたし自身の責任においてそのドアを開ける。君はわたしの言葉を言質《げんち》としてとるがいい」

「通用しますかね、それが？　賭けの条件を覚えておいでですか、先生！　ドアを一時間以内に開けること——ただし、どんな手段を用いようと構わない？　おわかりになりますか？　あの男は、あなたがた二人をたぶらかそうとしているんだ。死にかけている真似をしてあなたにドアを開けさせ、賭けに勝つつもりでいるんだ。しかしこれは私の賭けで、あなたの賭けじゃない。私のいうことはこれっきりだ！」

その喋り方から、声は張りつめて震えているが、彼がすこしもとり乱してはいないこと、そしてそれが事態を一層悪くしていることを私は見てとった。

「どうして真似だなんてわかるんです？」と私は詰め寄った。「あの人は心臓の具合が悪いといった。こういう場合に直面すると、必ず恐怖と戦わなければならない一刻があるともいいました。その緊張に堪えられるかどうかが心配だ、と。あなたはどんな権利があって、あの人の生命までも賭けの材料にするのですか？」

「ばかな、賭けという言葉を匂わせるまで、あの男がただの一度だって心臓の故障なんて口にしなかったのがわからないのか？　あいつは食堂に入る前にあのドアに鍵をかけたのとそっくり同じやり方で罠を仕掛けたんだ。それがわからないのか！　だが今度ばかりは、誰にもその罠のバネにさわらせはしないぞ――誰にも、だ！」

「わたしのいうことを聞きなさい」と博士がいい、その声にははげしく鞭打つような響きがあった。「君は、たとえ万が一にしろ、あの男がこの中で死ぬか、それとも死にかけている可能性があるとは思わないか？」

「思いますよ、可能性とおっしゃるなら――どんなことでも可能ですからね」

「つべこべ議論している場合か！　いいかね、もしあの男が発作をおこしているとしたら、一秒一秒が生死にかかわる――その刻々を、君はあの男から奪っているのだぞ。もし実際にそうだったら、神かけていうが、わたしは君の公判の証言台に上がって、君があの男を殺したのだと証言してやるぞ！　そうして欲しいのか、君は？」

ヒューは胸に着くまで深く頭を垂れたが、手は依然としてかたくハンマーを握りしめていた。私は彼が喉で荒々しく喘ぐ呼吸を聞きとめ、それから頭を上げた彼の顔は灰色にやつれていた。汗に濡れた皺の一筋一筋に、決断不能の呵責がにじんでいた。

その時、私は不意にあの日レイモンドがヒューに向かって、完全なジレンマに直面した時はじめて啓示を読みとるだろうと説いた真の意味をさとった。それは人間が否応なしに自己の深みに目を向けさせられる時、おのれについてあるいは学ぶかも知れないことの啓示だったのだ。そしてついにヒューもそれに気がついたのだった。

薄暗い地下室で、いよいよ高くとどろきまさる仮借《かしやく》ない秒刻を耳にしながら、彼がどう判断するだろうかと、私たちはみまもった。

エクリチュールの特別料理人、エリン

作家
森 晶麿

世に料理と書き言葉《エクリチュール》との出会いほど甘美で危険なものがあるだろうか。ジャン・アンテルム・ブリア＝サヴァランの『美味礼讃』を例に挙げるまでもなく、美文家が食について語りだすとき、そこには得も言われぬ魔力が生じるものだ。

したがって小説においても、我々は食にまつわるものには比較的魅力を抱きやすいと言えるだろう。味覚は主観とその対象の価値とが一体となる知覚であり、味覚を内包する作品〈料理のエクリチュール〉のよしあしは、読み手の主観と直結してもいるのだ。ミステリに限っても、食を扱ったものは枚挙に暇がなく、そこには、表題作「特別料理」のように、他の追随を許さぬほどのとっておきも存在する。

しかし、その作者スタンリイ・エリン自体を語るときには、〈料理のエクリチュール〉よりも〈エクリチュールによる料理〉の魔力に言及せねばならない。エリンは、素材の味を知りぬく料理人のように一文一文を適切に処理し、非の打ちどころのない〈料理〉を作りだす男なのだ。

エリンは、ロアルド・ダールを筆頭とする〈奇妙な味〉の作家群としての文脈で語られることが多い。たしかにエリンの書く短篇ほど奇妙なものも滅多にお目にかかれないであろう。だが、その文脈でのみ語るのは、エドガー・アラン・ポオを恐怖小説家として括るように乱雑だと私は思う。

エリンは奇を衒《てら》った作家でも、毒のある短篇でニヤリとさせて気持ちよく本を閉じさせてくれるタイプでもない。では果たして、エリンとはどのような〈料理人〉であるのか。まずは彼のプロフィールを見ていくことにしよう。

エリンは一九一六年、ニューヨークに生まれ、ブルックリン大学を卒業後、ボイラーマン見習い、新聞の販売拡張員、酪農の雇い人、教師、鉄鋼労働者など職業を転々とし、第二次大戦中には歩兵の任に就いた。

戦後、執筆を始め、『ニューヨーカー』などに投稿した「特別料理」がエラリイ・クイーンの目に留まってEQMM第三回年次コンテストで最優秀処女作賞を受賞したのは三十代になってからのこと。間もなく処女長篇『断崖』を書き上げて、長篇短篇いずれにも優れたミステリ作家としてのキャリアをスタートさせた。

しかし、短篇一作を完璧なものとするために長い時間を必要とするエリンの執筆ペースは、ほぼ一年に短篇一作というゆったりとしたものだった。それゆえ、第一短篇集『特別料理』はデビューから十年目の刊行となった。

その後も寡作ではありながらも、コンスタントに作品を発表し続け、八六年に亡くなるまでに本書を筆頭に三つの短篇集を残した。本書でエリンに開眼された方はぜひとも『九時から五時までの男』、『最後の一壜』へと続いてもらいたい。

こうした作家の来歴からもおわかりのとおり、エリンは時間をかけてじっくりと作品を作りこんで客をもてなす職人気質の〈料理人〉だった。そして、素材の良さをとことん知り抜いてから調理にかかる慎重屋であり、また古今の〈料理〉を研究したうえで発展的な創作を行なう静かなる革命児でもあった。

エリンは長篇において、ある街の悲劇を扱った『ニコラス街の鍵』などヒラリー・ウォーを思わせる秀逸な群像劇から、私立探偵ものの『第八の地獄』のように一見ミステリの定石を踏んでいるようでいて、そのじつ都市に客観的な立場ではいられない探偵像を提示して次代の探偵小説を模索している。七〇年以降、エリンの試みは加速し、『空白との契約』を経て『鏡よ、鏡』のような心理的なアプローチを用いた野心作でミステリの領域を広げていった。

しかし、一方でその生涯の試みは、じつはこの短篇集『特別料理』のなかにすべて内蔵されてもいると言える。

多くの人にとって、最も強烈な印象をもたらすのは表題作かも知れない。何を隠そう私もそうだった。すでに小説家を志していた十九歳当時、その作品の魅力を己のものにしたいと切に願ったものだ。

寂れた街路にあるメニューも酒も置かぬ料理店で密やかに振る舞われる特別料理、アミルスタン羊。その味に魅せられるコスティンと上司のラフラーだが――。

〈彼はその一片を、まるでモーツァルトの複雑な交響曲を分析しようとでもしているかのように、ゆっくり思案しながら嚙みしめた〉という描写をはじめ味覚を刺激する粘り気を帯びた言い回しは、読者の客観性をも危うくする妖しい魅力に満ちている。

しかし、何度か読み返すうちに、そうした〈料理のエクリチュール〉よりも奥深くにあるエリンの本性、〈エクリチュールの料理人〉に気づいた。たとえばもっとも描写が費やされている料理人スビロー。『不思議の国のアリス』のチェシャー猫にそっくりだというスビローの不気味でいて重厚な存在感は作品の質感とも重なっていよう。

また、そのスビローの〈当たり前にやるってことが一番大事、ね？〉や〈みなさん、こんなふうに考えません？　あの人の生き方よりも死に方のほうがすばらしかったってふうに？〉といった台詞は、幾分見え透いているようでいてラストの〈もう一方の手はほとんど慈しむようにラフラーの肉づきのいい肩にかかっていた。〉という文に至るや、崇高な味わいへと昇華する。物語の表面を覆うブラックユーモアと、その下に忍ばせた人間存在の実像とが全体で語り尽くされていればこその深みが〈舌〉を刺激するのだ。

そして、改めてその他の収録作も読み返して私は確信した。短篇集全体が〈エクリチュール の料理人〉によるフルコースであり、彼の生涯の試みの縮図でもあるのだ、と。「壁を隔てた目撃者」などはジョン・ミラノ・シリーズを代表する私立探偵ものの要素を十分に感じられるし、「クリスマス・イヴの凶事」や「好敵手」、「パーティーの夜」は『鏡よ、鏡』に見られたような心理の歪みからくるカタストロフを味わえる。そして、掉尾を飾る短篇「決断の時」は、冒頭の表題作と対を成すエリンの矜持を感じさせる一篇となっている。

これらの〈料理〉に共通するベースは、人間のよこしまさが生み出す寓話にある。登場人物は皆、この世に辟易しているがゆえに悪に衝き動かされていく。己を唆《そそのか》す内なる声に抗いながらついには誘惑に頽《くずお》れる弱き人々の姿は、他人事とも思えない。時に読み手にとってはエリン自身が我々の世界の陰気な隣人のように思えるくらいではなかろうか。

「あの人転ばないかな。転ばないなら、あんたが転ばしちゃいなよ」

そんな悪意のボーダーラインからエリンは我々を揺り動かし、悪意の先に待つ苦い顛末を予見してみせる。ポオの短篇がそうであるように、最初のひと口にすでにその萌芽が見て取れ、最後のひと口が終わってもその首尾一貫したひと皿分の稀有な体験が何度でも舌の上によみがえってくるのだ。時に行をまたぐほどの長い比喩も、別の作家がやれば物語の興を削ぐことにもなろうが、エリンがやるとたちまち物語に作用するように組み込まれ、文字自体が物語を生成する不可欠な要素と化し、俄然〈料理〉が活きてくる。

この巧みで緻密な文体ゆえに、「君にそっくり」のように、一見現実離れしていて、都合のよい筋書きに感じられる話であっても決して荒唐無稽とは感じられず、むしろどこまでもリアリティをもって受け入れられるのである。

こう書いて、フェルディナント・フォン・シーラッハの『犯罪』という作品が思い浮かんだ。現役弁護士である著者が犯罪ノンフィクションという形式でものしたその作品は、エリンの文体のように粘っこくはない。それなのに読んだときの感触が、奇しくもエリンの短篇を読んだときに抱く質感に近かったのである。『犯罪』に描かれた犯罪者のうち、誰か一人がエリンの中の登場人物であっても構わないようにすら感じられた。

勘違いしないでもらいたいのだが、私はシーラッハがエリンに影響を受けているということを言いたいのではない。ただ、ある種異様な状況下に置かれた人間の不条理なまでの業を炙り出す点で、両作家は共通している。そのことは、エリン作品が単なる古典ではなく、現代人にも有効な普遍的寓話であることを意味しているように思えるのだ。

はじめに述べたとおり、〈料理のエクリチュール〉のよしあしは読み手の主観と直結している。そのために、多くの人がエリンの代表作として「特別料理」や「最後の一壜」を選びたがるのに致し方のないことだ。

だが、逆にエリンが文体のなかにひっそりと潜ませた〈エクリチュールの織り成す料理〉は全篇隈なく魂を煮詰めたように濃厚な味わいがあり、どの〈料理〉も甲乙つけがたい出来栄えとなっている。

エリンが生涯に残した短篇の数はわずか四十一篇。うち十篇がここにある。あなたのお気に入りの〈料理〉はどれだろうか？　その〈料理〉に、あなたの身近な人を見出せば、より堪能できるかもしれない。それこそ、「ほとんど慈しむように」。

二〇一五年四月

本書は、早川書房より一九六二年一月に〈異色作家短篇集〉、一九七四年九月に同・改訂新版、二〇〇六年七月に同・新装版として刊行された作品を文庫化したものです。

レイモンド・チャンドラー

長いお別れ
清水俊二訳
殺害容疑のかかった友を救う私立探偵フィリップ・マーロウの熱き闘い。MWA賞受賞作

さらば愛しき女よ
清水俊二訳
出所した男がまたも犯した殺人。偶然居合わせたマーロウは警察に取り調べられてしまう

プレイバック
清水俊二訳
女を尾行するマーロウは彼女につきまとう男に気づく。二人を追ううち第二の事件が……

湖中の女
清水俊二訳
湖面に浮かぶ灰色の塊と化した女の死体。マーロウはその謎に挑むが……巨匠の異色大作

高い窓
清水俊二訳
消えた家宝の金貨の捜索依頼を受けたマーロウ。調査の先々で発見される死体の謎とは？

ハヤカワ文庫

新訳で読む名作ミステリ

火刑法廷〔新訳版〕
ジョン・ディクスン・カー／加賀山卓朗訳
《ミステリマガジン》オールタイム・ベスト第二位！　本格黄金時代の巨匠、最大の傑作

ヒルダよ眠れ
アンドリュウ・ガーヴ／宇佐川晶子訳
今は死して横たわり、何も語らぬ妻。その真実の姿とは。世界に衝撃を与えたサスペンス

マルタの鷹〔改訳決定版〕
ダシール・ハメット／小鷹信光訳
私立探偵サム・スペードが改訳決定版で大復活！　ハードボイルド史上に残る不朽の名作

スイート・ホーム殺人事件〔新訳版〕
クレイグ・ライス／羽田詩津子訳
子どもだって探偵できます！　ほのぼのユーモアの本格ミステリが読みやすくなって登場

あなたに似た人〔新訳版〕Ⅰ Ⅱ
ロアルド・ダール／田口俊樹訳
短篇の名手が贈る、時代を超え、世界で読まれる傑作集！　初収録作品を加えた決定版！

ハヤカワ文庫

世界が注目する北欧ミステリ

ミレニアム1 ドラゴン・タトゥーの女 上下
スティーグ・ラーソン／ヘレンハルメ美穂・他訳
孤島に消えた少女の謎。全世界でベストセラーを記録した、驚異のミステリ三部作第一部

ミレニアム2 火と戯れる女 上下
スティーグ・ラーソン／ヘレンハルメ美穂・他訳
復讐の標的になってしまったリスベット。彼女の衝撃の過去が明らかになる激動の第二部

ミレニアム3 眠れる女と狂卓の騎士 上下
スティーグ・ラーソン／ヘレンハルメ美穂・他訳
重大な秘密を守るため、関係者の抹殺を始める闇の組織。世界を沸かせた三部作、完結！

催　眠 上下
ラーシュ・ケプレル／ヘレンハルメ美穂訳
催眠術によって一家惨殺事件の証言を得た精神科医は恐るべき出来事に巻き込まれてゆく

静かな水のなかで
ヴィヴェカ・ステン／三谷武司訳
海中から引き揚げられた死体には秘密が。刑事と女性弁護士の幼なじみコンビが謎に挑む

ハヤカワ文庫

アメリカ探偵作家クラブ賞受賞作

二〇一〇年最優秀長篇賞
ラスト・チャイルド 上下
ジョン・ハート／東野さやか訳
失踪した妹と父の無事を信じ、少年は孤独な調査を続ける。ひたすら家族の再生を願って

二〇〇九年最優秀長篇賞
ブルー・ヘヴン
C・J・ボックス／真崎義博訳
殺人現場を目撃した幼い姉弟に迫る犯人の魔手。雄大な自然を背景に展開するサスペンス

二〇〇七年最優秀長篇賞
イスタンブールの群狼
ジェイソン・グッドウィン／和爾桃子訳
連続殺人事件の裏には、国家を震撼させる陰謀が！　美しき都を舞台に描く歴史ミステリ

二〇〇二年最優秀長篇賞
サイレント・ジョー
T・ジェファーソン・パーカー／七搦理美子訳
大恩ある養父が目前で射殺された。青年は真相を追うが、その前途には試練が待っていた

二〇〇一年最優秀長篇賞
ボトムズ
ジョー・R・ランズデール／北野寿美枝訳
八十歳を過ぎた私は七十年前の夏の事件を思い出す——恐怖と闘う少年の姿を描く感動作

ハヤカワ文庫

うまい犯罪、しゃれた殺人

—ヒッチコックのお気に入り—

A Bouquet of Clean Crimes and Neat Murders

ヘンリイ・スレッサー
高橋泰邦・他訳

ポーカーで負けたアーヴは、追いはぎに金を盗られたと新妻に嘘をつくが、アーヴを襲ったという追いはぎが本当に警察に……嘘が真実になる「金は天下の回りもの」ほか、奇抜な着想と絶妙なオチがてんこもり。TV《ヒッチコック劇場》で使われた作品の中から、ヒッチコック自身が厳選した傑作集。解説／渡辺祥子

ハヤカワ文庫

Agatha Christie Award

アガサ・クリスティー賞
原稿募集

出でよ、“21世紀のクリスティー”

©Angus McBean
©Hayakawa Publishing Corporation

本賞は、本格ミステリ、冒険小説、スパイ小説、サスペンスなど、広義のミステリ小説を対象とし、クリスティーの伝統を現代に受け継ぎ、発展、進化させる新たな才能の発掘と育成を目的としています。クリスティーの遺族から公認を受けた、世界で唯一のミステリ賞です。

●賞　正賞／アガサ・クリスティーにちなんだ賞牌、副賞／100万円
●締切　毎年１月31日（当日消印有効）　●発表　毎年７月

詳細はhttp://www.hayakawa-online.co.jp/

主催：株式会社 早川書房、公益財団法人 早川清文学振興財団
協力：英国アガサ・クリスティー社

訳者略歴　東京商科大学卒，英米文学翻訳家　訳書『車椅子に乗った女』ガードナー，『すれっからし』ブラウン，『ありあまる殺人』チャステイン，『遺言補足書』トボール（以上早川書房刊）他多数

HM=Hayakawa Mystery
SF=Science Fiction
JA=Japanese Author
NV=Novel
NF=Nonfiction
FT=Fantasy

特《とく》別《べつ》料《りょう》理《り》

〈HM㊱-6〉

二〇一五年五月十五日　発行
二〇一六年七月十五日　二刷
（定価はカバーに表示してあります）

著者　スタンリイ・エリン
訳者　田《た》中《なか》融《ゆう》二《じ》
発行者　早川浩
発行所　株式会社　早川書房
郵便番号　一〇一‐〇〇四六
東京都千代田区神田多町二ノ二
電話　〇三‐三二五二‐三一一一（大代表）
振替　〇〇一六〇‐三‐四七七九九
http://www.hayakawa-online.co.jp

乱丁・落丁本は小社制作部宛お送り下さい。
送料小社負担にてお取りかえいたします。

印刷・三松堂株式会社　製本・株式会社川島製本所
Printed and bound in Japan
ISBN978-4-15-071956-2 C0197

本書のコピー、スキャン、デジタル化等の無断複製は著作権法上の例外を除き禁じられています。

本書は活字が大きく読みやすい〈トールサイズ〉です。